孤島的來訪者

孤島の来訪者

方丈貴惠 HOJO KIE

李彥樺——譯

目錄

幽世島全圖

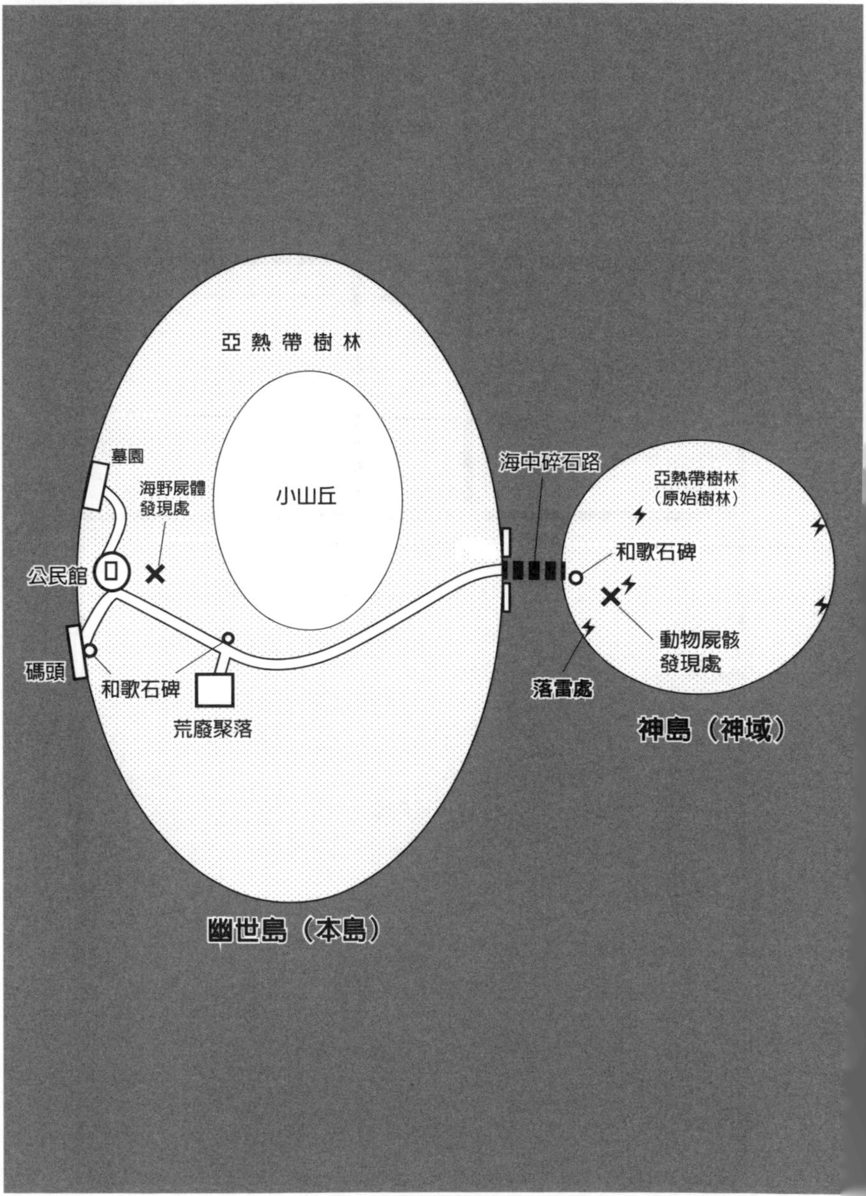

※幽世島是本島與神域的合稱

公民館平面圖

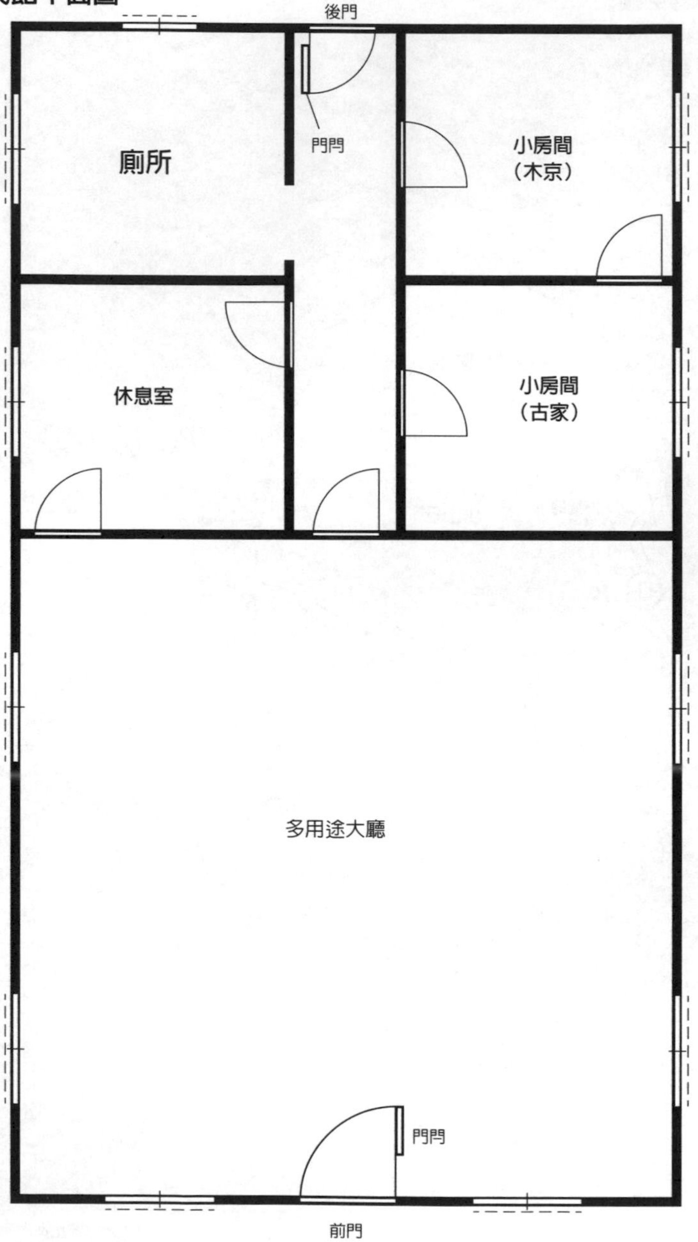
後門
門閂
廁所
小房間
（木京）
休息室
小房間
（古家）
多用途大廳
門閂
前門

登場人物

龍泉佑樹（26歲）：J製作公司的助理導播，三雲攝影組。
三雲繪千花（27歲）：古家經紀公司旗下的創作型歌手，三雲攝影組。
木京征矢（45歲）：J電視台的辣腕製作人。
海野仁三郎（36歲）：J製作公司的導播，茂手木攝影組。
古家努（46歲）：古家經紀公司的社長，養了一隻名叫塔拉的狗。
西城久師（36歲）：J製作公司的簽約攝影師，三雲攝影組。
八名川麻子（32歲）：J製作公司的簽約攝影師，茂手木攝影組。
茂手木伸次（38歲）：S大學教授，亞熱帶地區生態系統研究者，茂手木攝影組。
信樂文人（21歲）：M大學學生，休學一年，目前在J製作公司打工。

續木菜穗子：佑樹的青梅竹馬玩伴，已過世，養了一隻名叫小梅的貓。
三雲英子：三雲繪千花的祖母，在「幽世島野獸事件」中死亡。
笹倉敏夫：M大學教授，在「幽世島野獸事件」中死亡，被警方認定爲凶手。

麥斯達・賀勒：本故事的引導者。

麥斯達．賀勒的序文

有些人看到我的名字，心裡或許會浮現「又來了」的想法。這是一個關於「復仇」與「襲擊」的故事。

主角龍泉佑樹前往一座孤島，島上發生了怪事，有人因而慘死。這可說是一部「封閉空間」（註）式的推理小說。

這一次……我同樣不是故事裡的華生，也不是故事的敘述者。我甚至沒有親眼見證這起事件，更沒有在故事裡登場。我只是個知道**過去**曾發生這起事件的局外人。

不過，故事偶爾還是需要一個引導者吧？何況，和《時空旅人的沙漏》一樣，這是與龍泉家一族有關的特別故事。

依照慣例，故事裡不管發生多麼荒誕不經的事情，都不必爲此心生疑竇。我向來注重公平……不論情節如何發展，這都是一部本格推理小說。

那麼，我們在「向讀者們的挑戰」中再會了。

註：closed circle，指作者刻意營造出一個無法逃脫的環境，把所有角色關在裡頭的推理小說類型。典型的例子有「孤島」及「暴風雨山莊」等等。

新聞報導與《懸案》（一）

〈A早報　一九七四年十月八日〉

〈十三具遺體陸續發現／鹿兒島縣K郡幽世島〉

五日，一名男子拜訪位於幽世島（居民僅十二人）上的友人住處，於島上墓園內發現兩具遺體。翌日清晨，鹿兒島縣T警署以船舶無線電接獲通報，員警在島上聚落內又發現十具遺體，另外在距離海岸約五十公尺處的海上岩礁處亦發現一具遺體。

搜查本部推測，這些遺體應該是三雲英子（四十歲）等島上十二名居民，以及為了進行民俗學研究而登島的M大學教授笹倉敏夫（五十二歲），正加緊確認遺體身分及死因，不排除為他殺。

每一具遺體上都有明顯刀傷，其中疑似笹倉敏夫的遺體更是損傷嚴重。在四日傍晚之前，島外人士還能與島內無線電正常通話，據推測應該是在四日晚上發生了不明事件。

〈月刊《懸案》二〇一七年二月號〉

〈挖掘真相系列　「幽世島怪獸事件」〉

鹿兒島縣南方的太平洋上，有一座名爲「幽世島」的無人島。在傳統上，「幽世島」也常是這座島嶼和相鄰的神島的合稱。

島嶼的周長僅四公里，擁有日本罕見的美麗海景，自古因漁業及貿易而繁榮。第二次世界大戰後，不少人移居九州本土，但島上的居民依然保留著獨特的傳統文化。

從前九州本土與幽世島之間並無定期聯絡船，造訪這座島的人可說是少之又少。

要介紹這座島，就不能不提「雷祭」及寶藏傳說。

說起離島上的神祕祭典，大多數的人可能會聯想到沖繩縣新城島的「豐年祭」。但幽世島「雷祭」的神祕程度，與新城島「豐年祭」相比，絕對是有過之而無不及。

「雷祭」的舉行地點，是在幽世島（本島）旁邊的神島上。這座神島自古被視爲「神域」，往昔除了神職人員之外任何人都不得靠近。推測性質應該與沖繩的「御嶽」（祭神的聖域）相似。

「雷祭」是一種祕祭，向來只有島民能夠參加。

如果有島外人士不巧在這段時期拜訪幽世島，據說會遭到無情驅趕。有一派說法是，這個祭典是爲了迎接來自大海另一頭的神祇，外人連看一眼都是觸犯禁忌，當然不會有記錄祭典的圖畫、照片或文獻資料。

本誌爲了深入瞭解幽世島的文化，採訪了一位小學畢業之前一直住在島上的人士，以下稱呼爲A（當事人希望匿名）。

根據A的描述，「雷祭」沒有固定的舉辦日期。每當「神域」發生大規模落雷現象時，島民就會舉行「雷祭」。或許是筆者孤陋寡聞，從未聽過以落雷爲舉行條件的祭典。A坦承自己不清楚「雷祭」的細節……約莫是落雷經常對幽世島造成危害，於是受到了神格化吧。

除此之外，A向筆者提到許多關於幽世島習俗的珍貴資訊。例如，島民釣魚只使用針線，以及二戰前曾有土葬的習俗，戰後則改爲使用棺桶的簡易火葬。

關於幽世島，還有一個著名的寶藏傳說。

或許有些人會認爲「那一定是假的」，姑且不論眞假，可以肯定的是，這個傳說在島上引發了一樁慘案。

傳聞，幽世島上藏著基德船長的寶藏。威廉．基德（William Kidd）是十七世紀的眞實人物，以海盜的身分肆虐了全世界的海洋，據說世界各地都藏有他掠奪來的財寶。

不過，說起「藏著基德船長寶藏的島嶼」，大多數的人會想到的是同屬鹿兒島縣的琉球群島內，吐噶喇群島中的「寶島」。

一九三七年，日本外務省收到一封信，信中指稱琉球群島可能藏有基德船長的寶藏，還附上一張疑似「寶島」的島嶼地圖。自從報紙刊登這則新聞之後，寶島上藏有基德船長寶藏的消息便傳遍整個日本。當然，基德船長的寶藏，直到今天依然下落成謎……

這眞僞難辨的傳說後來會與幽世島扯上關係，是因爲據說在江戶時代，幽世島的島民曾偷偷對外販售黃金工藝品。如今仍有人認爲，當時使用的黃金是來自基德船長藏在島上的金幣。

然而，依文獻研判，幽世島的島民販售的黃金總量並不多，因此，更有可能是島民暗中與東南亞地區進行交易，取得黃金。

不論寶藏傳說是眞是假，都不是重點，重要的是有人相信幽世島上藏著寶藏。

一九七四年十月四日的夜晚，幽世島發生慘絕人寰的悲劇。

打從事情發生的三天前起，民俗學專家笹倉敏夫博士就一直待在島上。根據A的證詞，島上有訪客是很罕見的事……那一天包含島民在內，幽世島的本島上共有十三人。

六日上午，警方接獲通報，派員警至島上查看時，島上已無倖存者。員警在島上發現十三具遺體。根據當時縣警本部對外發表的新聞稿，每一具遺體都被細長的尖刀或錐狀物貫穿心臟。

筆者訪問到負責本案的鹿兒島縣警本部前警部（註），以下稱呼爲B（當事人希望匿名）。根據前警部B的描述，警方趕到島上時，由於案發現場實在太淒慘，連早已習慣處理凶殺案的警察也忍不住嘔吐。

警方找到遺體的位置共有三處，笹倉博士及一名島民陳屍在墓園內，三雲英子的遺體在墓園旁懸崖底下約五十公尺遠的海面上，漂浮在岩礁邊。剩下的十名島民，皆陳屍在聚落裡的自家內。

其中唯獨笹倉博士的死狀慘不忍睹，全身簡直像是遭野獸撕咬，只能以面目全非來形容，

註：日本警察的階級制度，由下而上依序爲巡查、巡查長、巡查部長、警部補、警部、警視、警視正、警視長、警視監、警視總監。

根本無法判斷身分。最後是靠著牙醫診所裡的齒列紀錄，才確認是笹倉博士本人。

這起大規模屠殺案，被後人稱為「幽世島怪獸事件」，約莫是模仿傳聞在十八世紀的法國造成多人死傷的「熱沃當怪獸（La Bête du Gévaudan）事件」。

鹿兒島縣警本部為了不在社會上丟臉，出動大批人力徹底調查這起案子。

根據B的描述，警方的搜索範圍包含神域在內的全島，連附近的海域也找遍了，出動的員警一度多達上百人，甚至還出動了警犬。

最後，警方在島上發現第十四具遺體。

這是一具焦屍，發現的地點是在本島南側的一座洞穴內，但死亡時間必須從一九七四年再往前推二、三十年。因此，警方認定與「幽世島怪獸事件」無關，只是一具偶然發現的無名屍，或許是為了尋找寶藏而送命的倒楣鬼之一。

其後，縣警本部持續全力調查，但案發的兩天後突然下起雨，再加上其他種種因素，導致搜查行動毫無進展。

這段期間，這起案子的相關報導已在社會上鬧得沸沸揚揚。

原因之一，就在於本案的第一發現者（此人姓祖谷，居住在鹿兒島縣鹿兒島市）竟然也死了。

祖谷是三雲英子的朋友。案發隔天，他駕駛永利庵丸號船前往幽世島。依祖谷的家屬的說法，祖谷前往幽世島，是因為三雲以無線電聯絡他，要求他到島上一趟。

理由似乎是笹倉博士打著研究的名義，在島上到處探聽隱私，引起三雲英子的不滿。祖谷的職業是律師，為了這件事，三雲好幾天之前就向祖谷尋求協助。

發生「幽世島怪獸事件」的兩個月後，祖谷在福井縣的東尋坊(註)跳海自盡。各報社都大幅報導「幽世島怪獸事件出現新的犧牲者」，實在有欠妥當。

祖谷目睹連警察看了都會發抖的「幽世島怪獸事件」現場慘狀，而且在警察抵達之前，他一直留在島上。由此可知，他精神上必定承受相當大的打擊。

祖谷的家屬表示，案發後他看起來十分沉著冷靜，但隨著日子一天天過去，他的言行舉止變得越來越奇怪。如此想來，祖谷輕生亦非奇事，他的死應該沒有外力介入。

○黑白照片：案發後不久的永利庵丸號船（由警方的船隻拖至T港的永利庵丸號船）

媒體報導祖谷自殺消息的一星期後，鹿兒島縣警本部召開記者會，針對全案作出以下結論。

案發的一年前，笹倉欠下龐大的債務。他似乎深信幽世島上埋藏著寶藏，於是以研究的名義造訪，眞正的目的應該是想找出寶藏來償還債務。案發當時，島上的墓園有遭人挖掘的痕跡，一副古老的棺材被撬開，黃金陪葬品都被拿了出來。

依現場狀況分析，可能是笹倉決定先從容易取得的陪葬品下手。他在深夜裡盜掘墳墓，被島民撞見，於是他拿起錐狀的利器，將那島民刺死了。接著，他爲了滅口，一不做二不休，拿著利器闖入民宅，將睡夢中的島民全部刺死。

三雲英子聽到聲響醒了過來，倉皇想要逃走，卻被笹倉發現了。兩人在墓園附近的懸崖邊

註：位於日本福井縣的一處地理景觀獨特的海崖，因常有人跳海輕生而聞名。

扭打，最後兩敗俱傷。在扭打的過程中，錐狀的凶器可能落入海中。三雲英子的胸口遭刺中，受到致命傷，從墓園旁的懸崖跌落海裡。

至於笹倉的遺體爲什麼會有遭野獸啃咬的痕跡，警方研判是島上飼養的三條狗造成。牠們爲了保護主人三雲，攻擊了笹倉。（待續）

序章　在船上

二〇一九年十月十六日（三）〇七：四〇

龍泉佑樹正準備要殺人。

當然，這不是一時興起。爲了復仇，他花了整整十個月細心安排。

……距離執行計畫，只剩十八個小時。

佑樹站在船上，愣愣地看著海平面。海風撲面而來，海面反射著耀眼的陽光。

不久之後，佑樹將會奪走三條人命。但此刻佑樹的心情比登船前還要平靜，連他自己也感到有些意外。

佑樹緊握甲板上的扶手，閉上雙眼，惱人的陽光瞬間消失，只剩下海風的聲音和氣味。佑樹的腦海裡，浮現中學及高中時代常去遊玩的濱海公園。

記憶中的海風污濁，混雜著一股噁心的臭味。即使如此，佑樹依然感到幸福。因爲他的身邊，有一個青梅竹馬的玩伴，還有一隻貓。

佑樹與菜穗子第一次邂逅，是在小學二年級的時候。

菜穗子是剛從北陸地區搬來的轉學生。她坐在佑樹的旁邊，在她拿到新的課本之前，佑樹把自己的課本分給她看。

菜穗子外表文靜，卻十分有個性。

趁著佑樹忙著抄筆記，她以原子筆在佑樹的課本上塗鴉。佑樹不甘示弱，隨即在菜穗子的筆記本上塗鴉。過了一會，兩人開始比誰先讓對方笑出來，被級任導師發現他們沒認眞上課，把他們叫到辦公室狠狠罵了一頓。

「想到什麼有趣的事？」

這句話將佑樹拉回現實。

張開眼睛一看，三雲繪千花站在他的旁邊，穿著一件有花紋的南洋風白色連身裙。或許是船的馬達運轉聲太吵，佑樹竟沒聽見她的腳步聲。

她凝望正前方一望無際的海面，淡淡地繼續道：

「看你剛剛笑得很開心……」

佑樹不記得自己剛剛露出什麼表情。或許是過於沉浸在回憶中，竟完全忘了防備。

佑樹趕緊將如今已不在世上的菜穗子的回憶收入心底，轉頭對著三雲說：

「海牛。」

三雲皺眉反問：

「海牛？」

「不管是海龜、海蛇，還是海和尚（註一），都能夠從名稱想像出模樣……可是，海牛（註二）和牛實在是差太多了。」

原本佑樹就常常說出無厘頭的話。他喜歡思考生活中派不上用場的疑問或瑣事。

不僅如此，佑樹很清楚這些話題並不是每個人都能接受。三雲聽到這麼無聊的話題，也會

註一：原文「海坊主」，日本傳說中一種居住在大海中的妖怪。

註二：日文中的「海牛（ウミウシ）」並非中文的海牛，而是類似海蛞蝓（sea slugs）的動物。

趕緊逃走吧……佑樹暗自期盼。

然而，三雲的反應出乎意料。她露出悲傷的表情說：

「沒想到你是個說謊不打草稿的人。」

佑樹一聽，不由得注視著三雲。

此時三雲已面向大海，佑樹只能看見她的側臉。

及肩的秀髮在風中上下翻舞，那秀麗的白皙臉龐若隱若現。三雲的身高約一百七十公分，手腳都頗爲修長。

「爲什麼……妳會認爲我在說謊？」

佑樹故意使用遺憾的口吻。可是三雲不以爲意，充滿自信地說：

「我對謊言相當敏感。」

「這不算答案。」

「其實，我也不知道爲什麼會認爲你在說謊。」

「……只憑直覺就認定我在說謊，妳不覺得自己很過分嗎？」

佑樹一副難以置信的語氣。三雲咬著嘴唇，沉吟半晌後開口：

「這不是直覺。這種感覺有點難以解釋……若要勉強找個理由，大概是因爲你在說海牛的事情時，看起來一點也不開心。」

這個回答讓佑樹一時啞口無言。

隨口拋出海牛的話題，的確是爲了盡快結束對話，但他的口氣與平常毫無不同，應該沒露出馬腳。

沒想到三雲竟然會斷定他說謊。或許只是偶然，也或許她眞的有對謊言異常敏感的體質。

直到這一刻，佑樹才驚覺三雲很可能會對自己的計畫造成阻礙。

大概是佑樹直盯著她，三雲的臉上浮現詫異的神色。佑樹注意到三雲的表情變化，連忙露出微笑：

「對了，我們還沒好好說過話吧？」

佑樹一邊說，一邊望向船艙。三雲抬起頭，輕輕頷首應道：

「因爲根本沒有空閒。」

一直傳出痛苦呻吟聲的船艙，終於稍微安靜下來。

如今船艙內的地板，有七個人癱軟在毛毯上。原因當然不是佑樹在飲料裡下毒，而是單純的暈船。

「眞是不好意思，大家應該都吃了暈船藥，但好像沒什麼效果。」

船隻從T港出航不到一小時，成員就一個接著一個倒下，最後除了船長之外，只剩下佑樹和三雲依然平安無事。兩人不得不照顧著其他成員。

此時，船艙裡的所有成員已把肚子裡的東西吐得一乾二淨，再加上吃了船上常備的強效暈船藥，才勉強能夠忍受。

根據船長的說法，這一帶的海流湍急，今天的風浪算是相當小了。即使如此，船身的上下起伏依然驚人。

佑樹感到有些意外，三雲身材高眺，但十分纖瘦，一副弱不禁風的樣子，竟然能夠跟自己一樣搭了三小時的船仍面不改色。

三雲似乎看穿了佑樹的心思，望著遠方說道：

「小時候，父親經常會租小船，帶著我在波濤洶湧的海上到處航行……明明是十五年前的事了，身體居然還記得那種感覺。」

佑樹以爲三雲會繼續聊起往事，她卻只說了這句話，就陷入沉默。

佑樹無法推測她會對自己的計畫造成多大的危害。爲了試探她的底細，佑樹接著問：

「令尊是幽世島出身吧？」

佑樹說著，從貼身背包中取出這次的企劃資料。

關於三雲繪千花，資料中的記載如下。

靜岡縣出身，居住在東京都。畢業於ＫＯ大學，曾在食品企業任職。三年前以本名出道成爲創作型歌手。目前爲古家經紀公司旗下歌手，出過三張單曲及一張專輯。

最值得注意的一點是……三雲繪千花爲幽世島上負責管理祭祀的望族——三雲家的後代子孫。

她點點頭，朝著船的前進方向望去。

「我父親似乎直到中學都生活在幽世島。我自己從未去過島上，但經常聽父親提起島上的事。」

順著她的視線望去，幽世島還隱藏在海平面下。

如今身爲助理導播的佑樹，正隨著外景團隊前往名爲幽世島的離島。從Ｔ村的港口租船出發，單趟航程將近四小時。

此行的主要目的，是爲電視特別節目《世界的不可思議偵探團》出外景。播出的檔期已確定，這個長達兩小時的節目將在兩個月後登上電視螢幕。

這次的目的地幽世島，正是一九七四年的大屠殺案件「幽世島野獸事件」的案發地點。

這次的企劃可以把「幽世島野獸事件」加油添醋之後向觀眾說明，也可以把焦點放在「隱藏於島上的寶藏所釀成的悲劇」上……導播海野如此盤算。在海野的眼裡，這座島簡直就是電視節目題材的寶庫，過去竟然沒有電視台注意到這座島，實在令人感到不可思議。

佑樹是幕後的工作人員，三雲則是幕前的演藝人員。

三雲在這個節目裡擔任的是引導者的角色「不可思議的旅人」。由歌手追查一座與自身有所淵源的島上發生的懸案，並無類似的前例，從電視台的角度來看，這個充滿實驗性質的企劃概念可說是相當有魅力。

三雲的手上握著外景劇本、資料及智慧型手機。在船艙裡，只要一有空檔，她就會確認接下來的拍攝流程。

她忽然自嘲道：

「我從來不曾爲出身幽世島而感到開心。但如果不是因著這層緣故，像我這種沒名氣的歌手，怎麼可能被選爲『不可思議的旅人』？」

「妳是這節目的主角，怎麼又說那種鬧彆扭的話？」

「我說的是事實。」

「拿出自信來。」

這是佑樹的眞心話。

……話雖如此，佑樹聽到她的歌曲，確實沒有一絲一毫的感動。
每個音都唱得很準，但歌聲沒有令人驚豔之處，也缺乏撼動人心的力量。明明長得很美，CD封面的照片卻看起來死氣沉沉。
然而，實際見到三雲本人之後，佑樹原本抱持的負面印象完全消除了。偶爾就是會有這種本人比照片更有魅力的人。尤其是那雙充滿知性神采卻又散發著陰鬱氣息的瞳眸，總是讓人忍不住多看一眼。
製作人木京力捧她擔任這次的「不可思議的旅人」，口口聲聲說她「只要好好學習演技，將來一定會大紅大紫」。
由於三雲沒有什麼這方面的演出經驗，贊助商及J電視台的高層都不太贊成。最後是在製作人木京的強烈要求下，才讓所有人同意這次的人選……此刻佑樹有些明白，爲什麼製作人木京會以這麼強硬的手段推三雲出線。
三雲似乎根本沒在聽佑樹說話，突然冒出一句：
「話說回來……龍泉這個姓氏相當罕見，難道你是……」
從兩人剛剛的對話，佑樹沒料到三雲會提出這個問題，心頭一驚，陷入沉默。三雲以爲沒有表達清楚，補充道：
「如果是我誤會了，先說聲抱歉……請問你跟『龍泉製藥』是不是有什麼關係？」
佑樹整理著遭突如其來的海風吹亂的劉海，開口應道：
「其實我沒有隱瞞的意思。沒錯，就是那個龍泉。我是『龍泉製藥』創業者家族的一分子。」

「既然如此，爲什麼你要做這種辛苦的工作？」

面對三雲單刀直入的追問，佑樹刻意皺眉說道：

「我在電視製作公司工作很奇怪嗎？」

「倒也不是那個意思……但比起這種常常忙到連睡覺時間都沒有的工作，不是應該有其他的選擇嗎？」

同樣的問題不知已聽過多少次，佑樹苦笑著回答：

「當然有其他的選擇。我哥哥就是聽從父母的安排，在龍泉製藥公司工作。可是，一想到要走在別人決定好的道路上，我就忍不住全身發抖。」

「不知道未來會發生什麼事的人生比較有趣？」

「要是說出這樣的話，一定會有人罵我不知好歹。」

看著揚起嘴角的佑樹，三雲既沒有肯定也沒有否定，只是淡淡地接著說：

「我家並不富裕。雖然我從小跟著父親坐船出海，但那艘船是父親爲了工作需要租來的……父親曾告訴我，三雲家因爲『幽世島野獸事件』失去一切。十二年前，父親也病死了。」

三雲的這番話沉重地壓在佑樹的心頭，他不知該說什麼才好，只能沉默。然而，三雲似乎毫不在意佑樹的反應，自顧自地拿出智慧型手機。在海上早就收不到訊號了，不曉得她想在離線狀態下拿手機做什麼？

「自從接下這次的工作，我私底下調查了不少關於幽世島懸案的事。還有一些衍生出來的重大事件，我也都讀過資料了。」

三雲只顧看著手機，手上的外景劇本及資料不小心滑落在地上。佑樹彎腰幫忙撿拾，瞥見月刊《懸案》的報導影本，忍不住皺起眉頭。

這是一篇詳細記述「幽世島野獸事件」的報導，這次一同出外景的成員都拿到一份影本。「挖掘眞相系列」的資訊正確度相當高，爲過往案件加入新解釋的做法也頗受好評，在《懸案》中是頗受歡迎的專欄。

不過，佑樹因著特別的理由，對這篇報導抱持複雜的情感。

那理由就是……這篇報導的作者加茂冬馬，是佑樹的堂姊伶奈的丈夫。

加茂是個優秀的撰稿人，而且與堂姊伶奈鶼鰈情深。可是……佑樹對加茂避之唯恐不及。

加茂雖然只是一介撰稿人，卻成功揭發好幾起冤獄事件，心思的敏銳程度經常讓佑樹感到毛骨悚然。前一陣子加茂還大膽推測，近五年來在東京犯下多起遊民傷害案的犯人，很可能就是五年前在關西地區連續犯案，鬧得沸沸揚揚的隨機殺人魔，引發不小的話題。

尤其是在決心報仇之後，佑樹更是盡量避免與加茂見面。雖然佑樹有自信計畫不會被看穿，但如果可以，還是別跟那種簡直和偵探沒兩樣的人物接觸爲妙。

儘管如此，有一次因爲上頭的命令，佑樹不得不去拜訪身爲撰稿人的加茂。當然，是爲了這次出外景，需要加茂提供一些資料。當時只是隨口閒談，並且影印幾張舊照片，但在回家的路上，佑樹仍感到神經緊繃，筋疲力竭。

三雲一邊道謝，一邊從佑樹的手中接過外景劇本及資料。接著，她將智慧型手機遞到佑樹的面前。只見螢幕上開啓了電子書籍的ＡＰＰ軟體，似乎是某本雜誌，但不是《懸案》，而是另一本八卦色彩更加濃厚的雜誌。

佑樹一看，登時明白她想談哪件事。

「……這是上上個月刊登『死野的慘劇』專題的那一本雜誌？」

「是啊。四十五年前，我的祖母和許多人一起在幽世島丟了性命。你的祖先也一樣，遭遇過悲慘的事件吧？」

三雲這句話的確是事實。

一九六〇年，位於詩野的別墅內，包含佑樹的曾祖父在內，數人遭到殺害。當時，報紙也大篇幅報導這起凶案，縱使已過六十年，依舊是龍泉家最大的陰影。

如果是平常，佑樹可能會感到火大，認爲對方不該基於一時的好奇心拿這種話題來閒聊，但這次的情況不太一樣。

三雲的人生也被過往發生的慘劇束縛住了。就這層意義而言，三雲與佑樹有著類似的人生際遇。

佑樹回想著六歲時的往事，說道：

「小時候，聽祖母提起『死野的慘劇』，我既害怕又難過……感覺像是世界毀滅了，整整哭了一個晚上。」

不過，對於那起慘案，佑樹所知並不多。

無論是那起慘案的倖存者，或是祖母文乃，不知爲何都不太願意和佑樹多談。中學的時候，佑樹一度懷疑大家有所隱瞞，但隨著年紀漸長，他失去了追究眞相的動力。

然而到了今天，「死野的慘劇」仍讓佑樹痛苦萬分……因爲他不知道自己想要做的事情，跟「死野的慘劇」有什麼不一樣。到頭來，他跟那起慘案的凶手抱持著相同的念頭。他也企圖逃避法律的制裁，達成「完全犯罪」（註）。

三雲當然無法得知佑樹的想法，此時她已完全對佑樹卸下心防。

「我也一樣……當初父親把幽世島上發生的事情告訴我時，我太害怕，聽到一半就哭著逃走了。」

佑樹非常能夠體會那種心情。然而，三雲的下一句話，卻出乎佑樹的意料之外。

「從前我還相信那些故事的時候，曾下定決心這輩子絕對不會踏上幽世島一步。」

三雲說得冷酷……至少看不出絲毫懼意，佑樹詫異地問：

「妳的意思是……妳現在不相信令尊說的那些話？」

「父親爲了嚇我，故意加油添醋，說得像怪談一樣。看我嚇成那樣，他大概覺得很好玩吧。你不認爲這種家長很過分嗎？」

「但也有可能……一切都是眞的。」

佑樹一臉認眞地說，三雲狠狠瞪了佑樹一眼。

「哼！你根本不知道那些內容有多荒誕不經，就隨口這麼說。」

「不管有多荒誕不經，都不是重點。自從發生『死野的慘劇』之後，龍泉家便流傳下來一句家訓。」

或許是佑樹的話毫無脈絡可言，三雲愣了一下。

「家訓？」

「沒錯，就是『這世界非常不可思議，任何異想天開的事情都有可能成眞』。」

三雲一聽，登時笑得全身發顫。

「這是什麼家訓啊？簡直像是靈異現象愛好者的口號。」

「請先別笑……我自己的解釋是『就算發生不合常理的事情，也要保持冷靜，不要持有先入爲主的偏見』。」

「無論是多荒唐的事情，也不要一開始就直接否定？」

「沒錯，就是這個意思。」

佑樹自認沒有講什麼會惹惱人的話，三雲卻板起臉，沉默不語。佑樹心想，自己似乎不小心踩到她的地雷。

三雲一直沒開口，佑樹無可奈何，只好順著船的前進方向望去。

「啊，看得見幽世島了。」

海平面上出現一個若有似無的小點。

註：推理小説領域中經常使用的術語，或稱爲「完美犯罪」。指犯案手法高明，讓偵辦人員查不出凶手或找不到犯罪證據。

菜穗子之死

佑樹接到續木菜穗子身亡的通知，是在二〇一八年十二月十三日的晚上。

當時佑樹住在關西地區，任職於大阪的某專利事務所，隔天他便請假，搭乘新幹線趕往菜穗子的所在之處。

從KO大學畢業後，菜穗子一個人住在東京都內的公寓，任職於J製作公司。但佑樹再見到她的時候，她已被送回位於東京都江東區的老家，躺在被墊之上，有如睡著了一般。

菜穗子的父親隆三形容憔悴。佑樹在他的雙眸深處似乎看見某種異樣的光芒，但他旋即垂下頭，以陰鬱的口吻說起來龍去脈。

上個星期日，隆三打了女兒的手機號碼。當時電話沒有接通，隆三以爲女兒在忙，並不特別擔心。不料，隔天他接到警察的聯絡，說是女兒出了車禍。

一定是搞錯人了吧……隆三懷著這樣的心情前往遺體安置所。然而就在那裡，隆三被迫接受事實。

警方告訴隆三，星期六菜穗子爲了工作去到山梨縣的某山區村莊，回程途中發生車禍。她駕駛的輕型汽車（註）在一條陡峭的山道上，因轉彎不及而墜入山谷。

由於發生事故的時間是在深夜，再加上幾乎沒有車輛通行，菜穗子的遺體超過一天之後才被人發現。

「如果星期日打電話給她的時候，我能夠有所察覺就好了……」

隆三悲痛地說道。

警方勘驗遺體，研判是單純的事故，在昨天傍晚將菜穗子的遺體還給隆三。如今隆三正在安排守靈及家祭。

「她的母親還不知道這件事。」

菜穗子的母親罹患末期的胰臟癌，目前正在住院。佑樹一想到終究必須把這件事告訴她，便忍不住要落淚。

佑樹在永遠無法再醒來的菜穗子身旁坐下。

雖然距離斷氣已過六天，但或許正值冬季，又長時間保管在遺體安置室，儘管臉上稍有傷痕，但緊閉雙眼的菜穗子，幾乎和高中時沒兩樣，表情也十分平靜。

佑樹與菜穗子從小學、中學到高中都同校。在上大學之前，兩人幾乎天天見面。

或許是從孩提時代就認識，也或許是兩人的性格所致，佑樹與菜穗子從小到大都沒有發展出戀愛關係。然而，如果要將兩人的關係形容爲知己，似乎也不太對，恐怕稱爲損友更恰當……畢竟兩人認識的第一天就互相在對方的課本上塗鴉，後來經常一起翹課溜出去玩，逐漸變得要好起來。

佑樹與菜穗子都喜歡海，經常去濱海公園。

小學四年級的春天，兩人在公園裡發現一隻小貓。由於附近沒看到母貓，到了隔天，小貓

註：依照日本道路法規，輕型汽車指排氣量在六六〇ＣＣ以下的汽車。

依然孤零零地逗留在公園裡，菜穗子決定將小貓帶回家。

取名爲小梅的灰色雌貓，個性跟牠的飼主一樣古怪。

小梅很少踏出家門，但每當菜穗子要出門的時候，小梅就會跳進腳踏車的籃子裡，彷彿在央求菜穗子帶牠出門。或許是牠知道只要跳進籃子裡，就能去濱海公園。菜穗子確實一天到晚往濱海公園跑，簡直把那裡當成了故鄉。

從此以後，兩人只要打算去濱海公園，一定會帶上小梅。有時釣客看小梅可愛，會拿小魚給牠吃，牠總是吃得津津有味，喉嚨發出呼嚕聲響。

佑樹想到這裡，忽然聽見背後傳來懷念的呼嚕聲響。轉頭一看，一隻灰色的貓橫躺在貓用的小床上。雖然變得很瘦，毛也乾癟無光澤，但那貴婦人般的高傲神態及翠綠色的眼珠，肯定是小梅沒錯。

上了大學之後，佑樹幾乎不曾與菜穗子見面。上次看見小梅已是七年前，不過牠似乎記得佑樹。

佑樹伸出手，小梅便靠上來磨蹭，但那動作極爲虛弱。

隆三告訴佑樹，自從菜穗子去世，小梅幾乎不進食。此時小梅已是一隻老貓，腎臟機能衰退，恐怕壽命將盡。然而，在佑樹看來，小梅是想陪菜穗子一起走。

佑樹輕輕撫摸著小梅的脖頸，忽然察覺隆三眼中閃爍著光芒，正注視著他。

於是，佑樹放開小梅，問道：

「怎麼了嗎？」

「阿樹……那孩子寄來一封信，我一直在猶豫，不知該不該告訴你。」

「阿樹」是菜穗子爲佑樹取的綽號，隆三也習慣這麼稱呼他。

此時，佑樹的腦海浮現與菜穗子在ＬＩＮＥ上的對話。兩週前，兩人開心地聊著今年冬天要上映的電影，還說很久沒見面，約好要聚一聚。

佑樹的胸口一熱，說出了原本不該對隆三說的心底話。

「我實在無法相信菜穗子死了。那眞的是避不開的車禍嗎？還是……」

「菜穗子不是死於車禍。」

隆三說得斬釘截鐵，佑樹頓時沉默。

隆三拿起桌上的一只信封，遞到佑樹的面前。那是一只普通的牛皮紙信封，沒有什麼奇特之處。

「這是……？」

「菜穗子寄回來的，今天上午才收到。」

「今天嗎？」

菜穗子去世至今已過了六天，難道是她在死亡前把信投進郵筒，後來因爲某些郵務疏失，才延遲寄達？

隆三彷彿看穿了佑樹心中的疑問，說道：

「菜穗子似乎是把信交給某個人。在菜穗子過世之後，對方才寄出。」

佑樹頓時停下正要接過信的手。

不知爲何，那信封帶給佑樹一種莫名的恐懼。一旦拆開這封信，或許就再也沒辦法回頭。

遲疑了數秒，佑樹接下信封。裡頭有幾張折成三折的信紙，上頭寫滿文字。那確實是菜穗子的筆跡，令佑樹感到懷念不已。

讀信的過程中，佑樹產生了天旋地轉的錯覺……彷彿身處的世界將再度土崩瓦解。即使如此，佑樹還是無法阻止自己繼續讀下去。

「報警了嗎？」

佑樹啞聲問道。隆三的嘴角揚起諷刺的微笑。

「當然，我一讀完信，便立刻前往警局。但警察根本不相信這上頭的內容，堅持菜穗子的死只是一場意外，不會進一步調查。」

聽起來像是要草草結案。

「可是……」

「警察說菜穗子工作壓力太大，患有思覺失調症，還說什麼職場的保健醫師一直勸菜穗子去看精神科。」

「這麼說來，警方認爲信上寫的都是菜穗子的胡思亂想？」

隆三聽到「胡思亂想」一詞，發出歇斯底里的笑聲。

「沒錯，任憑我說破了嘴，他們就是不相信，還勸我接受心理輔導，甚至表示要暫時保管菜穗子這封信……我氣炸了，不想再跟他們糾纏下去，就這麼回來了。」

佑樹把信還給隆三，他小心翼翼地接過，彷彿捧著玻璃工藝品。佑樹思索片刻，說道：

「就算不靠警察，我還是有辦法調查這封信的內容是否屬實。J電視台有個我父親大學時期的朋友，透過這個管道，便能避開信中提到的**三個人**，蒐集相關情報，查出眞相。」

隆三大喜過望，連連點頭同意。

佑樹保證，只要查出什麼眉目，就會聯絡隆三。接著，佑樹又詢問守靈及喪禮是否有需要協助的地方，才告辭離開。

走出房間的時候，小梅發出悲傷的叫聲。

第一章　本島　攝影準備

二〇一九年十月十六日（三）〇八：一〇

構思復仇計畫時，佑樹立下三個規則。

・規則一：不管發生什麼狀況，必須獨自執行。

・規則二：絕不能對不相關的人造成危害。

・規則三：一旦失敗就要果斷放棄。

這些規則沒有一項對他有利，反而增加執行上的限制。但如果不這麼做，佑樹擔心自己會失控。這次的目標只是那幾個罪大惡極的傢伙，無論如何不能讓局外人受到傷害。否則，他會成爲無差別攻擊的殺人魔。

船在幽世島的本島碼頭一靠岸，佑樹便著手搬運各種攝影器材。所有的工作人員都已上岸之後，能夠正常活動的人依然只有佑樹和三雲。佑樹拜託三雲照顧暈船的工作人員，他和船長合力將器材及住宿所需的裝備搬下船。

碼頭的混凝土地面上，還有三個暈得特別嚴重的工作人員躺著不住呻吟。另外四個工作人員的症狀較輕微，但也還沒有力氣走路。

「……這座島是怎麼回事？怎麼連陸地都在搖晃？」

製作人木京如此抱怨。他是這次的企劃負責人。

只見他臉色慘白，盤腿坐在混凝土上。工作人員中，只有他是J電視台的職員。平常他大多穿西裝，但這次拍攝地點是離島，他穿的是白色防風外套及米黃色棉褲。

今年十二月，木京就滿四十六歲了……不過，只要佑樹的計畫沒出差錯，他將無法活著迎接下一個生日。

佑樹滿臉堆笑，對著**目標對象之一**的木京說道：

「一直看著海浪，腦袋容易產生錯覺。望向陸地，可能會感覺舒服一點。」

若是平常的木京，一定會吐出酸言酸語，此時他只是仰天躺下，閉上眼睛，似乎連多說一句都吃力。

接著，背後傳來另一人的聲音。

「眞是莫名其妙。」

佑樹轉頭一看，他的直屬上司海野癱坐在地上。他常告訴大家自己是個旱鴨子，光聽海浪聲也會害怕，臉上當然毫無血色。

「……爲什麼龍泉不受影響？」

「大概是體質的關係吧。」

「我勸你回去之後到醫院檢查一下，三半規管和腦袋恐怕爛掉了。」

「是、是。」

像這樣的侮辱性話語，早已是家常便飯。

但佑樹聽了不痛不癢，反正再過不久就要和海野永別。他也是復仇的目標對象之一，而且是計畫裡的第一個犧牲者。

海野是J製作公司（J電視台的子公司）的職員，轉調到母公司參與外景拍攝及節目製作。此時他穿的也是輕便的服裝，下半身是牛仔褲，上半身則是色彩鮮豔的兩件式T恤。雖然說起話來有些孩子氣，但年齡已三十五歲左右，算是相當老經驗的導播。

值得一提的是，佑樹的職場幾乎沒人會一天到晚把「業界用語」（註）掛在嘴邊。許多搞笑藝人經常提及的「姐小」、「座銀」、「木六本」等等，佑樹都不曾說過。

他們使用的是實用性較高的電視業界用語，比如「押」（超過預定時間）、「捲」（加快速度）、「下巴」（餐點）、「腳」（交通工具）、「枕頭」（住宿）之類……

身旁忽然傳來嘔吐聲。轉頭朝碼頭的方向望去，只見一個穿橘紅色T恤及卡其色斜紋布褲的年輕人，趴在地上，對著海岸嘔吐。那是工作人員裡年紀最輕的信樂。

在眾人當中，信樂的暈船狀況算是比較輕微的，沒想到下了船之後，又開始感到不舒服。三雲在他的旁邊，關心著他的狀況。

信樂原本是個大學生，目前休學中，在J製作公司打工。由於他的興趣是露營，這次出外景預計由他負責準備大家的三餐。

信樂對佑樹啞聲說道：

「眞的很……對不起……」

「不用在意，休息一下吧。」

就在東西大致都搬下船的時候，船尾忽然傳來激烈的狗吠聲。那聲音逐漸靠近……只見船長提著寵物搬運袋，一臉無奈地走過來。

「眞是糟糕，塔拉完全不吃我給的食物，看來牠還不信任我。」

袋裡的狗吠個不停，彷彿不知疲累爲何物，甚至蓋過船長的話聲。佑樹接過袋子，苦笑道：

「沒辦法，聽說這隻狗除了飼主之外，誰也拿牠沒轍。」

「塔拉」是這隻狗的暱稱。全名好像是「塔拉提諾」還是「塔拉塔夏」什麼的。

軟式的寵物搬運袋上，窗口和出入口都覆著黑色網子，看不清楚袋內的狀況。佑樹湊向黑色網子，只見裡頭有一隻白色博美犬，正在凶狠地吠叫著。

大多數的貓狗遇上佑樹都會變得溫馴，唯獨這隻狗例外。

幸好塔拉似乎沒暈船，袋裡的便溺墊並未弄髒，或許事先吃過獸醫開的暈船藥了吧。佑樹擔心塔拉會出現脫水症狀，想給牠喝一點水，但牠拚命吠叫，不願湊過來。

佑樹心想，暫時別再刺激牠比較好，於是將寵物搬運袋提上岸，放在器材的旁邊。佑樹一離開，袋內頓時變得鴉雀無聲……由此可看出狗的性格。

上午八點四十五分。搬完所有行李與器材，目送船離港後，佑樹悄悄揚起嘴角。

船下次進港，是兩天後的十月十八日下午兩點。

在此之前，幽世島將完全處於與世隔絕的狀態，手機沒有訊號，衛星電話也動了手腳。就算來迎接的船遇上意外狀況，J電視台及J製作公司的人也都知道他們在這裡，想必會立刻以別的方式把他們救出去。

註：傳聞中日本的電視台人士的特殊用語（類似行話），通常會把一個詞上下顚倒，例如「小姐」（ネーチャン）改稱「姐小」（チャンネー）、「銀座」（ギンザ）改稱「座銀」（ザギン）等等。

如此一來，不用擔心會連累不相關的人一起遇難，也不會違反他立下的復仇規則。

值得一提的是，以日本國內的外景拍攝而言，三天兩夜的時程算是相當長。當然，這是有理由的。這次的外景企劃，木京打著一石二鳥的算盤。

佑樹默默整理著搬上碼頭的行李，茂手木走過來。

「龍泉……是不是應該先安排今晚過夜的地方？」

「我馬上處理。」

佑樹一邊回答，一邊凝視著這個說起話來裝模作樣的年輕教授。

這次的外景企劃中的第二隻鳥，正與茂手木有關。

據說，幽世島上有許多獨特的植物及昆蟲。佑樹也是在調查之後，才得知這件事。最近剛發現新品種的蕨類植物和獨角仙，躍上了新聞版面。

因此，木京特別邀請身為S大學教授及亞熱帶地區生態系統研究者的茂手木，擔任節目的解說員。

茂手木是海野的高中學長，自從一年前海野邀請他擔任另一個節目的特別來賓後，他漸漸成為資訊類節目的常客……換句話說，這次找他來，有一部分的原因是為了增加收視率。

木京答應給他進行自由研究活動的時間，條件是假如發現新品種的動植物，節目擁有獨家播放權。

或許是平常習慣了田野調查，茂手木穿著類似探險隊的米黃色衣褲，看起來最有模有樣。

他本人自稱非常容易暈船，吃了暈船藥也沒效。不過，或許是搭船的經驗多，恢復的速度比較快，此時他已從提包裡取出一本文庫版小說，自顧自地讀了起來。如果外界對這個人的描述屬實，他讀的應該是推理小說。

佑樹看在眼裡，幾乎忍不住要笑出來。

虛構情節裡的犯人，往往會刻意製造密室或不在場證明來避免遭到懷疑。大多數的推理小說，都會以犯人露出馬腳作爲結局……事實上，動手腳的部分越多，失敗的機率越高。

站在犯人的角度來看，「虛構的犯罪手法」絕大部分在現實中根本不可能成功。尤其是童謠殺人（註）和別墅內的連續殺人，佑樹認爲簡直就是無稽之談。

因此，佑樹追求的是「實用性的犯罪手法」。

最理想的狀況是，不以太複雜的方式動手腳，並且盡量避免讓警方發現是謀殺。不過，這次的計畫是要連續殺害三人，不太可能不引起警方懷疑，這一點佑樹早有覺悟。

雖說不管犯人再怎麼追求「完全犯罪」，一旦遇上觀察力敏銳的神探，終究還是會被破解，但佑樹認爲現實中根本沒有那樣的神探，並不特別擔心。

佑樹最擔心的是，在孤島上有人死亡的狀況下，可能會導致其他存活者因過度驚慌而做出難以預期的舉動。從犯人的角度來看，難以預測的事情當然是越少越好。

爲了避免發生這種情形，佑樹準備好一套「假的眞相」，打算故意讓喜歡讀推理小說的茂手木教授發現。以這個人的性格，只要稍微吹捧一下，便會樂於擔任神探的角色，迫不及待地告訴大家他推理出的眞相。

總之，接下來有很多事要請這個教授幫忙，佑樹整理好了之後，便前往荒廢的公民館。當

註：見立て（殺人），指凶手依照童謠、歌詞或詩句的內容犯案。

初在勘察環境的時候，佑樹已決定要以那棟公民館爲夜宿地點。

每次拍攝外景節目，工作人員都會先到現場勘查環境。由於海野前陣子一直在國外拍攝外景，一個星期前才回來，這次是佑樹獨自負責。

這可說是相當幸運，佑樹能夠在執行計畫前仔細確認現場的狀況。身爲犯人，再也沒有比這更値得慶幸的事了。

佑樹爲了勘查環境而來到幽世島，是在十天前。

當時佑樹在嚮導的陪同下，查看了島上的每個角落。一方面尋找適合拍攝的景點，一方面確認那棟荒廢的公民館是否適合夜宿。

根據T村的村公所提供的資訊，三個星期前W大學的研究團隊來到島上，也是住在公民館。於是，佑樹依循正規的手續，向村公所借來公民館的鑰匙。

佑樹轉過頭，朝暈船症狀特別嚴重的三人望去。他們依然沒辦法做出翻身以外的動作，各自以外套或毛巾蓋在臉上遮擋陽光。其中一人是佑樹的復仇對象……但目前大概不容易確認對方的狀況。

佑樹打算先到公民館看一看，於是沿著通往碼頭後方的道路走去。

走了一會，前方出現小小的石碑。石碑上停著一隻紅色的椿象（註一），背上有著X字形的白色紋路。當初來勘查環境的時候，佑樹以爲那是一塊石製的路牌，仔細一看，才發現並非如此。

在海風的吹拂下，石碑風化嚴重，只能勉強看出刻著這樣的文字。

〔こ××むし　×間×ずれの　×××　その心×に　××宿らん〕（註二）

有些部分毀損看不清楚，但從前在幽世島上，似乎有人把寫和歌（註三）當成興趣。

前進大約一百公尺，佑樹來到公民館的門口。

他看了一眼手腕上的電波表，此時剛過早上九點。從碼頭到這裡的道路雖然有點崎嶇不平，但當初勘查環境時確認過，搬運行李及器材應該不會有太大的問題。

忽然間，背後傳來腳步聲。佑樹吃了一驚，轉頭望去，只見三雲快步走來。

「有沒有什麼我能幫上忙的事？」三雲問道。

佑樹原本希望能夠單獨行動，既然三雲追了上來，那也沒有辦法。佑樹暗暗嘆了口氣，說道：

「我這邊沒什麼麻煩事，不需要幫忙。如果妳方便，先去看看今晚的住宿環境如何？」

公民館是一棟平房建築，建造於「幽世島野獸事件」發生的那一年。如同名稱，是供島民舉辦各種活動的場地。

建築物本身蓋得相當堅固，門口有鐵捲門，窗戶有遮雨板。或許是村公所會定期派人清潔及維護，雖然在這嚴酷的環境裡荒廢了四十五年的歲月，建築物的狀況不至於太糟。

註一：外形爲盾牌狀的昆蟲。

註二：石碑內容涉及謎底，故保留原文。目前可知的意思大致爲「××蟲　××排擠×　×××　在其心××　蘊含著××」。

註三：以「五、七、五、七、七」共三十一個音寫成的日本傳統詩歌。

佑樹掏出向村公所借來的一串鑰匙，挑出其中一把，解開鐵捲門的鎖，將鐵捲門往上推。鐵捲門的後頭還有一扇門。三雲一看，錯愕地眨了眨眼。

「這扇門簡直像金庫一樣。」

門板是以非常厚的金屬板製成，實在不像是一般公民館的門，散發著一股不讓任何人靠近的氛圍。

佑樹從同一串鑰匙中挑出這扇大門的鑰匙，點頭說道：

「上次我來勘查環境的時候，也覺得很奇怪。」

「或許是爲了阻擋颱風吧。這座島應該跟沖繩一樣，颱風的強度遠遠超過本州。」

「如果是要擋風，剛剛那重得要命的鐵捲門應該就夠了。而且這扇門的內側，還裝設一根大門閂。」

佑樹打開門，伸手指向鋼鐵製的粗大門閂。三雲不知爲何一臉不快，接著突然語帶調侃：

「龍泉，看來你是個一旦被其他事情吸引，就會放下手邊工作的人，對吧？」

「我不否認……但這門閂眞的太奇怪了。又不是要阻擋敵人，怎會需要這麼粗的門閂？如果是在戰爭期間建造的，或許還說得過去……」

「好了、好了！聽你在這邊閒扯，太陽都要下山了。」

三雲快步走進昏暗的建築物，佑樹無可奈何，只能跟在後頭。

接下來，兩人默默地把所有窗戶的遮雨板都打開。一般來說，有遮雨板的窗戶就不會有網格，但這棟公民館的窗戶都裝有金屬材質的網格，或許是特別訂製的。

一進大門，便是一間多用途的大廳，約有二十坪大。地上鋪著木頭地板，由於年久失修，表面有些粗糙。佑樹藉著窗外透入的陽光檢視館內狀況，確認幾乎沒有什麼灰塵，用來過夜完全不成問題。

「哇，這裡比想像中要大多了。」

三雲注意到多用途大廳的深處有一扇嵌著白色毛玻璃的門，於是走了過去。佑樹上次來的時候，已確認過館內的格局，知道那扇門的後頭是一條走廊，走廊的右邊有兩個小房間，左邊則有一間休息室及一間廁所。

佑樹跟在三雲後頭，來到走廊上。三雲好奇地朝著小房間探頭探腦。佑樹走進去，把兩個小房間的遮雨板都打開。

靠近大廳的小房間裡空蕩蕩，後頭的小房間裡堆著四個紙箱，上頭寫著「T村公所」。打開紙箱一看，裝有毛毯、礦泉水、速食米飯等儲備糧食。雖然村公所的人沒有說明細節，不過應該是緊急用維生物資。

「對了，原則上這幾天大家都是睡在睡袋裡。另外，我還帶了自立式帳篷，晚一點會分配給大家，可以當成私人空間，在裡頭換衣服什麼的。」

三雲聽了佑樹的說明，露出懷念的笑容。

「長大以後，我就沒睡過睡袋了。」

這棟公民館鮮少有人使用，但保持得相當整潔。不久前在這裡過夜的W大學研究團隊，離開前似乎打掃過，走廊及小房間的地上看不見一點垃圾。

兩人回到走廊上，佑樹指著後門的門板說道：

「妳看，後門也有門閂。」

那粗大的門閂亦是鋼鐵材質，散發著鈍重的光澤。門板本身也很厚，同樣讓人聯想到金庫的門。

三雲露出「你又來了」的表情，沒有查看剩下的休息室及廁所，直接回到多用途大廳。佑樹又被丟下，只好獨自走進廁所，打開遮雨板。

這棟建築物的廁所沒有男女之分，裡頭的隔間也只有兩間，頗爲簡陋。村公所的人曾提醒佑樹「嚴禁使用廁所」，因爲這裡的馬桶是傳統的抽肥式馬桶，清理起來太麻煩。廁所的角落有一隻長腳蜘蛛的屍體，足足有十五公分。或許是長期被關在建築物裡，餓死了吧。

最後，佑樹打開休息室的遮雨板，及後門的鐵捲門。

想要取下後門門閂的時候，佑樹發現那門閂比外觀看起來還要重，而且扣得非常緊，得用雙手才能搬動。

不過，除了門閂很沉重之外，門板本身倒是相當普通。不管是前門或後門，內側都有上鎖及解鎖用的旋鈕，外側則可使用鑰匙上鎖。當然，這些鑰匙都包含在佑樹從村公所借來的鑰匙串裡。

佑樹擔心一直開著後門，會有野鼠進來偷吃速食米飯，於是轉動旋鈕，鎖上後門。保險起見，又將門閂也閂上。一開始先閂著，就不用擔心離開時忘記閂上。

休息室裡的窗戶也裝有金屬網格。佑樹不禁有些詫異。整棟公民館的窗戶都裝有金屬網格，而且網目極細。

照理來說，離島應該不太會有治安不好的問題，何必如此提防？佑樹思索著這個問題，走回多用途大廳，只見三雲等得一臉無聊。

兩人回到碼頭的時候，暈船最嚴重的三人已能夠坐著說話。見信樂來回奔走，佑樹心裡納悶，不曉得發生什麼事。一問之下，原來是木京說肚子餓了要吃東西，眾人決定在原地吃點東西再開始行動。回想起來，一行人從早上四點就沒有進食，不再暈船之後，當然會感到飢腸轆轆。

信樂發下原本要配著午餐一起吃的麵包及寶特瓶裝的咖啡，大家各自在碼頭一帶尋找喜歡的地點坐下來吃。

佑樹一下就吃完披薩麵包，但暈船症狀特別嚴重的古家依然把麵包拿在手裡，一副沒有食慾的樣子。

他拿著扇子朝臉上猛搧，說道：

「聽說這裡是南洋的天堂樂園，本來有點期待，沒想到暈船暈得要命，差點上了真正的天堂。」

佑樹暗自嘆氣，心想「你就算死了也不會上天堂」。古家也是佑樹的復仇對象之一。古家是「古家經紀公司」的社長，三雲是他旗下的歌手。今天他穿著水藍色休閒衫及海軍藍的棉褲。

那條博美犬坐在古家的膝上吃點心，乖巧得不得了，簡直讓人不敢相信牠就是剛剛對著船長及佑樹吠叫的那條狗。以博美犬而言，牠的體型稍大，但仍算是小型犬。

古家忽然撫摸起愛犬，狗則不斷舔著主人的臉，彷彿在說「再多摸一點」。

「幸好塔拉不會暈船……哈哈，好癢！」

那嗲聲嗲氣的說話方式實在讓人聽不下去。佑樹擔心被他發現神色有異，趕緊朝著行李堆放處走去。看著古家、木京、海野這三個萬惡根源坐在那裡談笑自若，連善於隱藏心思的佑樹也難以忍受。

來到行李堆放處一看，已有兩個人待在這裡。

兩個似乎都是嚴以律己的人，正各自拿出器材，確認有無異狀。佑樹發現其中一人還沒吃麵包，於是問道：

「西城哥，你怎麼不休息一下？」

身材高眺的西城轉過頭來，搖頭說道：

「哪有時間休息？船晃得那麼嚴重，我得趕緊確認攝影機有沒有壞。」

西城是J製作公司的專屬攝影師。

這次來到島上的男性，身高大多在一百七十公分左右，唯獨西城特別高，有一百八十五公分，但體格屬於高瘦型。除了西城之外，佑樹算是身高最高的，有一百七十七公分。

這次出外景，西城只攜帶最小限度的必要攝影器材，即使如此，數量還是不少。他一個個拿起來開啓電源，確認沒有損壞。

「關於電源的部分，我再確認一次。除了我這邊的攜帶型充電器之外，你那邊還有發電機，對吧？」

「對，預計今晚開始使用，隨時可以充電。」

佑樹一邊說，一邊將手放在行李堆中的發電機上。

發電機是邊長約六十公分的立方體，還沒加入汽油，重量便已超過五十公斤。雖然很沉重，但底下有四個輪子，搬運不成問題。

「啊……八名川姊，妳會不會太性急了？」

佑樹將手從發電機上移開，對著另一名女性攝影師說道。她正把最後一口麵包塞進嘴裡，著手準備攝影。

「攝影越早開始越好。」

攝影師八名川以關西腔回答。

八名川的「耐操」，在業界十分有名。就算將她派往外國的叢林，她也不會皺一下眉頭，任何國家的食物（包含毛毛蟲）都能吃得津津有味。不僅如此，她吃過的食物千奇百怪，卻從來不曾食物中毒。

八名川的身高將近一百七十公分，因爲從事需要耗體力的工作，看起來頗爲健壯。今天她一如往常穿著T恤及牛仔褲，這幾乎已算是她的固定打扮，即使是冬天，她的穿著也大同小異。

這次出外景，眾人必須在昨天就抵達鹿兒島。再前一天，有新聞節目的助理導播請她協助採訪遊民連續傷害案件，聽說她忙到三更半夜，此時臉上卻絲毫沒有疲累之色。

「你看，教授也開始忙了……」

八名川甩了甩頭，佑樹順著她示意的方向望去，只見茂手木跑到碼頭附近的斜坡，正在採集樣本。旁邊的地上放著吃到一半的披薩麵包……大概是吃到一半的時候，發現什麼稀奇的動植物吧。

「啊，眞的耶。」

佑樹咕噥著，從行李堆中找出三支中距離的無線電通話器。由於功率小，不需要申請執照就能使用，在郊外的通訊距離可達兩公里。

佑樹拿起其中一支無線電通話器，走向正在對著古家哈腰陪笑的海野。

「抱歉，打擾了。既然茂手木教授已開始進行調查……」

見佑樹遞來無線電通話器，海野臉色有點難看，但他什麼也沒說，默默伸手接過。

這次出外景，工作人員分成兩組，每個人負責的工作已事先討論好，職責區分相當清楚。三雲負責介紹島上的環境，佑樹和西城跟在三雲的身邊負責拍攝，這一組稱爲「三雲組」。茂手木負責進行調查研究，由海野和八名川跟在身邊負責拍攝，這一組稱爲「茂手木組」。

節目的主軸當然是三雲的介紹部分，而且拍攝茂手木進行調查研究的過程，肯定十分辛苦。海野身爲上司，卻分配在茂手木組，純粹是因爲茂手木要求海野一同行動。

茂手木與海野從學生時期就是學長學弟的關係，佑樹不清楚兩人私底下的相處模式，但看得出海野對茂手木畢恭畢敬，完全抬不起頭來。

海野帶著心不甘情不願的表情，喝光瓶裡的咖啡，將無線電通話器塞進口袋。

「……看那副舉動，應該不是什麼大發現吧？」

「他好像在採橘色黏糊糊的東西，可能是黏菌之類的。」佑樹說道。

「噁心死了，至少也該挑些適合放在電視上的東西嘛。」

海野嘴上這麼抱怨，還是把扛著攝影機的八名川叫了過來，一起走向茂手木。佑樹的臉上堆滿虛情假意的微笑，將一支無線電通話器塞進貼身背包。待在幽世島的期間，攝影本部、三雲組、茂手木組之間能夠以無線電通話器互相聯絡。

最後一支無線電通話器，由木京保管。他的工作是主持「攝影本部」，在公民館內待命，統籌掌控各組狀況……當然，這只是名義上的職責。

實際上，攝影的過程中，木京什麼事也不用做。實務工作原本就是由製作公司的製作人及導播負責，木京身為電視台的製作人，基本上只要在旁邊納涼就行了。

木京擅長的本來就不是拍攝，而是協調各種事務，靠著廣大的人脈安排節目來賓，以及說服贊助商及電視台高層接受企劃內容等等。因此大部分的時候，木京只要翹著二郎腿待在電視台裡就好，一步也不用離開。

這次他居然會參加位於南洋離島的外景拍攝活動，連一起工作了半年的佑樹也感到有些意外。

佑樹心中納悶，故意以言語試探，才知道有人向木京及古家吹噓「幽世島是永夏的樂園」。畢竟要登上幽世島，必須經過特殊的申請手續，機會難得，讓他們心動了吧。

換句話說，木京和古家表面上是來錄影，實際上只是抱著遊玩的心態。

幽世島確實有清澈的大海及藍天，風景優美，尤其是海景，據說是日本數一數二之美。然而，這裡沒有沙灘，也沒有任何為觀光客建造的基礎設施。兩人能否獲得滿足，佑樹頗為懷疑。

不論理由為何，兩人願意來到這座島上，實在是讓佑樹喜出望外。沒想到不用要任何手段，所有的復仇對象就聚集在一起。或許幽世島有一種吸引大壞蛋靠近的魅力吧。

……距離殺死第一個目標，只剩下十六個小時。在執行計畫之前，必須正常進行攝影工作，以免引來懷疑。

佑樹走向剛吃完第二個麵包的信樂，說道：

「如果你的身體狀況沒問題，我們就來搬東西吧。」

信樂爽快地應了一聲「沒問題」，但臉色還是有點蒼白。或許是注意到信樂尚未完全恢復精神，西城將攝影機放回盒子，一邊說道：

「我來幫你們搬吧。」

身為攝影師的西城，從來不做攝影以外的工作，此時他突然說要幫忙，佑樹和信樂不由得面面相覷。約莫是為了消除氣氛的尷尬，西城接著解釋：

「剛剛暈船的時候，給你們添了麻煩，而且我也想運動一下，或許能夠讓腦袋清醒一些……何況，總不能讓『老爺們』在這個地方等太久。」

西城說著，悄悄望向木京和古家。佑樹跟著望去，只見兩人指著海平面，聊得十分起勁。木京抽著他最愛的「Six Star」牌香菸。他們不時發出笑聲，應該是還沒有生氣。

佑樹與信樂決定接受西城的好意。

得趁老爺們看膩南洋景色之前，趕快布置好住宿地點才行。

＊

在搬運之前，必須先把「屋內用的東西」及「屋外用的東西」分開來。

跟炊煮有關的各種器具，放在正門口附近，發電機及三個攜帶型汽油罐，則放在後門的旁邊。每個汽油罐裡，皆裝有十公升的汽油。

後門的周邊有屋簷，再加上位在建築物的北側，不用擔心日光直射。汽油放在這裡，應當不會有危險。

接著，搬進屋內用的東西，各自擺放至定位。

三人大約花了一小時，把自立式帳篷及其他大小器具都布置好。佑樹主要負責的是與監視器有關的各項裝置和儀器。全部完成後，佑樹把攝影本部用的無線電對講機，放在監視螢幕的旁邊。

接著，佑樹望向擺在多用途大廳裡的一座座帳篷，嘆了口氣。紅紫色與青灰色帳篷的擺放位置，與預定的位置不同。

「西城哥……我不是說紅紫色要在最右邊嗎？」

這些帳篷中，有一座是女性專用。爲了方便區別，佑樹預計將紅紫色帳篷分給女性工作人員。

負責設置帳篷的西城一聽，尷尬地笑了笑：

「抱歉，我一時搞錯了。」

「爲什麼紅色系就一定代表女性？龍泉哥的想法太古板了。不過沒關係，移一下就好。」

信樂一邊吐槽，一邊快手快腳地搬移帳篷。青灰色帳篷有兩座，由海野、佑樹、信樂、西城、茂手木五人共同使用。

「這不是雙人用的帳篷嗎？」

西城低頭看著帳篷，嘴裡如此咕噥。佑樹輕輕頷首，說道：

「商品說明書寫著二至三人用，但看起來比想像中要小。」

佑樹特意挑選布料較薄、通風良好的款式，除了可供女性當換衣服的隱密空間之外，晚上睡覺時還可當蚊帳。

「……一想到要跟幾個臭男人擠在這種帳篷裡兩晚，我就快得憂鬱症了。我還是睡在外面吧。」

信樂口無遮攔地抱怨。佑樹與西城露出哀愁的眼神，凝視著信樂。

「信樂，你又不小心說出真心話了。」

「我們就是臭男人，眞是抱歉。」

西城脫掉外套，只穿著一件深藍色T恤。他的雙手交抱在胸前，配上高人一等的身材，散發出一股壓迫感。愛發牢騷的信樂慌忙搖手解釋：

「對不起，我沒有惡意，我不是故意說別人壞話。」

「眞心話更傷人……算了，不說這個。擺放在小房間裡的帳篷，是要給木京先生和古家社長用的嗎？」

佑樹把睡袋放進帳篷裡，應道：

「如果不這麼做，他們一定會生氣吧。」

後頭的兩個小房間，簡直成了VIP室，信樂剛剛各擺放一座帳篷，顏色都是紅紫色。

「唉，不管服務再怎麼周到，他們還是會抱怨。」

西城雖然講話直接，但不管別人對他說什麼，他都會欣然接納。他的年紀跟佑樹差了十歲，在這個業界算是大前輩，但兩人頗合得來，交情不錯。

另一頭的信樂，則是一臉哀怨地看著剛剛才擺好的睡袋。

「由於暈船的關係，我現在覺得好累，眞想睡一覺……可是廚具都還沒設置妥當，料理的事前準備也還沒做。」

露營是信樂的嗜好，之前錄製另一個節目的野外料理特輯時，信樂的露營知識幫了非常大的忙。

信樂從未做過九人份的料理，這次算是一個新的挑戰，而且他對吃的方面非常講究，不僅把所有預定要做的菜色都寫得清清楚楚，還帶來各式各樣的調味料。

另一方面，佑樹則是帶了大量的安眠藥。爲了找到易溶解且無色無味的安眠藥，佑樹費了不少苦心。這些安眠藥都裝在原本裝維他命的小瓶子裡。

佑樹打算在晚餐時要分發的紙杯動手腳，讓海野和自己以外的所有人都喝下安眠藥。當他們開始想睡時，不太可能心生疑竇。畢竟舟車勞頓，再加上白天吃了暈船藥，晚上會感到疲累也是合情合理。

事實上，佑樹還沒下藥，西城已呵欠連連。

「一直待在同一個地方不動，就會想睡覺，不如我們也開始攝影吧。」

「好啊。」

佑樹點點頭，看了一眼手表。幾乎就在同一時間，信樂大喊：

「糟糕，快十一點半了！木京先生和古家社長已等超過一小時！」

事到如今，再怎麼趕也無濟於事。佑樹等人只好拖著憂鬱的腳步，慢吞吞地走出公民館。

公民館的前方有一小塊空地，烤肉架、雙口瓦斯爐，及各種未開封的食材和飲水都放在這裡。由於三人先設置屋內的物品器材，屋外的東西都還沒整理。

但來到屋外一看，有些東西居然已擺設妥當。

木京、古家和三雲都坐在摺疊桌的旁邊，顯然他們自己擺好了摺疊桌椅。而且，他們沒忘了從行李中拿出戶外用的超強效防蟲香來使用。

桌上放著一瓶威士忌、一瓶蘇打水、一個金屬冰桶，冰桶內裝滿板狀的碎冰，旁邊還擺著冰鑽。那是攜帶型的迷你冰鑽，前方的尖刺只有六公分左右。

木京和古家各拿著一個塑膠杯，杯裡裝著大量的冰塊及淡琥珀色液體，應該是威士忌摻蘇打水吧。桌上甚至擺著柴魚乾和製作得精緻漂亮的起司片等下酒菜。

佑樹看得目瞪口呆。

……在這汪洋上的無人島，他們是從哪裡弄來這些酒吧用器具的？

仔細一想，佑樹恍然大悟。

這次搬上船的行李中，有兩個是佑樹和信樂都不曾見過的東西。兩人原本很緊張，以爲混入什麼可疑物品，後來才知道那都是木京的私人行李。

一個是可當冰櫃使用的移動式冰箱，佑樹記得木京曾借用船上的電源來插電。另一個是普通的藍色冰櫃。板狀冰塊大概是放在移動式冰箱裡，其他調酒用具及材料則是放在冰箱裡。

木京的酒量很好，看起來完全不像喝了酒。他一瞄到佑樹，便破口大罵。

「你這廢物，動作還是這麼慢！到底要讓我等多久？」

爲了搬那些沉重的行李，佑樹累得汗流浹背，卻得聽一個大白天就在喝酒的人訓話。

接著，木京又開始冷嘲熱諷。

這種情況下，木京總是會故意壓低嗓音。說了一陣子之後，他會突然拉高音量，激動得大吼大叫，以各種言詞否定對方的人格及存在於世上的一切價值……簡直就像是故意先冷嘲熱諷削弱對方內心的抵抗能力，再激動辱罵造成決定性的傷害。

目前為止，不知有多少人因木京這種職權騷擾而身心受創。光是離職後自殺的人數，至少超過五人。

聽慣了木京的訓話之後，佑樹發現一個現象，那就是木京的冷嘲熱諷和激動辱罵總是維持「九比一」的比例。

而且佑樹逐漸察覺，木京在激動辱罵的時候，其實並不是眞的心情很激動。他只是知道如果想要讓屬下受到傷害，裝出一副「情緒激動」的模樣破口大罵是最有效率的方法。

總之，木京把傷害及摧毀屬下的心靈當成一種興趣，樂此不疲。

另外，木京經常購買貓、狗之類的寵物，但往往養了幾個月就會消失。當然，木京會對外宣稱寵物「送人了」或「病死了」，不過只要稍微調查一下，不難發現木京對寵物做了什麼事。

更狡猾的是，木京只會對寵物進行肉體虐待。同樣的道理，他只對屬下施加心靈虐待。這麼一來，就不用擔心他的惡行惡狀遭人揭發。

木京不僅惡毒，而且極度刁鑽狡猾。在佑樹的復仇對象之中，他是最難對付的一個。

或許是木京的訓話時間太長，坐在同一桌的三雲逐漸垂下頭。她面對桌上的一杯蘇打水，一副如坐針氈的模樣。

至於旁邊的古家，則是不斷對著膝上的愛犬說話。

「這裡好吵，眞是對不起啊。小塔拉一定很害怕吧？」

那條博美犬不停舔著桌上紙盤裡的液體。希望那只是一般的清水……佑樹暗暗想著。可惜，那盤裡裝的似乎是威士忌摻蘇打水。

木京又進入激動模式，佑樹基本上只是左耳進右耳出，完全不當一回事。

爲了報仇，佑樹可說是想盡各種辦法，才混進J製作公司及J電視台。因此，再惡毒的言詞，聽在佑樹的耳裡只像是殺人凶手在招供。

佑樹早已摸透木京的習性，他的訓話平均會持續四十分鐘。等了整整十分鐘之後，佑樹打斷木京的話，說道：

「非常抱歉，全怪我太無能了。」

「每個無能的人都會道歉，但那有什麼用？問題在於……」

「您與古家社長的房間準備好了。您的房間是後面那一間，古家社長的房間則是前面那一間。」

「別岔開話題……」

「啊，紙箱裡的速食米飯請不要隨便拿來吃，那是村公所的人存放的。」

「『啊』你個頭！誰會吃那種東西！」

木京的眼神中流露殺意，佑樹故意擺出「明明是好意提醒，怎麼反倒挨罵」的納悶表情。

「算了……我居然忘了你聽不懂人話。」

木京深深嘆了一口氣，將手伸向柴魚乾的袋子。他似乎不打算繼續佯裝激動了。

「那我們先去忙攝影工作了。」

佑樹朝木京微微低頭鞠躬，帶著三雲與西城往碼頭前進。

木京如此輕易放過佑樹，除了知道不管說什麼都沒辦法傷害他之外，還有一個更重要的理由。

佑樹的父親是日本最大藥廠「龍泉製藥」的副社長。光從這一點，便不難看出龍泉家依然掌控著經營大權，甚至可說對經濟界有一定的影響力。

只要運用龍泉家的人脈，許多事情都能輕易實現。佑樹能成爲J製作公司的助理導播，甚至指名要在海野的底下工作，全是倚仗龍泉家的力量。

當然，佑樹也能利用龍泉家的人脈直接進行復仇，沒選擇這麼做，有幾個理由。

第一，就算佑樹暗中設計陷害，也很有可能沒辦法徹底毀掉包含木京在內的三名仇人。尤其是木京，他與某眾議院議員有著深厚的交情。該議員在政治界頗有權勢，曾擔任大臣。靠著對方的提拔，木京在電視界、音樂界及廣告界建立起牢固的地位。即使是佑樹，也很難對他造成傷害。

不過，就算沒有議員爲木京撐腰，佑樹多半仍會選擇現在的做法。因爲這幾個人的罪孽實在太深重，半吊子的復仇（例如因醜聞而丟掉工作，或是因遭遇意外事故而送命）無法讓他們受到應得的報應。

佑樹甚至祈禱他們能夠平安活到執行復仇計畫的那一天。

共事半年，佑樹深知他們都相當「怕死」。既然如此，最佳的復仇方式就是讓他們充分嘗到死亡的恐懼之後，在耳畔輕聲說出他們非死不可的理由……這件事當然不能交給其他人代爲執行。

佑樹凝視著眼前的亞熱帶樹林。

在這裡，手機收不到訊號，不用擔心目標的三人會逃走，或是突然有外人出手干預，而且警方接到通報後，要抵達島上得花好幾個小時。

在佑樹的眼中，這座幽世島是復仇的最佳地點。

《懸案》（二）

〔月刊《懸案》二〇一七年二月號〕

〈挖掘真相系列　「幽世島怪獸事件」〉

（承前）

這整起事件中有太多疑點，沒辦法以縣警本部提出的「島上飼養的狗咬爛屍體」這個推論來解釋。

以下列出令筆者對縣警本部的推論抱持懷疑的理由。

第一個理由，是關於島上飼養的三條狗（皆爲中型犬）。

案發後，警方在島上發現兩條狗的屍體，胸口皆遭錐狀的利器刺中。剩下的那條狗，被人發現逃進「神域」裡。後來，警方射殺了那條狗。

根據負責搜查行動的前警部B的回憶，獸醫確認三條狗的胃袋內容物後，判斷這三條狗不曾攻擊人類。

一九七四年當時，除了島民飼養的狗，以及半野生化的貓之外，島上沒有任何肉食性動物。再加上獸醫的見解，令人不禁心生疑竇。

……笹倉的遺體，眞是那三條狗咬爛的嗎？

第二個理由，是關於笹倉博士的遺體發現地點。

根據前警部B的說法，笹倉博士的遺體所在位置，與疑似三雲在懸崖墜落的位置，相距十公尺。

如果是互鬥之後兩敗俱傷，不應該相隔這麼遠。警方高層是以「笹倉博士在臨死之前走了幾步」這種牽強的說法來解釋。

……一個心臟遭利器貫穿的人，還能夠行走嗎？

第三個理由，是關於殘留在現場的打鬥痕跡。

根據前警部B的描述，懸崖附近的打鬥痕跡不像是人類之間的打鬥，周圍的樹木皆嚴重折損、斷裂。此外，靠近懸崖的地方，除了疑似三雲墜落時造成的痕跡之外，還有泥土遭到翻挖的痕跡。

……那天和三雲打鬥的對象，真的是笹倉博士嗎？

第四個理由，是關於獵槍。

那天晚上，三雲從自家攜出一把獵槍。警方在墓園旁的懸崖發現這把獵槍時，所有子彈都已擊發。根據前島民A的證詞，三雲的槍法神準，能夠擊落一百公尺遠的海鷗，然而笹倉博士的遺體上並無槍傷。

……神槍手三雲到底對誰開了槍？

第五個理由，是本案中最大的疑點。

當時幽世島停泊著兩艘船（持有人皆為島民），警方發現船的引擎都遭到破壞（僅引擎遭到破壞，備用燃料及其他部位完好）。警方調查疑似用來破壞引擎的工具，竟在上面驗出三雲英子的指紋。此外，島內和船內的無線電通話器同樣全部遭到破壞。

……為什麼三雲要破壞無線電通話器及離島用船隻的引擎？

當然，筆者並不打算推翻鹿兒島縣警本部提出的「笹倉博士企圖盜墓，因惡行遭島民發現而下手行凶」的結論。但即使冒著遭人恥笑想像力太豐富的風險，筆者也必須提出「當時幽世島上存在著神祕的野獸」的推測。

例如……島上有沒有可能發生以下這樣的事情？

笹倉博士基於某種理由，將一條大型犬帶到島上。然而，這條狗非常凶暴，完全不聽笹倉博士的話。

這條狗掙脫束縛，不曉得躲到哪裡去了。後來，笹倉殺害十一名島民及兩條島上的狗。沒想到就在這時候，大型犬攻擊笹倉。他受到強烈的衝擊，手中的凶器不愼貫穿心臟。

狂暴的惡犬啃噬著笹倉的遺體，三雲發現事態不對勁，持獵槍攻擊狂犬，用盡所有的子彈。

危急之際，三雲拿起笹倉原本持有的凶器對抗狂犬。她成功將狂犬逼落懸崖，卻跟笹倉一樣喪命，墜落懸崖。前警部B聲稱懸崖邊的泥土有遭人翻挖的奇妙痕跡，那正是狂犬在墜崖前在地上亂抓造成的。

寫了這麼一長串，畢竟只是可能的眞相之一而已。

筆者很清楚，這樣的推測沒辦法解釋所有的疑點。例如，爲什麼三雲要破壞無線電通話器及船上的引擎？

警方的結論是否就是眞相？幽世島上是否躲藏著神祕的野獸？事隔四十多年，如今恐怕已無法找出答案。

第二章　本島　攝影開始

二〇一九年十月十六日（三）一一：五五

走在後面的西城，半是嘆服半是驚愕地說：

「龍泉……你還是這麼厲害，我在旁邊看著，都忍不住爲你捏一把冷汗。」

「木京先生是眞的很貪吃，我可沒亂說。」

「沒錯，每次出外景，他都要吃兩個便當，還會撒上一大堆柴魚乾。」

「如果是他最喜歡的炸蝦飯糰便當，不準備三個的話，他就會像個孩子一樣鬧脾氣。」

木京愛吃柴魚乾，在電視台內部相當有名。參加外景錄製的時候，他總是隨身攜帶柴魚乾，用來撒在便當上。剛剛喝酒的時候，他也是拿柴魚乾當下酒菜。

西城一邊以大拇指指著佑樹，一邊戲謔地對著三雲說：

「妳別看龍泉好像是個老實人，其實他很會演戲……每次挨上司訓話，他都會故意裝傻，是個狠角色。」

三雲聽西城這麼說，一點也不驚訝，只是淡淡一笑：

「我早就知道他很愛說謊。」

西城輕輕吹了聲口哨，說道：

「龍泉，看來你的本性完全被她看穿了。」

「別再說我的事了……三雲小姐，剛剛失禮了。」

佑樹停下腳步如此說道。三雲愣了一下，看著佑樹問：

「我做了什麼需要讓你道歉的事？」

「謝謝妳陪『老爺們』喝酒，安撫他們的情緒……我和信樂搬東西之前，應該先想到這個結果才對。是我們思慮不周，真的很抱歉。」

聽佑樹這麼說，三雲表情頓時變得柔和。

「原來你也有體貼的一面。」

「偶爾啦。」

「你不必在意，我那麼做，只是想趁機向經紀公司的社長及J電視台的製作人推銷自己。」

佑樹一聽，心情不禁有些複雜。

在佑樹的眼裡，木京和古家是只剩下數天性命的人。正因如此，他才沒想到三雲說的這種可能性。

這不是個好徵兆。無論如何，絕對不能讓計畫因自己的愚蠢失言而落得失敗下場。今後言行舉止一定要更加謹慎。

三人回到碼頭，拍攝節目的開場橋段。

這次的外景是小團隊編制，沒有收音師。原本收音師的工作，改成由佑樹及西城共同負責。

進入拍攝階段之後，三雲的臉上流露出一絲不安。畢竟她第一次接這樣的工作，會緊張也是理所當然。所幸過程中只NG幾次，就拍完開場橋段，並未遇上太大的問題。

差不多到了該回報狀況的時間，佑樹取出無線電通話器，與海野聯繫。

海野的聲音異常低沉，顯然茂手木組的拍攝過程並不順利。海野告訴佑樹，接下來的拍攝過程會採集聲音，除非遇到緊急狀況，否則不需要再回報。

通話完畢，西城從背包中取出午餐的披薩麵包，站著咬了一口，同時看一眼手表。

「……十二點四十五分。距離天黑還有不少時間，接下來要去哪裡？」

「為了節省時間，我們邊走邊說吧。」

佑樹轉身朝著公民館的方向走去。

「我們這一組的拍攝計畫，以島上的三個地點為主，分別是荒廢的聚落、墓園及神域。事前勘查的時候，我確認過，這三個地點都很有震撼力。」

「要先去哪個地點？」

三雲似乎也對自己的家族根源頗感興趣，話聲有些興奮。

「先到荒廢的聚落去看看吧。」

佑樹在前方帶路，三雲和邊走邊啃麵包的西城緊跟在後。

據說，往昔從碼頭通往聚落的路上，沿途都是農田，戰後的主要農作物為甘蔗。如今道路兩旁全是低矮的灌木及雜草，完全看不出曾是農田。

經過公民館前方之後，柏油路的風化狀況變得相當嚴重，恐怕再過不久道路也會遭植物覆蓋。

由於路況不佳，如果只穿連身裙會不方便移動，於是佑樹事先請三雲多穿一條黑色的運動緊身褲。這麼一來，不僅做一些較大的動作沒問題，也能防止蟲咬，可說是一石二鳥。保險起見，佑樹已提醒所有來到島上的人，噴上防蟲噴霧。

又前進了一會，右側草叢忽然傳出刺耳的聲響。佑樹詫異地停下腳步，旁邊的西城緊張地問：

「是野生動物嗎？」

「好像不是……」

佑樹朝草叢縫隙窺望，看見一道人影，是茂手木教授。剛剛的刺耳聲響，似乎是他不知爲了尋找什麼而推倒石塊。

三雲鬆了一口氣，說道：

「原來他們的拍攝地點和我們這麼近。」

「是啊，看來根本不需要使用無線電通話器聯絡。」

草叢裡的茂手木臭著一張臉，他不再理會地上的石塊，轉頭對著海野和八名川說了幾句話。

佑樹豎耳一聽，茂手木似乎不滿意田野調查的成果，遷怒兩人……再仔細聽，原來是茂手木依照預定計畫蒐集到植物、昆蟲及鳥類的樣本，但在動物方面毫無成果。

茂手木身爲生態研究人員，特別擅長根據足跡、糞便及殘餘的食物來追蹤動物。但以他的本領，也沒辦法在島上找到野生動物的新痕跡。

「這是怎麼回事？這座島上怎會找不到家貓以外的動物？」

茂手木如此大喊，佑樹忍不住笑了出來。八名川聽見笑聲，發現佑樹等人。佑樹朝著她輕輕揮手，繼續向前邁步。

「……教授很驚訝島上沒有貓以外的動物，我倒是很驚訝這種無人島上竟然有貓。」

過了半晌，西城忽然低語。

「貓在這座島上一點也不稀奇。我來勘查環境的時候，也看見帶著小貓的黑色母貓。」

「噢……大概原本是島民飼養的貓，後來變成野貓吧。」

三人隨口閒談之際，森林裡的柏油路面毀損情況越來越嚴重。雖然不時可聽見小鳥的鳴叫聲，但就像茂手木說的，沒看見任何動物。當然，有可能是動物察覺人類靠近，全躲起來了。

前進六分鐘左右，佑樹向右彎進一條小路。轉角處有一座風化的石碑，可當認路的標記。

三雲在石碑前方蹲下來一看，錯愕地說：

「原來這不是路碑。」

石碑上頭刻著幾行字。

〔こが×むし　仲間×ずれの　×枚×　その心臓に　眞理宿らん〕（註）

「從前幽世島似乎流行過和歌。碼頭附近也有一座石碑，上頭刻著相同的和歌。」

這座石碑的狀況稍微好一點，但同樣有幾個字看不清楚。三雲皺起眉頭，雙手交抱在胸前，說道：

「爲什麼要把這種和歌刻在石碑上？」

「不清楚，或許作者是幽世島的歷史偉人吧。」

佑樹隨口應答，朝著小路繼續前進。走了一會，兩旁的樹木越來越少，三人來到一處空曠的地方。

西城目睹眼前的景色，忍不住輕聲嘆息：

「……該怎麼形容呢？這景色比資料上看起來更充滿幻想風格。」

眼前是一座大約有十戶人家的聚落。

約莫是爲了抵禦颱風侵襲，絕大部分都是平房，包含一些在日本的本州罕見的石造建築。或許這樣的建築，比較能夠適應島上的氣候。

房屋的外牆都是白色，原本應該是令人聯想到地中海、充滿異國情調的美麗聚落，如今卻覆蓋著大量比人更高的灌木及藤蔓植物。

那逐漸遭到植物集合體呑沒的荒蕪景色，恍若世界末日的地球。

不少房舍的屋頂和牆壁都已坍塌，隨處可見裂縫。長達四十五年的風雨侵襲，讓建築物呈現半毀狀態。

「……一九七四年的時候，這座聚落裡住著十二個人。」

這裡是發生慘案的現場之一。西城很清楚這一點，忍不住皺起眉頭。

「大部分的遺體都是在這裡發現的？」

「沒錯，那場悲劇發生在十月四日，警方在聚落裡發現十具遺體。每一具遺體的致命傷，都是被冰鑽之類的錐狀利器貫穿心臟。」

佑樹的說明，似乎又讓西城感到反胃。他啞聲說道：

「眞是太可怕了。」

「這起事件最令人不解之處，在於其中一具遺體面目全非，簡直像是遭到野獸襲擊，所以才會被稱爲『幽世島野獸事件』。」

註：石碑內容涉及謎底，故保留原文。目前可知的意思大致爲「黃×蟲　遺×排擠的　××枚　在其心臟處蘊含著眞理」。

佑樹說到這裡，瞥見三雲好似在夢遊，一步步往前走去，趕緊喊道：

「請不要靠近建築物。村公所的人告訴我，聚落裡的建築物隨時有崩塌的危險。」

三雲凝視著其中一棟建築物，不知到底有沒有聽見佑樹的話。那棟建築物在聚落裡顯得有些不同。

半晌之後，三雲低喃：

「……該不會是這一棟？」

「沒錯，這就是當年的三雲家，也就是妳的祖母所住的房子。」

三雲家位在聚落裡的最高處。

從前應該是又大又氣派的宅邸。占地面積比其他屋舍都大，而且是唯一的雙層建築……但損傷也相當嚴重。

這宅邸與其他民宅最大的差異，在於外觀呈現黑色。不過，三雲家的牆壁及屋頂並非原本就是黑色，而是曾發生火災，整個家都被燒黑了。建築物的一部分碳化嚴重，就算是沒有碳化的部分，也被黑色的炭灰覆蓋。天花板和牆壁殘留著火焰燒出的大洞，縫隙間爬滿藤蔓及蕨類植物。

三雲無視佑樹的忠告，走到殘破的玄關大門旁。在茂密的植物莖葉之間，只隱約露出黑色門環。

過了一會，她茫然地仰望宅邸，低語：

「我不知道這裡發生過火災。」

「發生火災是最近二十年的事情，難怪妳不知道。聽說是落雷直擊三雲家，引發大火。」

佑樹轉述村公所人員的話。

「不能進去裡面看看嗎？」

明明親眼看見建築物損傷嚴重，三雲卻提出這樣的要求，充滿期待地望向佑樹。佑樹搖頭，說道：

「畢竟屋子變成了這種狀態，村公所的人再三警告絕對不能進去。聽說有重要的柱子毀損嚴重，屋子沒有整個倒下已是奇蹟。」

三雲一臉哀戚地望著建築物，半晌之後，她恢復調侃的語氣，說道：

「眞是可惜……聽了龍泉家的家訓，本來想求證我父親說的話是不是眞的。」

西城對三雲的發言產生興趣，出聲問：

「你們兩個別老是提一些我插不上嘴的事。三雲小姐，令尊對妳說了什麼？」

三雲轉過頭來，對他露出別有深意的微笑。

「父親編出來騙孩子的一個有點殘酷的童話故事。實在太荒唐可笑，我沒勇氣在這種地方說出口。」

「聽妳這麼說，我更想知道了。」

三雲面露微笑，不肯進一步詳談。西城不停追問，想要讓她說出口，卻徒勞無功。最後西城只好放棄，咕噥道：

「沒想到三雲小姐是這麼頑固的人。」

佑樹揮揮雙手，帶著一貫的淡然表情打起圓場。

「好了、好了，等到了晚上，氣氛適合講鬼故事，或許三雲小姐會說出來。」

西城瞪佑樹一眼，應道：

「別想糊弄過去！你也沒說你的家訓是什麼。」

「什麼家訓？」

「你們兩個……」

西城一副拿兩人沒辦法的模樣。佑樹不再理會他，一臉認眞地說道：

「說正經的，我們在這聚落裡只能拍攝到一點四十分。這段時間，能拍多少算多少。」

三雲急忙翻開劇本確認，錯愕地問：

「爲什麼要把結束的時間規定得這麼精準？」

「因爲後面還要拍攝神域，這關係到退潮的時間。」

三人依照預定時間離開荒廢的聚落，朝著與碼頭相反的方向前進。

道路一樣毀損嚴重，而且左側是陡峭的山坡，有著頗大的高低落差。三人只能集中注意力在腳底下，沒辦法再像剛剛那樣隨口閒聊。

以三雲家爲主的拍攝過程相當順利，在聚落廢墟預計要拍攝的內容已完成一半左右。根據天氣預報，明天也會是好天氣。照這樣下去，三雲組明天就能完成全部的拍攝工作。

想到這裡，佑樹輕輕搖頭。

……不對，明天不可能繼續拍攝。因爲到了明天早上，大家就會發現有人死了。

佑樹的計畫是，以偷偷帶來的安眠藥讓所有人睡著，在深夜裡將海野帶往碼頭，從他的口中問出詳情，再將他推入海中。海野不會游泳，而且非常怕水，一旦在漆黑的深夜落海，必定會陷入恐慌而溺死。

距離執行計畫只剩十二個小時。

三人離開聚落，走了約十分鐘，身上開始冒汗時，遠方隱約傳來海浪聲。這一帶是陡峻的下坡，路面也從柏油變成了混凝土。

佑樹停下腳步喘了口氣，一看手表，此時已接近下午兩點。

「我們橫貫了這座島，現在來到島的另一側。」

幽世島本島呈橢圓形，最短直徑約九百公尺，最長直徑約一千四百公尺，周長將近四公里。佑樹等三人循最短直徑的道路橫越整座島。

「現在剛開始退潮，我們下去看看吧。」

佑樹說著，走下以混凝土夯實的陡坡。

前方不再有遮蔽視線的樹木，海面上可看見一座綠色的圓形小島。那座小島距離本島將近一百五十公尺，面積比本島小得多，直徑只有約六百公尺。

佑樹指著對岸的小島，說道：

「那就是神島，往昔是信仰上的神聖地帶，被稱爲『神域』……所謂的『幽世島』，一般是指本島與那座神島的合稱。」

向來懶得事先閱讀外景資料的西城，一臉狐疑地問：

「中間明明有陸地相連，也算是一座獨立的島嗎？」

如同西城所說，兩座島之間有一條寬約五十公分的碎石路，兩側是蔚藍的大海。這確實不符合一般人對島嶼的定義。

三雲以戲謔的口吻說明：

「大部分的時候，『神域』與本島受大海阻隔，但退潮期間會有幾個小時浮現相連的碎石路。跟法國的聖米歇爾山（Mont Saint-Michel）一樣，是一種潮汐島（Tidal Island）。」

「眞的假的？那可是相當稀奇。」

「要不要先拍下來？剪輯時應該能派上用場。」

西城趕緊舉起攝影機。

爲了避免干擾西城的攝影工作，佑樹靜靜待在岸邊，沒走上碎石路。三雲也在旁邊等著。

像這種全景的影像，剪輯時一定會加入背景音樂，不用擔心聲音被錄進去。對佑樹和三雲來說，等於是一段可輕鬆閒聊的休息時間。

三雲瞇起雙眼，望著海面，開口：

「我第一次看見這麼乾淨的海，連海裡的魚都能看得一清二楚。」

「但上次來的時候，嚮導說這裡的海流湍急，不適合游泳。」

「我想起來了，我父親也提過，他小時候看見海膽，卻不敢下去撈，一直很懊惱。」

佑樹驀地想起勘查環境時發現的一件事，說道：

「上次來的時候，我就有些好奇……那應該是門吧？」

本島這一側的坡道下方，左右各有一道高約二公尺的混凝土牆。牆面的下方長滿藤壺，要是有密集恐懼症的人看見，恐怕會暈倒吧。

兩道牆之間距離約三公尺，右側的牆上垂掛著鏽蝕嚴重的鐵門殘骸，左側的牆上也有裝設鉸鏈的痕跡。門板的厚度足足有十公分。

左右兩側的牆皆長達五公尺，延伸至懸崖……由此看來，從前只要這扇門一關上，任何人都沒辦法踏入通往神域的碎石路。

三雲以手遮擋豔陽，頷首說道：

「我聽父親提過，爲了防止閒雜人等隨意靠近神域，島民砌起圍牆封住神域。除了祭典期間，圍牆的門會扣上鋼鐵製的門閂，只有三雲家的人才能進入。」

聽完三雲的解釋，佑樹仍有些無法釋懷，接著問：

「圍牆爲什麼不設在神島那一邊，卻設在本島上？這樣不是讓人能夠輕易進入神域嗎？」

「怎麼進入？」

「駕船繞著島航行，趁著退潮之際經由碎石路進入神域。我要是想要進神域幹壞事，一定會這麼做吧。」

三雲面露懼意，說道：

「確實有道理，我從來沒這麼想過。」

「圍牆設在本島，不像要防止有人侵入神域，反倒像要防止有人從神域侵入本島。」

「你在說什麼傻話？怎麼可能會有那種事？」

三雲的口氣突然變得十分冷漠，瞪了佑樹一眼。

佑樹不知道哪裡惹怒她，一陣錯愕。三雲似乎爲自己的失控感到不好意思，低下了頭。

「圍牆沒設在神域，想必是因爲不能隨便破壞神域。」三雲說道。

「站在信仰的角度來看，這麼說也不無道理。」

「聽你的口氣，似乎並不認同？」

兩人互望許久。不，或許應該形容爲「互瞪」。佑樹向來堅持己見，三雲也不遑多讓。
就在這時，西城拍攝完畢，嘆了口氣：
「你們別爲這種無聊事吵架，快到神域看看吧。」
他哼著歌走下碎石路。佑樹和三雲連忙跟上。
腳邊隨處可見美麗的貝殼，及從來沒見過的海草碎片。潮水的氣味及波濤的聲響，令人心曠神怡。雖然距離漲潮還有不少時間，三人還是快步朝著神域前進。
隨著一步步接近神島，佑樹忽然有種奇妙的感覺……不知爲何，眼前的景象似乎與前來勘查環境時不太一樣。到底是哪裡不同？佑樹左思右想，恍然大悟。
「我明白了，是那棵樹不見了。」
走在前面的西城錯愕地轉頭問：
「你說什麼？」
「上次我來勘查環境的時候，神域右側的懸崖上有一棵大樹，如今那棵樹上的枝葉卻都掉光了。就在那棵開著橙色花朵的樹木旁邊。」
起初，西城不知道佑樹指的是哪棵樹，但隨著三人越來越靠近神島，他終於明白佑樹想表達的意思。
懸崖上有棵樹特別古怪，樹身焦黑，而且樹幹上有觸目驚心的巨大裂縫。
「……那是被落雷擊中了嗎？」
三雲抬頭仰望崖頂，狐疑地問道。
「大概吧。既然有『雷祭』的傳統，應該是個經常發生落雷的地方。多半是在我結束勘查離開後，這裡又發生落雷。」

如果運氣不好，火勢向外蔓延，很可能會把島上的樹燒得一乾二淨。所幸目前看來只有一棵樹遭殃，周圍的樹木都平安無事。若不是剛好下雨，就是島上的濕度較高的緣故。

……依照島上的傳統，發生大規模落雷現象時，就要舉行「雷祭」。倘使四十五年前島上沒有發生那樁慘案，今日島民是否會恪守這個祕祭的傳統？佑樹的心中閃過這樣的疑問。

三人來到距離神島只剩數十公尺的地方，西城再度啓動攝影機。幾乎就在同一時刻，三雲興奮地喊道：

「有貓！」

佑樹順著三雲所指的方向望去，只見對岸的草叢裡有一團黑色的東西。

貓察覺佑樹等人靠近，從高處一躍而下，發出沉重的聲響。接著，牠慢條斯理地走到海中浮現的碎石路上。西城不愧是專業的攝影師，三雲指向貓的那一瞬間，他迅速將鏡頭對準貓。

大多數的貓都怕水，這隻黑貓卻滿不在乎地走到水邊。眞是一隻奇怪的貓……佑樹暗暗想著。

雖然是隻野貓，外形大小與佑樹平常看慣了的家貓並無不同，只是身體更結實。金色瞳孔配上黑色天鵝絨般的毛，流露出野性之美。

之前佑樹來到島上時，也看見一隻帶著小貓的黑色母貓。眼前的貓或許就是佑樹十天前遇到的那隻母貓，只不過今天牠沒帶著黑色及灰色的小貓出來。

黑貓的雙眸流露旺盛的好奇心，維持著一定的距離，觀察著三人。貓的腳掌踏在碎石路上，跟人類一樣發出摩擦聲。

或許是為了降低貓的戒心，三雲蹲下來，對黑貓露出微笑。

「這隻貓或許知道潮汐島的特性……」

黑貓對著三雲輕叫，彷彿在撒嬌。

「搞不好牠憑著一種動物的本能，自由往來於兩座島嶼之間。」

西城一邊說，一邊朝黑貓走近，佑樹慌忙提醒：

「雖然外表和家貓沒兩樣，畢竟是野貓，隨便觸摸可能會遭到攻擊。」

「放心，我不會摸牠。」

黑貓將鼻頭湊到攝影機的鏡頭上聞了聞，似乎認定眼前的三個人不會加害牠，於是從旁走過，在佑樹的身邊大剌剌地坐下，舔起身上的毛。

看著那可愛的模樣，佑樹不禁揚起嘴角。

「如果是現在的狀態……摸一下應該不會生氣吧？」

小時候養過貓的佑樹，忍不住伸出手。西城在佑樹的背上用力一拍，說道：

「龍泉，你可不能輸給誘惑！」

「沒錯，你說得對……」

佑樹輕咳兩聲，從口袋裡掏出潮汐時間表。

「對了，這次的乾潮時間是下午三點二十六分。」

三人走過碎石路之際，路幅持續變寬，此刻已約一公尺。顯然海平面退得更低了，彷彿在印證資料的正確性。

三雲看著潮汐時間表，說道：

「據說，碎石路浮現的時間長短，每天都不一樣……今天算是長，還是短？」

「喵……」

三雲開口的同時，黑貓也叫了起來，佑樹忍不住露出微笑。

「今明兩天，潮位都特別低。海上通道浮現三個小時左右，是一年當中最長的。」

有些日子礙於海平面太高，沒辦法從本島前往神島。因此，這次出外景，是以潮位及天候爲最優先考量條件。

三雲沉吟了一會，低語：

「這麼說來，我們能夠在神域待到將近五點？」

西城納悶地舉手問：

「抱歉，我沒仔細看資料……漲潮和退潮是多久一次循環？」

「以今天爲例，滿潮時間是晚上九點半左右，下一次的乾潮則是明天下午三點四十五分左右。」

「原來如此……好，我們快開始攝影吧。」

西城說完，便扛著攝影機爬上岩石陡坡。佑樹也幫著穿連身裙的三雲一同登上神島。

岩石陡坡的頂端並沒有任何道路，唯一的人工建造物是隱藏在樹後的石碑。一看見那石碑，三人不由得面面相覷。

「不會又是同一首和歌吧？」

西城說著，率先湊近石碑，露出複雜的神色。

〔こがねむし　仲間はずれの　四枚は　その心臓に　眞理宿らん〕

或許是受到大量藤蔓包覆的關係，神域的石碑狀況良好，全部的文字都能清楚辨識。前一次佑樹不好意思當著三雲的面表現出太大的反應，此刻終於忍俊不禁，噗哧一笑。

「島民未免太喜歡這首和歌了吧！」

「我父親從沒提過島上曾流行和歌……」

三雲一臉不安。西城扯掉石碑上的藤蔓，說道：

「這首和歌眞是古怪。使用的是標準語（註一），而且依循現代假名規則（註二），顯然是在二戰之後才寫出來的。這麼新的和歌，不太可能是祭典上使用的禱詞。」

石碑上只刻著這首和歌，並未註明作者的身分。

佑樹轉頭一看，只見三雲凝視著前方的一大片原始森林。此時雖然是大白天，森林裡卻顯得頗爲陰暗。

三雲的臉上流露懼意。佑樹趕緊搖了搖頭，安撫道：

「神域內都是原始森林，村公所的人提醒過，如果要進入森林，得格外謹愼小心……所以，三雲小姐站在這邊拍幾個畫面就行了。如果有不足的部分，明天還能再來一次。」

黑貓躺在海中浮現的碎石路上，一邊舔著肚子，一邊疑惑地看著說個不停的佑樹等三人。

三人迅速完成神域內的拍攝工作，花了約十五分鐘，回到本島的森林小徑。

那隻黑貓似乎相當中意三人，從海上的碎石路就一直跟在三人的腳邊，不時往三人的小腿磨蹭，好幾次害他們差點絆倒。

黑貓有時會發出「呼嚕嚕嚕」的叫聲，那模樣實在太可愛，令佑樹眉開眼笑，另外兩人的反應也大同小異。

走了一會，樹木之間隱約可看見公民館，三雲詫異地問：

「咦，我們不是要去墓園嗎？」

「是啊，墓園就在公民館的後方。」

三人來到公民館前方的空地，只見信樂已設置好小型瓦斯爐及荷蘭鍋（註三），忙著準備餐點。

聽見三人的腳步聲，正在切菜的信樂抬起頭。

「噢，三雲組也回來了？」

「我們還沒拍完，只是經過而已。」

西城回答。於是，信樂向三人告知晚餐的預定時間。

「貪吃鬼木京說要提早吃晚餐，所以我會在五點左右把晚餐準備好，你們記得要在那個時間之前回來。」

木京與古家用來喝酒的那張桌子旁，已空無一人。桌上的起司和柴魚乾也消失了，約莫已散會。

或許是被食物的氣味吸引，黑貓在信樂的四周走來走去。於是，三人留下黑貓，走向建築

註一：指近代日本官方認定的標準國語。

註二：日本政府在二戰後頒布的新假名使用規則，例如「ゐ」轉換成「い」、「ゑ」轉爲「え」等等。

註三：一種附蓋子的厚鐵鍋。

物的後方。

爬上陡峻的石階，上方是平坦的高台。

面海的一側完全沒有阻隔物，美麗的蔚藍大海令三人讚嘆不已。但面對神島的一側，受本島的小山阻擋，看不見大海。

「……不同宗教及文化的生死觀截然不同。這裡的島民，似乎對『死亡』並未抱持負面的看法。」

正如西城所言，島上的墓園散發出的氛圍，與一般的墓園頗爲不同。通常墓碑會選用花崗岩，這裡的墓碑使用的卻是更雪白的石材。再加上墓碑的周圍，環繞著充滿生命力的闊葉竹，以及開著五顏六色花朵的樹木，營造出的氣氛離「死亡」益發遙遠。

此外，鋪設在通道上的磁磚也十分奇特。

每一枚磁磚都是邊長約五公分的正方形，表面大多布滿塵土，甚至長著青苔。絕大部分磁磚都是灰色，但每一枚磁磚的顏色都有些許差異。

有的是米白色，有的是深灰色，此外，還有略帶橙色的灰色、略帶藍色的灰色、略帶黃色的灰色等等，所有想得到的灰色，在這裡幾乎都找得到。

佑樹在通道上走了一會，發現有四枚磁磚並非灰色。雖然蒙上塵埃顯得有點暗淡，不過看起來像是梅紅色或鮭紅色。

佑樹從磁磚上抬起視線，開口：

「對了，聽說這裡的墳墓都是二戰後才建造的。」

三雲似乎是初次耳聞，眨了眨眼睛。

「真的嗎？」

「二戰之前，島上仍保留土葬的習俗，墳墓是使用木材簡單搭建。戰爭結束後，基於防治傳染病的觀點，在地方政府的指導下，才改成火葬。」

這一點不僅月刊《懸案》的報導中曾提及，佑樹也聽村公所的人說過。

一九七四年當時，幽世島並沒有火葬場，而是將薪柴擺在地上，然後將棺桶放在上頭，進行焚燒。更早之前，島上流行過風葬、土葬等各種埋葬方式。村公所的年老職員，對著佑樹口沫橫飛地描述在離島埋葬遺體及舉行喪禮有多麻煩。

佑樹說明完畢，西城嚴肅地問：

「……這裡也是那起慘案發生的現場？」

「沒錯，警方在墓園裡發現兩具遺體。一具是島民，另一具是疑似凶手的笹倉博士。三雲小姐的祖母英子女士的遺體，漂流到距離稍遠的海面岩礁上。」

佑樹壓低聲音說道。三雲一臉惆悵地朝墓園深處走去。那裡面向大海。不遠處有一排傾斜崩塌的石欄杆，欄杆後頭是陡峭的懸崖，正下方就是海面。

「我的祖母……應該就是從這座懸崖跌落海裡。」

根據鹿兒島縣警本部的推測，笹倉是因覬覦傳說中藏在幽世島的基德船長金幣而盜墓，卻遭島民發現。

笹倉殺害對方之後，像發了狂一樣，又將睡夢中的島民全數殺死，唯獨三雲英子逃過一劫。後來，兩人在墓園旁的懸崖附近發生扭打，兩敗俱傷，英子帶著致命傷墜入海中。

這就是警方認定的「幽世島野獸事件」的眞相。

除了上述警方的推論之外，月刊《懸案》報導的撰文者加茂冬馬提出新的假設……但在佑樹看來，神祕大型犬出現在島上的假設實在是異想天開。

報導中的「前警部的證詞」有諸多疑點，當時獸醫做出的判斷也不見得完全正確。想來想去，佑樹認爲「幽世島野獸事件」最合理的眞相，還是島上的狗啃噬了笹倉的遺體。

拍攝完墓園的全景，佑樹著手清理每一座墓碑上的藤蔓及雜草，試著找出三雲英子的墳墓。這是爲了拍攝三雲掃墓的畫面，可說是此次出外景最重要的部分。

然而，清理工作遠比想像中困難。

許多墓碑上都纏繞著無法徒手扯斷的粗大植物，加上墓碑本身布滿泥土及塵埃，難以辨識上頭的文字。

嘗試了數分鐘之後，佑樹對三雲及西城說道：

「看來得使用一些工具才行，先解散吧。你們回公民館休息，等我找到英子女士的墓碑，會再通知你們。」

佑樹早料會有這種情況，因此行李中備有一把摺疊式的小型萬用鐮刀，以及一柄刷子。取來這兩樣工具，應該能夠在三十分鐘內找到三雲英子的墳墓。

續木菜穗子的遺書及新聞報導

〔續木菜穗子的遺書〕

爸爸，如果你看見這封信，代表我已離開人世……眞是糟糕的開場白，但我就是這樣的個性，讓我繼續說下去吧。

我認識一個大學的學姊，她是值得信任的人，所以我打算把這封信交給她，並且拜託她「如果我有什麼三長兩短，就把這封信寄出去」。我會告訴她「這是一封寫給父親的感謝信」，以她的爲人，應該不會拆信偷看。

該從哪一件事說起呢……遇上這種情況，還是遵照爸爸從小的教誨，開門見山地說吧。

現在，我有生命危險。

一般情況下，要說服爸爸相信恐怕很難，但爸爸讀著這封信的時候，我應該已死去，所以我想爸爸應該會相信才對。

有人想殺害我。理由非常單純，單純到讓我想掉淚。因爲我試圖揭發某些人的罪狀，卻失敗了。

在我實際採取行動之前，他們一直拚命要說服我。如今他們什麼也不做，維持著暴風雨前的寧靜，這代表接下來該輪到我遇害了。

除了我之外，我希望不要再有人爲此犧牲。

爲了避免牽連無辜，我打算繼續佯裝若無其事，就算是在爸爸的面前也一樣。

只要我這麼做，他們就會認爲我這個人既愚蠢又遲鈍，連命在旦夕也不知道。想保住性命，最好的做法就是讓他們相信，我沒有把他們的事告訴任何人。

在電視台工作，是我從小的夢想。我自認是幸福的，至少我實現了這個夢想。

只是，在這個職場上，霸凌、職權騷擾及性騷擾幾乎是家常便飯，我早已無法分辨哪些行爲算是騷擾。在這種環境待久了，正常人的感受會逐漸痲痺。

不知該說是幸還是不幸，我一進公司，馬上受到那兩個「颱風眼」的青睞。那就是J電視台的製作人木京，以及J製作公司的導播海野。

我不曾成爲那兩個人霸凌或騷擾的對象，當然，這是他們自己的決定，無關我的個人意志。明明有好幾個職員因受到他們的霸凌及騷擾而自殺，J電視台內卻沒人敢出面指責。

我就是身在這麼一個瘋狂的世界。

我實在沒辦法忍受這樣的環境，好幾次想要辭職，可是參與電視節目製作帶給我相當大的成就感，而且一旦我離開，我擔心那兩個人會做出更過分的事。

爲了盡量減少木京與海野對他人的傷害，能做的事我幾乎都做了。明知這只是自我安慰，我還是盡力幫助那些受到傷害的人，防止有人成爲那兩個人怒火下的犧牲者……總之，在那段日子裡，我可說是使出渾身解數。

然而，一個月前的那次國外出差，爲這樣的生活帶來巨大的變化。

我和那兩個人一同參加東南亞某地方都市的電影節。我到了那邊之後，曾打電話給爸爸，所以爸爸也知道這件事，對吧？

那次出差，古家經紀公司的古家社長也來了，他是木京的朋友。沒有安排行程的那一天，木京與古家居然一起召妓……而且他們還對那名女子施暴，最後將她殺死了。

兩人想偷偷棄屍，不巧被住在同一家旅館的我和海野撞見。我親眼看見遺體的臉上有不知遭什麼凶器連續毆打的傷痕，脖子上還有明顯的掌印。

下手勒死女子的似乎是古家，他看起來很害怕，嘴裡念著「不小心又幹了這種事」、「脖子上的掌印不曉得會不會被驗出指紋」什麼的。

我當時就想報警，海野卻對那兩個人百依百順，甚至幫忙棄屍。出發之前，怕我做出不利於他們的行動，他們將我綁在床上。

聽著三人的對話，從前似乎他們也曾在國外對剛認識不久的兩名女子下安眠藥。不難想像他們的目的是什麼，但產生藥效的時間每個人不太一樣，當時其中一名女子先睡著了，另一名女子察覺不對勁，在安眠藥發揮效果之前，她大聲呼救，拚命掙扎，打傷了海野的頭部。

然而，女性的抵抗能力畢竟有限。古家一時驚慌，竟痛下殺手，將她勒死了。

……結果，我被綁在床上整整六小時。

我以爲他們要殺我，全身不停發抖。直到現在，我仍經常夢見自己被綁在床上。最讓我感到害怕的是，三人棄屍的過程看起來駕輕就熟，顯然不是第一次做這種事。

那三人棄屍回來，威脅我不准洩密。我眞的好害怕，只能選擇答應，跟著他們回到日本。回國之後，海野幾乎每天都來我住的公寓。

爲了逼我保守祕密，海野用盡各種手段，有時恐嚇我，有時安撫我，有時承諾提拔我。每次他找上門，我總是表示絕對不會說出去，但他似乎不相信。

有一天，他突然拿出大麻勸我抽，說什麼心情會變得輕鬆。

海野自稱有抽大麻的習慣，木京和古家掌握這個把柄，所以他只好對兩人百依百順，不敢違抗。海野還說，他和我一樣，是遭到威脅的一方。

但我知道海野在說謊。因爲他有時候會提到如何殺死一個人之後，再僞裝成自殺的樣子，或是布置成車禍意外，不留下任何證據。當他在說這些話的時候，看起來很興奮。

我表面上完全服從，私底下卻計畫揭發他們的惡行惡狀。

由於這件事發生在國外，日本的警察應該沒辦法處理，而且很有可能不會相信我，所以我決定訴諸媒體。當時，由於工作的關係，我認識一個T報社的女記者，我把事情的原委告訴她，約好要偷偷見面。

沒想到，這是個錯誤的判斷。

那個女記者態度友善，其實與木京是一丘之貉。連我和她結識，也是木京刻意安排，目的是要測試我會不會揭發他們的惡行。

海野得知我的背叛，意外地沒生氣，更讓我感到毛骨悚然。他只是這麼對我說：

……妳眞傻，居然不知道每一家出版社及報社的高層都有我們的人。

當時海野臉上的笑容，跟他描述如何殺人並掩飾罪行時的表情一模一樣。

看到那副表情，我就知道自己是非死不可了。我唯一能做的事，就是不要再增加任何受害者。

最後，我想拜託爸爸一件事。讀完這封信之後，立刻燒掉，別讓媽媽看見。

我寫這封信的目的，並不是想揭發那三個人的罪行。我從失敗中學到一個教訓，那就是不管向誰告發，都會遭到隱蔽。

其實，我很煩惱，不知是否該寫這封信。

一旦讀了這封信，爸爸會背負沉重的壓力。或許我應該悄悄死去，不要把這件事告訴任何人。

不過，我還是希望爸爸能夠知道一切。我並不想拋下爸爸和媽媽，自己一個人死去。我希望爸爸能夠知道眞相。

過去我所做的每一件事，我都問心無愧。這樣的人生我不後悔，就算重來一次，我仍會做出相同的抉擇。

遺憾的是，我沒辦法向阿樹道歉。原本說好要一起看電影，我卻無法赴約。

爸爸，請原諒我的不孝。要麻煩爸爸照顧媽媽了。

二〇一八年十二月五日　菜穗子

〈T晚報　二〇一八年十二月十五日〉

〈民宅全毀　火場中驚見兩具焦屍／東京都江東區〉

十五日凌晨，位於東京都江東區的續木隆三（五十六歲）住家驚傳大火，木造雙層建築付之一炬。火勢在五小時之後撲滅，消防隊員在屋內發現兩具焦屍。根據F警署的調查，起火當時隆三的妻子敦子（五十歲）因住院治療而不在家裡，長期過著獨居生活的隆三下落不明。F警署推測焦屍之一很可能就是隆三，至於起火原因則尚待進一步調查。

〈T早報　二〇一八年十二月十七日〉

〈民宅火災　兩具焦屍身分確認／東京都江東區〉

針對十五日發生於江東區的續木隆三（五十六歲）住家火災，F警署十六日對外宣布調查結果，兩具焦屍爲隆三和女兒菜穗子（二十五歲）。

最新司法解剖結果出爐，隆三的死因爲一氧化碳中毒，遺體的發現地點是二樓寢室。菜穗子的死因則與火災無關，在發生火災之前已過世，遺體安置於家中，原本預計在十五日舉行守靈儀式。警方正全力釐清起火原因，不排除是人爲縱火。

第三章　本島攝影中斷

二〇一九年十月十六日（三）一五：一五

三人從墓園回到公民館時，周圍飄散著美味的香氣。仔細一看，信樂正在使用荷蘭鍋烹煮料理。

「這次是真的結束了吧？」信樂問道。

佑樹搖搖頭，回答：

「我只是回來拿工具。三雲小姐和西城哥會暫時待在這裡。」

佑樹聞到香氣，忽然感到又餓又累，於是從冰櫃取出寶特瓶裝的麥茶。三雲與西城也各自拿出運動飲料及咖啡。

三雲坐在摺疊椅上，用力吸了口氣，詢問：

「好香啊，今天吃什麼？」

「到時候妳就知道了。我預計採用簡易的自助吧形式。」

此時，佑樹驀地想起信樂不久前說過的話，問道：

「……對了，我們剛剛回來的時候，你說了一句『三雲組也回來了』，意思是茂手木組先回來了？」

「回來的時間早到讓我嚇一跳。」信樂答道。

佑樹朝公民館內的多用途大廳瞥了一眼，接著問：

「他們在哪裡？怎麼一個人也沒看見？」

「我一直忙著做料理，沒去注意。木京製作人和古家社長也不知什麼時候走掉了，杯子和酒瓶都放在桌上沒收拾。那兩個人眞的是想做什麼就做什麼。」

肩上揹著攝影機的西城點了根菸，苦笑著說：

「他們每次都這樣。」

「其實，那兩個人不在這裡也好，免得干擾我做料理。」

「喂，你又說出眞心話了。」

「抱歉，我就是嘴巴壞。那兩個人現下應該在自己的小房間裡吧。」

多用途大廳裡一個人也沒有。如果是在小房間睡午覺，鼾聲再大，外頭恐怕也聽不見。

「……這是什麼？」

三雲忽然指著摺疊桌問道。桌上擺著一枚紙餐盤，盤內放著一尾尙未調理過的竹筴魚。看起來不像是下酒菜。

信樂有些靦腆地說：

「噢，我原本想給剛剛那隻黑貓吃。牠那麼黏人，以爲牠會吃我準備的食物……沒想到我還沒準備好，牠就不曉得跑到哪裡去了。」

佑樹環顧四周，想要找出那隻黑貓，但牠似乎已不在附近。佑樹不禁有些遺憾，又朝信樂問：

「那麼，茂手木組的三個人呢？」

信樂壓低聲音回答：

「聽說在拍攝的過程中，茂手木教授與海野導播大吵一架。教授說田野調查還沒完成，接下來他要獨自行動，就一個人離開了。八名川姊說想多拍一些島上的景色，所以也走了。我想他們兩個應該很快就會回來。」

「海野導播呢?」佑樹問道。

信樂遲疑了一下,回答:

「我也不知道海野導播跑去哪裡。我只知道他看起來心情不好,似乎沒有走進公民館。」

西城心滿意足地啜著咖啡,應道:

「老樣子,抽菸去了吧。」

「當時他一副坐立不安的樣子,或許是需要補充一些尼古丁。」

……這麼說來,海野約莫是想找地方抽菸才離開。

這半年來,佑樹已掌握海野經常吸食LSD和抽大麻的證據。這次到幽世島出外景,海野身上一定暗藏毒品。

名義上是抽菸,其實很有可能是躲起來吸毒。

佑樹從貼身背包中取出無線電通話器,說道:

「我跟他聯絡看看。」

這時也差不多該回報拍攝進度了,於是佑樹對著無線電通話器說:

「我是龍泉。海野哥,我想回報拍攝進度,請回公民館一趟。」

等了一會,毫無回應。

「……海野哥,你那邊還好嗎?聽到請回答。」

連續呼叫超過一分鐘,佑樹心裡暗叫不妙,頓時感覺胃部彷彿壓著一塊重石。

海野吸毒成癮,很可能會因吸毒過量而昏厥。如果沒有立刻救治,搞不好會有生命危險。

……在我下手之前，如果他就這麼死去，未免太便宜他了。

佑樹暗暗咂了個嘴，將無線電通話器粗魯地塞回貼身背包，朝三雲和西城說道：

「完全沒有回應。搞不好他是突然身體不舒服，大家還是分頭找找吧。我負責往碼頭的方向找，西城哥負責公民館的後面……」

「我能說一句話嗎？」

佑樹轉頭望向三雲，三雲神情緊張地說：

「剛剛你對著無線電呼叫的時候，我好像聽見你的聲音從那個方向傳過來……可是聲音非常小，隨著風聲飄過來，我也不是很確定。」

「我好像也聽見了。」西城附和。

三雲與西城同時指向公民館的東邊。那是一大片鬱鬱蒼蒼的樹林。

「我過去看看。」

佑樹快步走向樹林。西城跟了過來，只見他肩上揹著攝影機，單手拎著寶特瓶裝的咖啡，香菸似乎已扔進菸灰缸。過了一會，三雲也跟過來。

西城將寶特瓶塞進背包，說道：

「大概是海野導播不小心把無線電通話器搞丟了，不需要那麼緊張。」

「設想最壞的情況，是我讓自己安心的法門。」

佑樹說著，再度取出無線電通話器，按下通話鍵，以手指在收音的位置輕敲。

就在這時，前方一棵樹的後方傳來細微雜音，彷彿在呼應佑樹的動作。如同三雲所說，海野的無線電通話器就在前方，應該是距離公民館前的空地約五十公尺處。

那棵樹高約五公尺，葉片像一根根粗大的針，最令人印象深刻的是，上頭結了好幾顆狀似鳳梨的果實。

西城看著那棵樹，眨了眨眼睛，說道：

「鳳梨樹可以長這麼高？」

「這不是鳳梨樹，是露兜樹。」佑樹回答。

「露兜？」

「果實可以食用，但不好吃。聽說，這是沖繩的椰子蟹最愛吃的食物。」

「……沒想到龍泉這麼博學，眞是人不可貌相。」三雲語帶調侃。

「上次來勘查環境的時候，嚮導告訴我的。」

佑樹撒了個謊。實際上，爲了讓復仇計畫能夠順利執行，他不僅熟讀亞熱帶的植物圖鑑，還去了好幾趟植物園，確認每一種亞熱帶植物的外觀模樣。

擬定復仇計畫的時候，佑樹已有所覺悟，不可能每個環節都按照計畫執行。凡事總有可能發生意外的插曲，爲了能夠在島上順利取得毒藥，佑樹熟記各種帶有毒性的植物和昆蟲。

成熟的露兜樹果實散發出甜膩的香氣。三人通過樹旁的時候，西城指著掉落在灌木叢下的無線電通話器，說道：

「看吧，果然只是不小心掉了……」

西城率先繞到露兜樹的後方，頓時啞口無言。幾乎就在同時，三雲輕聲驚呼，佑樹僵在原地。

……一時之間，佑樹不曉得眼前到底發生什麼事。

只見海野仰倒在開著碩大紅紫色花朵的低矮灌木叢上。

灌木叢的高度約六十公分，枝葉因海野的體重而折彎。海野整個身體陷入花海。乍看之下，灌木叢宛如帶有花朵裝飾的天然記憶床墊，海野只是躺在上頭休息而已。但仔細查看，便會發現實際情況並非那種可笑的幻想所能解釋。

海野穿的兩件式T恤上，胸腹之間染紅了一大片，中央有一個小孔，現在仍有血一點一點地滲出。

「搞什麼……」佑樹忍不住咕噥。

這實在不像是遺體發現者在第一時間會說出的話，但佑樹無法壓抑心中的怒火。他差點脫口而出「誰准你被別人殺死」，只能拚命吞回去。

四周血跡斑斑，包覆著海野身體的灌木枝葉上也沾著不少鮮血。海野的身上有不少摩擦造成的血痕，周圍的枝葉及花朵上則有著大量飛濺的血滴。

半晌之後，西城顫聲開口：

「這是……怎麼回事？」

這也是佑樹心裡最想問的問題。

佑樹竭力轉動因驚愕而麻痺的腦筋，設法在最短的時間內釐清狀況。

首先，海野不是會開這種玩笑來嚇唬工作夥伴的人。如果他會做這麼可愛的事，還不算無可救藥。既然不是自導自演，唯一的可能就是，有人搶先一步殺害海野。

對佑樹來說，這是最糟糕的情況。

佑樹不由得緊握雙拳，指甲陷入掌心，幾乎要滲出血來。然而，相較於此時佑樹心中那股狂暴的情感，皮肉的疼痛根本微不足道。

當然，有一部分是計畫出現變數引發的焦躁與不安。但更令佑樹難以忍受的是，沒辦法守住在茱穗子及隆三的遺體前立下的誓言。到底是誰做出這種事？佑樹氣得咬牙切齒，暗罵自己無能。

從屍體的狀況來看，海野應該是遭利器刺中心臟。

由於傷口相當小，凶器想必是冰鑽之類的錐狀物。約莫是拔出時用力過猛，導致鮮血四處飛濺，由此推論，不太可能是自殺。

西城似乎在想同一件事，開口：

「這簡直是……『幽世島野獸事件』的翻版。」

如同西城所說，刺殺海野的人顯然是想模仿當年的「幽世島野獸事件」。

三雲的臉上逐漸失去血色，身體微微晃動。西城趕緊上前想撐住她，但她伸出右手扶著露兜樹，彷彿拒絕他的碰觸。

佑樹感覺心臟怦怦作響，腦袋發燙，思緒亂成一團。爲了讓自己恢復冷靜，他閉上雙眼。

至少可以確定一件事，那就是這座島上，除了佑樹之外，還有一個懷抱殺意的人。

海野本來就是許多人憎恨的對象，對他懷抱殺意的人多如牛毛。說得更明白一點，他是個什麼時候被殺都不奇怪的人物。

正要執行殺人計畫，卻被別人搶先一步。佑樹看過類情節的小說和電影，但沒想到居然會發生在自己的身上。

而且，這個佑樹眼中的「阻撓者」，採用的手法竟與追求「實用性犯罪手法」的佑樹恰恰相反。最好的證據就是，對方企圖重現當年的慘案。

逐漸恢復冷靜之後，佑樹緩緩睜開雙眼。

雖然不知道殺害海野的是誰，但無論如何不能讓對方繼續阻撓復仇計畫。想要不再受到干擾，只有一個辦法。

那就是找出殺害海野的「阻撓者」，徹底限制其行動。

佑樹的心中帶著三分的自暴自棄，以及三分的自我嘲諷。沒想到為了讓復仇計畫順利進行，居然必須玩起偵探遊戲。龍泉家的家訓「任何異想天開的事都有可能成真」，或許意外有道理。

企圖犯罪的凶手為了保護自己而充當起偵探，在小說之類的作品裡是常見的情節。然而，佑樹對於保護自己沒有太大的興趣。

就算復仇的結果，他會遭到逮捕，甚至是丟掉性命，心中也不會有絲毫的後悔。但若是執行計畫的過程中遭「阻撓者」殺害，可就傷腦筋了。

……總之，必須盡快找出「阻撓者」才行。

為了蒐集更多線索，佑樹重新環顧案發現場。

灌木叢的周圍，是寬約數公尺的泥濘地面。上頭只有一組淡淡的足跡，朝著灌木叢延伸。此外就是一些貓的腳印，沒有其他可疑的足跡。

那組淡淡的人類足跡，想必就是海野留下的。

想到這裡，佑樹的腦袋隱隱作痛。

因為佑樹察覺阻撓者實現了幾乎不可能成眞的「無足跡殺人」。看來，對方的犯案手法和佑樹徹底相反。

「……西城哥，請你用攝影機把周圍的狀況拍下來。」

西城原本愣在原地，聽見佑樹這句話，神情轉爲錯愕。

「咦？這種慘狀可不能在電視上播出來。」

「跟節目無關，是要留下紀錄，好讓警察知道島上發生什麼事。」

倚靠著露兜樹的三雲忽然站直，啞聲建議：

「拍攝的時候，重點最好放在地面上的足跡。」

佑樹一聽，不由得瞇起雙眼。沒想到三雲也察覺這一點，他感到有些意外。

「好，我明白了。」

等待攝影結束的期間，佑樹低頭查看灌木周圍的貓腳印。或許是變成了野貓的關係，比佑樹在住家附近看過的家貓腳印大了一點。這些形狀可愛的貓腳印都在泥地留下頗深的痕跡，不難確認這隻貓的動線。

這隻貓似乎反覆靠近和遠離灌木，有些腳印甚至是踏在血跡之上。此外，灌木旁還有用力踩踏地面的貓腳印，像是突然跳了起來。或許是發現海野的屍體，牠走過來，卻受到驚嚇，倉皇逃離。

接著，佑樹緩緩走向灌木叢。保險起見，佑樹小心避免踩到海野留下的足跡。泥地仍相當柔軟，每走一步就留下一個新的足跡。

海野幾乎整副軀體都埋入紅紫色的花叢中。

佑樹雖然立誓要復仇，畢竟從小到大一直過著典型的平穩人生，甚至不曾傷害他人。他嗜讀推理小說，但從未親眼目睹遭到殺害的屍體。看見死得如此「離奇」的屍體，更是生平頭一次。

佑樹壓抑想逃走的心情，將手指抵在海野的脖子上……完全感受不到脈搏，身體卻仍十分溫熱。

「沒救了。」

大約五秒之後，佑樹放開手。轉頭一看，三雲就站在後方，臉色依然慘白。完成拍攝作業的西城也走過來，不安地問：

「他是……被殺害的吧？」

「看起來應該沒錯。體溫幾乎沒下降，想必剛死不久。」

「……是誰殺了他？」

「目前只知道不是我，不是西城哥，也不是三雲小姐。」

西城或許是沒想到這個環節，一聽到這句話，慌忙點頭：

「是啊，那還用說嗎？」

三雲也同時低聲說道：

「我們最後一次看見海野，是在島上移動途中遇見茂手木組。後來，我們都是共同行動，可見凶手在我們以外的五個人當中。」

「……不然就是除了我們之外，島上還有其他人。」

聽西城的語氣，他似乎抱著這樣的期待，但佑樹認爲可能性非常低。

首先，要進入幽世島必須經過特別的申請手續。第二，雖然傳說中幽世島藏有財寶，但還不到人人都知道的程度。就算眞的有人爲了尋找寶藏而偷偷來到島上，也不太可能剛好是個殺人魔。

更何況，考量到海野的爲人，比起被陌生人殺死，被身邊的人殺死的可能性更高。

「凶手恐怕不是外人……」

佑樹蹲下看了一會後說道。西城也跟著蹲下。灌木叢的下方，掉落一把迷你冰鑽。

「這就是凶器？」

這把冰鑽就掉在海野的血跡附近。看起來還很新，但鑽身已染成鮮紅色。或許是感到頭暈，三雲忽然蹲下，以雙手撐住地面。她閉上雙眼，半晌後說道：

「這約莫就是剛剛用來製作威士忌摻蘇打水的冰鑽……尺寸、形狀及製造商的標籤貼紙都一樣。」

「如果是木京先生帶來的冰鑽，表示凶手偷偷拿了出來。」

西城呻吟著說道。佑樹點點頭，接著說：

「信樂一直在冰鑽放置處的旁邊準備晚餐。就算島上眞的有外人，也沒理由冒險偷走冰鑽。」

「有道理。」

「相較之下，如果是一起出外景的人，要瞞著信樂偷走冰鑽想必不難。」

眾人陷入沉默。半晌，西城露出不知如何是好的表情，開口：

「遇上這種事，是不是應該交給警察處理，不要破壞現場？」

「沒錯，但就算報警，警方得花很久的時間才能來到島上。在警察到來之前，如果我們不知道凶手的身分，不就得一直提心吊膽？」

聽佑樹這麼說，三雲皺眉問道：

「你想在警察到來之前找出凶手？」

「爲了保護自身的安全，我認爲應該這麼做。」

兩人互相凝視，彷彿想要看穿對方的心思。

「……遇上凶殺案，你爲什麼還能這麼冷靜？」

「我只是遵守家訓而已。三雲小姐，妳不也相當冷靜？」

「歇斯底里地哭泣、尖叫，或是倒地昏厥會比較好嗎？」

三雲微笑著說道。但再怎麼強作鎮定，她的身體還是微微顫抖。

此時，佑樹才察覺三雲的堅強或許是裝出來的。她的雙眸深處有著強烈的懼意，而且流露出一股難以掩飾的脆弱與空虛。

西城似乎看不下去，以少見的語氣哀求：

「在這種節骨眼，拜託你們別吵架了。」

佑樹也有些後悔，不該逞口舌之快，跟三雲發生無謂的爭執。不過，佑樹並未直接向三雲道歉，他認爲假裝沒察覺三雲在虛張聲勢才是上策。

「……總之，我們先把遺體搬下來吧。」

佑樹與西城合力抬起海野的身軀。

海野的全身關節疲軟無力，兩人奮力舉起，遺體的四肢垂落，勾在兩人的手臂上。佑樹身上的灰色T恤沾滿鮮血，但此時沒空理會這種事。

搬運的過程中，西城腳下一個踉蹌，差點摔倒。

「西城哥，不要緊吧？」

「抱歉，我的腳勾到海野導播的無線電通話器。總之，我先將這玩意推到灌木底下。」

兩人清空地面，將海野的遺體放下。佑樹望向旁邊的灌木叢。雖然遺體已移開，灌木的上方還是維持凹陷的狀態。

若撇開搬運時折斷的枝葉不看，凹陷處維持著相當清楚的人形，這證明海野倒在灌木叢上之後，不曾被移動。

佑樹驚訝地發現，凹陷處下方的枝葉也沾染大量鮮血。於是，他將海野翻身，確認背部的狀況。

「哇，傷口居然從前胸貫穿到後背。」

海野的T恤背面也有一個小孔，現在仍不斷有血滲出。從布料纖維的斷裂方向研判，確實是利器刺入胸口，貫穿後背。

西城再也壓抑不住恐懼，全身打起哆嗦。

「看來，犯人下手的力道相當重。」

「我……我回公民館把大家叫來。」

三雲嘴上這麼說，卻別過臉，一步步後退。從那慘白的臉色及搖搖晃晃的腳步看來，恐怕隨時會蹲在地上嘔吐，顯然她的逞強已到極限。

「喂，不要擅自行動！」

西城嚴厲地喊道，但三雲並未停下腳步。

「她一個人行動太危險了。西城哥，能不能請你陪她一起去？我在這裡看顧遺體。」

「好，那就麻煩你了。」

「如果方便，請你順便確認一下冰鑽是不是不見了。」

西城將攝影機夾在腋下，朝著三雲奔去。目送兩人離開之後，佑樹冷冷地俯視海野。遺體的胸前口袋，露出攜帶型菸灰缸的一角。那菸灰缸有機關，海野總是把毒品藏在裡頭。

佑樹輕輕嘆了一口氣，說道：

「沒想到會是這樣的結果，眞是太可惜了。如果你沒死，今晚我就可以把你殺了。」

海野當然沒有任何反應。佑樹依然使用敬語，如同平常在工作中與海野說話一樣。

「請別以爲我在開玩笑。你以那麼卑劣的手法殺害續木菜穗子，我多麼希望你能遭到報應。」

佑樹不曾懷疑菜穗子的遺書內容。但保險起見，佑樹還是做了一些確認。

首先，佑樹透過管道，調查菜穗子車禍現場的地面輪胎痕跡，以及那輛摔成廢鐵的輕型汽車。根據佑樹的判斷，他殺的可能性極高。此外，續木家遭人縱火的時間點前後，路口監視器拍到海野出現在附近。

進入J製作公司之後，佑樹更是花了超過四個月的時間，仔細調查目標三人的私生活，包含職場上發生過的事情，以及在東南亞某國發生的悲劇。

菜穗子遺書的內容一一獲得證明，佑樹下定決心要執行這次的計畫。

此時，佑樹露出苦笑。

「……沒想到你輕輕鬆鬆地逃過我的制裁，只能說你的運氣實在是太好了。」

佑樹無奈地說完，緩緩站起。接著，他低頭望向地上殘留的各種鞋印。

比較之下，可看出佑樹與西城合力抬起海野的遺體時，留在地上的鞋印特別深。而疑似海野鞋印的痕跡較淺，與空手時的佑樹、西城相去不遠……由此可知，這些鞋印確實是海野一個人行走時留下。

接著，佑樹抬頭仰望灌木叢的上方。

灌木叢的上方是遼闊的藍天，並無其他高大樹木延伸過來的枝葉遮擋。換句話說，很難利用其他樹木的樹枝，以懸吊的方式，將海野的遺體或其他東西放在灌木叢上。

佑樹忍不住又嘆了一口氣：

「我實在對這種偵探遊戲沒興趣……但無論如何，還是得把凶手找出來才行。」

不到五分鐘，島上剩下的八人就聚集在露兜樹下。

據說，西城與三雲回到公民館時，茂手木與八名川早已跟信樂會合，木京與古家則分別在小房間的帳篷裡呼呼大睡。

佑樹查看所有人的衣著，確認沒人換衣服。

由於大家身上的衣服都不是黑色，一旦沾上血跡便看得很清楚。然而，除了曾搬動遺體的西城和佑樹之外，每個人的衣服都十分乾淨。

信樂是最晚抵達集合地點的人。只見他緊緊握著衛星電話，泫然欲泣地說：

「怎麼辦？衛星電話好像壞了，我們沒辦法報警，也沒辦法向外界求救。」

面對彷彿電影情節般的困境，木京和古家醉意全失。但對於海野的死，兩人的臉上一點也沒有難過或哀悼之意。

古家的左手抱著愛犬塔拉，右手異常敏捷地奪下信樂手中的衛星電話。

「給我！」

古家發狂似地猛按上頭的按鍵，同時發出毫無意義的尖叫聲。

佑樹不發一語地站在旁邊。因爲毀掉衛星電話的正是他。

爲了防止自己在啓動計畫之後心生退縮，佑樹故意徹底毀掉衛星電話，讓自己再也沒有退路。

如今回想起來，這麼做實在是太衝動。雖然有點後悔，但也無可奈何，畢竟當初不可能預料到會發生這種意外狀況。佑樹只能在心裡向與復仇計畫無關的人道歉。

相較於古家的激動，木京的反應頗爲平靜，彷彿死了一個人，在他的心裡只是「一樁麻煩事」。佑樹聽見他的嘴裡如此咕噥：

「唉，看來幽世島的企劃不能用了。」

木京冷冷地低頭看著海野的屍身，慢條斯理地點起一根菸，似乎在思考因應對策。木京冷漠的態度，連平常與他沆瀣一氣的古家也看不下去。古家舉起右手，將衛星電話用力摔在地上，大喊：

「木京！這種時候你還有閒情逸致抽菸？」

古家懷裡的塔拉狂吠。那衛星電話不巧撞在一顆大石頭上，天線頓時折彎。木京對著古家冷冷一笑：

「髒死了，別亂噴口水……」

「你這傢伙！」

古家將塔拉放下，撲向木京，想要揪住他的衣領。茂手木和八名川慌忙上前勸解，古家體格瘦弱，馬上就被架開。

另一方面，被放在地上的塔拉對主人面臨的危機毫不在意。牠朝身旁的佑樹大聲吠叫，接著跑到西城的面前吠個不停。或許是兩人搬動海野的遺體時身上沾染血跡，讓塔拉產生戒心。

古家以肢體語言表示不會再動手，不屑地說：

「難道你們蠢到沒辦法理解現在的狀況嗎？我們與殺害海野的凶手一起被困在這座島上了！」

這樣的描述，可說是一針見血。事實上，就算佑樹沒對衛星電話動手腳，「阻撓者」很可能也會設法毀掉衛星電話。

在場的每個人多半早已察覺被困在島上了，但聽古家一語道破，還是受到相當大的衝擊。或許是剛剛太激動，古家突然變得萎靡不振。包含古家在內，眾人都沉默不語。

佑樹趁著這個機會，將發現海野遺體的來龍去脈簡短說了一遍。

過程中，西城與三雲不時補充說明，並且西城表示已用攝影機拍下現場的景象。同時，佑樹也強調三雲組的三人絕對不可能是凶手。

就在說明即將結束的時候，不知何處傳來一聲嗚叫。

佑樹嚇得差點跳起來，旋即察覺是那隻黑貓發出的叫聲，慌忙尋找牠的所在。

黑貓躺在約二十公尺外的樹下，不停以右前腳攻擊在附近飛舞的蝴蝶。

塔拉驟然改變目標，朝著黑貓激動吠叫。古家見狀，急忙將狗抱起來。

「塔拉，小心有傳染病，千萬別靠近。」

黑貓瞥了塔拉一眼，維持著躺在地上的姿勢。趁著佑樹的注意力完全被黑貓吸引，三雲開口：

「……既然凶器是冰鑽，凶手必定在我們當中。請大家見諒，必須確認所有人的不在場證明。」

三雲說得直截了當，毫無修飾。果不其然，現場的氣氛頓時降到冰點。古家再度變得歇斯底里，以布滿血絲的雙眼瞪著三雲說：

「妳是警察嗎？區區一個賠錢歌手，不過是接到一次電視節目的工作，就以爲自己是什麼特別的人物？」

古家似乎是爲了發洩剛剛的忿悶，吐出充滿惡意的字眼，三雲頓時變得面無表情。佑樹看過好幾次類似的神情。那些承受木京或海野的言語暴力，快要精神崩潰就醫的職員，每個人都是這副模樣。

佑樹再也按捺不住，出聲道：

「恕我直言，既然衛星電話壞了，在船來接我們之前，誰都無法離開這座島。從現在到十月十八日，還有兩天的時間，我們不該坐以待斃。」

古家瞇起雙眼，似乎想看清楚這個膽敢頂嘴的年輕人。

「你是J製作公司的助理導播？剛剛那個在木京的面前裝瘋賣傻的人，就是你吧？」

「是的，請記住我的名字，我叫龍泉佑樹。」

「龍泉」這個姓氏對欺善怕惡的人特別有效。不出所料，古家登時氣焰全消，但他馬上又酸溜溜地說：

「我想起來了，木京提過，屬下裡有個紈褲子弟，簡直就是燙手山芋。」

「……我記得『紈褲子弟』的原意，好像是有錢的大少爺吧？」

古家氣得脹紅臉，此時木京將抽到一半的香菸往地上一彈，走上前來：

「別再裝傻了。遇到這種該死的情況，還得看你演戲，我都快吐了。」

佑樹將落在雜草上的煙蒂踩熄之後拾起，說道：

「這次不是演戲，是眞的不太確定『紈褲子弟』的意思……不過我明白了，我不會再演戲。」

木京噗哧一笑：

「從沒見過像你這麼厚臉皮的傢伙。要不是知道你不可能犯案，你肯定是頭號嫌犯。」

看來，木京將佑樹視爲警戒的對象。

在復仇計畫中，這無疑是佑樹的一大失策。但如今顧不了那麼多，當務之急是盡快排除「阻撓者」。

「回到原本的話題……就算沒有大家的不在場證明，我還是能夠找出殺害海野哥的凶手。」

眾人一時不明白佑樹的意思，恐怕沉默了足足有十秒。那隻黑貓依然悠哉地躺在樹下。

率先開口的是八名川。她將雙手交抱胸前，說道：

「我並不排斥說明自己的行蹤……不過，我和茂手木教授在攝影結束後，大部分的時間都是單獨行動，很可能會被當成嫌犯。」

茂手木也心不甘情不願地開口：

「我在碼頭附近發現一隻枯葉蝶，一直追著牠跑。那是瀕臨絕種的昆蟲，而且在這座島上的目擊報告並不多……我可不想因爲這樣，就被當成是凶手。」

聽了茂手木這句話，八名川再度爲自己辯解：

「我沒做什麼值得你們懷疑的事……我只是在島上到處拍了一些風景。」

「妳在島上到處攝影，怎會回來得這麼早？」

同樣身爲攝影師的西城提出質疑。

「我們這一組的拍攝行程中斷，是由於教授和海野導播發生爭執。我在島上拍了一陣子的風景，猜想他們可能已和好，所以回來看看狀況……只是，一路上我沒遇見任何人，所以沒有不在場證明。」

茂手木似乎無法忍受只有自己和八名川遭到懷疑，尖聲說道：

「對了，從頭到尾一個人準備餐點的信樂也很可疑。他就算離開片刻，也不會有人發現，所以他有充分的自由時間。」

聽茂手木把矛頭指向自己，信樂臭著臉反駁：

「如果要這麼說，木京製作人和古家社長不也一樣？我一直專心準備餐點，根本不記得他們喝酒喝到什麼時候，而且也只是感覺他們好像走進公民館，並沒有看得很清楚。」

信樂又口無遮攔了。

不過，這次他或許不是說溜嘴，而是抱定主意，這次外景工作結束就要辭職。畢竟他只是打工性質，辭職沒什麼大不了。決心辭職的人總是天不怕地不怕，這個說法在信樂的身上得到印證。此時，即使古家怒目瞪視，甚至是塔拉瘋狂吠叫，信樂也完全不當一回事。

驀地，木京發出低沉的笑聲。

「你們這些人，一聽到他說無關不在場證明，個個都像娘們一樣，把所有的話都吐了出來……老實告訴你們，我連自己喝到什麼時候都不記得了。跟古家分開之後，我就鑽進帳篷呼呼大睡，古家去了哪裡，我可不知道。」

古家默不作聲，等於默認木京並未說謊。或許是得知並非只有自己缺乏不在場證明，他的表情看起來安心了些。

佑樹不禁苦笑：

「謝謝大家特地說明自己的行蹤，但有沒有不在場證明眞的不重要。」

「那你要怎麼找出犯人？」

三雲的口吻帶著些許挑釁的意味。

「眞相其實相當單純……最大的問題，在於各位能不能接受。」

佑樹的話一出口，果然每個人都露出「快點說吧，別賣關子」的表情。唯獨三雲是個例外，她臉上浮現的不是焦躁，而是恐懼的神色。

這樣的表情，在佑樹的心中留下深刻的印象。佑樹深吸一口氣，繼續道：

「這個命案現場有兩大疑點。第一個疑點就是剛剛提到的，周圍沒有犯人的足跡。」

茂手木一聽，聳聳肩，說道：

「凶手大概是使用什麼詭計吧。依現場狀況來看，凶手可能是以射飛鏢的手法，將冰鑽朝海野擲了過去。」

茂手木這句話，聽得佑樹目瞪口呆。

佑樹沒料到茂手木竟會有這種極度不合理的推論。佑樹原本計畫讓茂手木擔任「說出虛假眞相」的偵探角色……如此看來，可能要重新思考人選了。

佑樹暗自嘆了口氣，說道：

「恕我直言，投擲冰鑽不可能造成貫穿後背的傷口。」

「不然就是刺殺海野之後，用某種方式把遺體吊起來，再放在灌木叢上。沒錯，一定是這樣。」

「各位請看，灌木叢的上方沒有其他高大樹木的樹枝，因此不可能以繩索繞過樹枝，將遺體吊起來。」

「我知道了，一定是利用巨大的無人機……」

佑樹明白繼續聽這些荒腔走板的推理只是浪費時間，於是打斷他的話，說道：

「關於沒有犯人足跡的問題，暫時擱在一邊。先來思考另一個問題，那就是『犯人爲什麼要拔出凶器』？」

聽到佑樹這麼問，信樂露出恍然大悟的表情，應道：

「這確實値得思考……只要不拔出凶器，就不會噴出那麼多血了。」

「拔出凶器，很可能會導致鮮血噴濺在身上，這是不利於犯人的行動。犯人這麼做，必定有著非做不可的理由。」

佑樹話一出口，所有人便互相檢查衣著。有人爲了證明自己的清白，還故意轉過身，讓別人檢查自己的背部。

「但我們當中沒人身上沾有血跡，也沒人換過衣服。啊，龍泉哥和西城哥的身上確實沾著血跡，但兩人都有不在場證明。」

信樂提出質疑，佑樹點頭說道：

「只有兩種可能，第一是犯人事先穿上類似雨衣的服裝來遮擋鮮血，第二是犯人的身上其實沾著鮮血，只是大家都沒發現。」

「最後這一點應該不可能吧？我們當中沒人穿著黑色服裝，如果身上沾著鮮血，一定看得出來。」

信樂的推論聽起來頗有道理，但佑樹對這一點抱持保留的態度。佑樹短暫沉默之際，茂手木抓住機會，再度開口：

「先來想想，爲什麼犯人要把凶器拔出來……這把冰鑽就掉落在遺體的旁邊，顯然犯人的目的不是爲了藏起凶器。既然如此，唯一的可能性便是現場原本就有其他的血跡，犯人想要以海野的血跡蓋掉原本的血跡。」

佑樹對這個荒唐的推理充耳不聞，自顧自地掏出手帕，撿起掉落在灌木叢底下的冰鑽，說道：

「想必很多人都發現一個明顯的事實，就是這把冰鑽並非殺害海野導播的凶器……請看，這把冰鑽的鑽身太短了。」

佑樹指著冰鑽的鑽身說道。三雲幸先認同了這一點。當初調酒的時候，她使用過這把冰鑽。

「沒錯，這把冰鑽的鑽身只有六公分，不足以貫穿一個人的胸膛。」

「那是攜帶型的迷你冰鑽，當然不可能多長。」

木京跟著說道。他是冰鑽的持有人。

「現在我們推翻了一個前提……犯人並非使用冰鑽殺害海野哥，而是另一種我們不知道的工具。這麼說來，犯人把凶器抽走，很可能是因為不能把凶器留在現場。」

西城沉吟道：

「犯人還故意在地上放了假的凶器，莫非真正的凶器一旦被我們知道，我們就能猜出犯人的身分？」

「……可以肯定的是，凶器絕對不是一般常見的東西。」

佑樹垂下目光如此說道。此時，茂手木再度出聲：

「我知道了，凶器是十字弓。趁海野站在灌木叢旁的時候下手，就能在不留下足跡的情況下殺死海野。」

佑樹這次沒辦法再當沒聽見，只好回應：

「十字弓能否射出那麼深的傷口，實在令人懷疑。何況，以現場狀況來看，如果要回收箭矢，必須在箭矢的尾端綁上繩索。」

在箭矢的尾端綁繩索會增加空氣阻力，導致十字弓的威力降低。佑樹接著說：

「而且就算在箭矢的尾端綁繩索，也不見得能夠順利回收。」

「怎麼說？」

「箭矢貫穿了胸膛，要拔出來並不容易。一個不小心，遺體會跟著箭矢一同被牽動，偏離原本的位置。」

此時，佑樹利用西城拍攝的影像，向大家說明「從灌木上的凹陷痕跡來看，自從倒在灌木叢上，海野的身體就不曾移動」。

八名川仔細確認攝影機裡的影像之後說道：

「從周圍血跡的分布狀況來看，似乎也不像是拔出凶器之後，才把遺體放在灌木叢上。如果是這種做法，灌木叢的周圍應該會有更多血跡才對。」

「沒錯。」

「既然如此……是不是代表不管凶器是什麼，要拔出凶器，犯人都必須走到遺體的旁邊？」

「沒錯，我認爲犯人是親手將凶器拔出來。」

原本沉默不語的木京笑了起來。

「如果是這樣，就與現場沒有足跡的狀況互相矛盾了。犯案手法同樣難以解釋，我們又回到起點，完全沒有進展。」

「不，距離鎖定犯人的身分只差一步……至少從剛剛的討論，我們發現犯人的行爲模式有很大的矛盾。這個犯人『明明計畫周詳、謹愼小心，卻又思慮不周、粗心大意』。」

「什麼意思？」

「具體來說，犯人能夠製造出沒有足跡的犯案現場，混淆我們的判斷，而且針對鮮血噴濺的問題，也採取萬全的因應對策，可見『計畫周詳、謹愼小心』……另一方面，凶手卻使用不能遺留在現場的凶器，雖然準備以冰鑽來僞裝成凶器，刺死海野哥時又下手太重，可見『思慮不周、粗心大意』。」

木京稍微流露出一點欽佩之色，嘆了一口氣：
「這麼一說，確實如此。」
「這次出外景還有兩天才會結束，想下手殺害海野哥，也不必急於一時。犯人大可準備好其他凶器再動手。」
這是佑樹自身的經驗。他打算趁夜深人靜的時候才犯案，因此百思不解，不明白阻撓者爲什麼不這麼做。
「……那麼，如何排除這個矛盾？」
「只要分析犯人的行爲傾向，其身分便呼之欲出。現在是大白天，犯人在公民館附近攻擊海野哥，很可能會有人聽見聲音趕來。這次沒有任何人看見，只能說是運氣好。」
三雲用力點頭附和：
「這也證明犯人是個『思慮不周、粗心大意』的人。」
「既然犯人有明顯的『思慮不周、粗心大意』的性格……或許意味著我們一開始推測犯人『計畫周詳、謹慎小心』其實是錯的。」
三雲似乎不明白佑樹想表達什麼，沉默不語。一旁的茂手木瞪大了眼睛，問道：
「你的意思是……犯人並非故意布置一個無足跡的殺人現場，也沒有想過鮮血會噴濺在身上的問題？」
「沒錯，犯人根本不需要布置無足跡的殺人現場，而且就算身上沾著鮮血，也不會有任何人察覺。」
「……聽起來不太合理。如果是這樣，代表犯人不在我們八個人當中。」

「沒錯，這就是眞相。」

茂手木彷彿在反芻話中的深意，嘴裡念念有詞。他環顧四周，目光忽然停留在一個點上。

「我明白你的意思了，確實找得到符合這些條件的犯人。」

茂手木伸手指向那隻黑貓。既然是黑貓，身上的毛當然是一片漆黑，就算沾上鮮血，也不會被人發現。

佑樹目不轉睛的看著黑貓，用力點頭說道：

「沒錯，這就是正確答案。殺死海野哥的犯人，就是『那個生物』。」

第四章　本島　異常事態

二〇一九年十月十六日（三）一六：二〇

黑貓閉上眼睛，似乎正在午睡。

這偏離常識的推理，首先引來了古家的歇斯底里反應。他發出高亢的笑聲，說道：

「賣了這麼久的關子，這就是你的答案？犯人是一隻貓？天底下哪會有這種蠢事！」

佑樹早預料到會出現這樣的反應，無奈地說：

「那個生物看起來像貓，所以姑且稱爲黑貓……但那根本不是貓。」

佑樹一臉嚴肅地回答。古家一聽，臉部肌肉微微抽搐。

「你還在裝瘋賣傻！如果不是貓，那會是什麼？」

「我也不知道，只能確定那是一種名副其實的『未知生物』，或許稱爲『怪物』也不過分。」

佑樹隱約聽見三雲倒抽了一口氣，但隨即被其他人的吵鬧聲掩蓋。

面對來自四面八方的責難，佑樹只能苦笑：

「我說過了，最大的問題在於各位能不能接受。雖然明白各位巴不得痛打我一頓，但請先聽我解釋。」

等眾人的怒氣稍微平息，佑樹再度開口：

「其實，我應該要更早察覺才對……所有人當中，我是最早接觸這隻黑貓的人之一，當時我明明發現許多可疑的線索。」

西城露出苦思的表情，似乎努力想理解佑樹的意思。不過他很快就放棄，出聲問道：

「抱歉，我完全不懂你在說什麼。不管怎麼看，那都是一隻普通的貓。」

「第一眼看見這個生物的時候，我就感覺這是一隻古怪的貓……例如，牠從高處跳下來，竟發出沉重的聲響。」

「唔……我沒印象。」

「還有，牠走在海中浮現的碎石路上時，腳底下發出碎石摩擦聲，就像人類踩在上頭一樣。」

西城對此同樣毫無印象。當時也在現場的三雲，則是緊閉雙唇，不發一語。既不表達支持，也沒有反對。

佑樹得不到兩人的認同，一點都不慌張，繼續道：

「西城哥的攝影機拍下了與黑貓相遇的過程，如果運氣好，或許會錄到聲音。」

西城伸手在頭髮上一陣亂抓，問道：

「我好像想起來了，當時在碎石路上，確實聽到一些聲音。但就算著地的聲音和腳步聲有些奇怪，也不代表牠不是貓吧？」

「關鍵在於體重。」

「體重？」

「我小時候養過貓，十分瞭解貓這種生物。基本上，貓的運動能力很強，動作輕盈矯捷。從高處跳到泥土地或草地上時，不會發出沉重的聲響，走在碎石路上也不太會發出聲音。」

菜穗子飼養的小梅當然也是這樣。小梅就像一個高傲的貴婦人，只要牠願意，可以做出非常多動作卻不發出半點聲音。

茂手木教授彷彿要補充佑樹的論述，出聲道：

「龍泉的說法是對的……家貓平均體重只有三到五公斤，這隻黑貓的尺寸和體型都與普通的家貓沒有太大差別，照理來說，體重應該在平均的範圍內。」

「沒錯，體重只有三到五公斤的貓，從高處跳下來及走路時，絕對不會發出那樣的聲音。」

佑樹接著道。這下西城也想不出如何反駁，有氣無力地咕噥：

「這麼一提，確實不太對勁……」

茂手木緩緩交抱雙手，轉向佑樹，說道：

「簡單來說，你認爲那種大小的貓不可能那麼重，所以那不是一隻貓？」

不愧是曾提出各種荒唐推理的茂手木，對於顚覆常識的說法有著相當高的接受度。他不僅完全接納佑樹的說法，而且興奮得雙眼發亮。

然而，像他這樣的人畢竟是少數，現場瀰漫著一股沒辦法接受的氣氛。

木京率先發難。他對茂手木譏諷道：

「這麼容易就被耍得團團轉好嗎？眞虧你能當上教授啊。」

「你說什麼？太失禮了！」

「快醒醒吧！龍泉這傢伙根本不打算找出眞正的犯人，他只是千方百計要讓我們相信眞有所謂的『幽世島野獸』。」

木京一口氣說完，轉向佑樹：

「我不知道你到底在打什麼算盤，但我們沒有笨到會相信你那些舊時代的說明……光憑聲音就判定那隻貓體重異常，根本一點說服力也沒有。」

佑樹早預料會遭到這樣的反駁，苦笑著說：

「沒錯，一般人都會這麼想……但除了聲音之外，我還能提出這隻貓的體重不正常的證據，而且就在這命案現場裡。」

包含木京在內的所有人，都不由得注視著灌木叢的周圍。

原本泥地上的足跡大多已被踏得亂七八糟，不過還是有一些完整保留下來。信樂趴在地上，貼近地面，觀察半晌，忽然大叫一聲。看來，他已明白佑樹這句話的意思。

信樂的眼前，有一個貓腳印。

凡是人類的鞋印，在泥地上留下的痕跡都很淺，貓的腳印卻極深。

「大家可以看得出來，貓的腳印深得不合常理。就算是我和西城哥將遺體從灌木叢上搬下來時留下的鞋印，也只是稍微深了一點。換句話說，貓的腳底施加在地面上的壓力，遠大於我們的鞋底施加的壓力。」

木京瞪了佑樹一眼，說道：

「這是一種詭辯。貓的腳底面積比人的鞋底面積小得多，儘管體重較輕，仍會留下較深的腳印吧？」

「不可能。」

「你憑什麼這麼說？」

「就算貓的腳底面積不到人的鞋底面積的十分之一，但體重同樣不到十分之一。」

茂手木輕輕點頭附和：

「沒錯，而且貓是以四隻腳走路，每隻腳承受的體重會比用兩隻腳走路的人類更加分散……貓的腳印實在不可能比人的鞋印深這麼多。」

木京稍微退縮了一下，接著又反駁：

「貓的腳印或許是在剛下完雨後留下的。由於泥土尚未凝固，含有比現在更多的水分，所以腳印會比較深。」

佑樹大大搖頭，說道：

「這也不可能，有些腳印看起來是踩在血跡之上。木京製作人和古家社長的腳底下，剛好就有這樣的腳印。」

古家嚇得怪叫，整個人往後彈。木京也默默後退幾步，兩人直盯著地面。

原本抱持否定態度的兩人都陷入沉默，現場氣氛登時有了一百八十度的轉變。其他人受到影響，漸漸覺得佑樹的推論似乎不無道理。

黑貓依然睡得香甜。八名川害怕地瞥了黑貓一眼，伸手按著自己的一頭短髮，說道：

「龍泉，就算犯人眞的是這隻黑貓，還是有許多無法解釋的疑點。」

「是啊，我有同感。」

這是佑樹的眞心話。八名川乾笑兩聲，說道：

「你推理了這麼多，最後卻給我們這樣的結論？」

「老實說，發現有某種『東西』僞裝成貓的樣子，我就完全投降了……這是一種未知的怪物，根本不知道牠的生態。要在這種情況下進行推理，根本是強人所難。」

「哈哈哈，我能體會你的心情。」八名川說道。

「總之，這太不公平了。我們能夠掌握的資訊太少，不確定的因素太多，如何能夠歸納出眞相？」

佑樹傾吐心聲，稍微恢復平靜之後，接著說：

「話雖如此……根據目前掌握的資訊，或許能夠針對那隻黑貓的生態及習性提出一些假設。」

佑樹說到這裡，茂手木忽然發出奇妙的感慨聲。佑樹心頭一驚，問道：

「怎麼了？」

茂手木吊人胃口似地說：

「在推理小說的世界裡，有一種類型稱爲『特殊設定推理小說』。」

「呃……」

「在這樣的推理小說中，會發生一些只存在於虛構故事裡的超自然現象，並藉由這些超自然現象定義出特殊的規則，而這特殊的規則成爲解謎的前提條件。」

佑樹讀過這樣的作品，知道這種類型的推理小說。這種將推理與科幻、靈異或奇幻結合在一起的作品，近年來頗受讀者歡迎。

雖然知道茂手木說的是什麼，卻無法預料他接下來會吐出什麼話，佑樹的心裡越來越不安。

「請問……這跟我們遇上的命案有什麼關係？」

「當然有關係，這次的事件，就像是一種虛構情節的『特殊設定推理小說』。」

「……在有人死亡的情況下，虧你有勇氣拿這件事跟推理小說比較。」

佑樹忍不住酸了一酸，茂手木卻聽而不聞，接著說：

「正因這不是推理小說，而是發生在現實中的情況，不會有人告訴我們這座島上的特殊規則……必須根據襲擊我們的怪物留下的蛛絲馬跡，自行找出特殊規則到底是什麼。龍泉，這就是你想要做的事，對吧？」

包含木京和古家在內，剩下的六人都沒有多餘的精力指責茂手木比喻失當。或許他們早已明白，跟茂手木說再多也沒用。

佑樹內心的疑惑加深，仍不得不應道：

「若能知道怪物的生態及習性，確實對推理有所幫助，可是……」

「這就是重點！這起事件最大的特徵，在於解謎必須歷經兩個階段的推理。不如就稱爲『襲擊之謎』吧！」

「請別說得好像是『日常之謎』（註）之類的推理小說好嗎？」

雖然愚蠢到不太想反駁，佑樹嘴裡還是如此咕噥。可惜，或許是聲音太小，茂手木沒聽見。

「要破解『襲擊之謎』，第一階段必須『藉由不斷推理來歸納出特殊規則』，接著在第二階段，才『根據找出的特殊規則來推理出眞相』。」

茂手木似乎完全沉醉在自己的話語中，他接著說：

「嗯，在推理小說中雖然不能算是沒有前例，但也是相當吸引人的題材。」

這傢伙到底在說什麼啊？佑樹越來越感覺跟茂手木很難溝通，只好保持沉默。

或許是不想讓茂手木繼續胡扯下去，西城不再默不作聲。就在茂手木想要繼續開口的時候，西城以一副「別想得逞」的氣勢插嘴：

「龍泉，我問你……要怎麼做才能避免遭到那隻黑貓攻擊？那到底是一種什麼生物，你是否已有一些想法？」

佑樹成功取回話語主導權，於是重新開始說明：

「首先可以肯定的是，這個怪物並非由一般常識中的物質構成。從腳印的深度來看，牠的體重是普通的貓的好幾倍……說得更明白一點，身體的比重很可能相當於重金屬。」

西城一聽，無力地笑了起來。

「喂喂喂……你的意思是，這是一種由金屬構成的生命體？」

「不無可能。」

佑樹如此呢喃。西城注視著蜷縮在樹下的黑貓，表情一僵。

「你在開玩笑吧？」

「除此之外，這個怪物僞裝成貓的時候，至少外形相當完美，這意味著牠擁有變化身體外形的能力。」

能夠自由變化外形的金屬生命體……聽著佑樹的說明，眾人腦袋裡約莫都浮現出「那部有名的科幻電影」。不過，在那部電影裡登場的那個角色，其實是一種機器人，並不是生物。

或許是爲了譏諷佑樹，木京竟哼起那部科幻電影的主題曲。佑樹充耳不聞，繼續道：

「如同那部電影裡的橋段……既然能夠自由變化身體外形，應該也能夠讓身體的一部分變

註：指存在於日常生活中的謎團。

成刀子之類的武器。」

茂手木終於找到插嘴的機會，再度出聲：

「這又是一個有意思的論點。」

佑樹不禁心生戒備，不曉得茂手木又要說出什麼見解。幸好他這次提出的看法還算讓人可以接受。

「……換句話說，犯人沒將眞正的凶器留在現場，並非擔心我們能夠靠凶器猜出犯人的身分，而是因爲那凶器是身體的一部分，無法留在現場。」

趁著茂手木還沒說下去，佑樹慌忙開口：

「當時海野哥應該在灌木叢旁邊抽菸，黑貓則在尋找單獨行動的人類當獵物。」

實際上，海野恐怕不是在抽菸，而是在吸毒。但此時當然不必解釋這些細節。

「大多數的人看見一隻黑貓靠近，都不會心生警戒。如果這隻黑貓表現出一副友善、黏人的態度，更是容易讓人卸下心防。黑貓正是靠著這種方式讓海野哥疏於防備，接著突然撲過去，刺中他的心臟。」

海野的體重加上怪物的體重，壓垮灌木叢的所有樹枝。

「但不小心刺得太深，貫穿了海野哥的胸膛？」

西城低喃，佑樹輕輕點頭說道：

「這就是我的推測……黑貓在行凶之前，不是曾跟我們一起前往公民館嗎？牠八成就是在那個時候偷走冰鑽，準備用來僞裝成凶器。」

「這說不通吧？黑貓又不是人類，何必故意留下冰鑽，將現場布置成另外一個樣子？倘若這個怪物真的是凶手，即使被人類知曉也不痛不癢吧。」

「多半是爲了讓我們誤以爲『殺害海野哥的凶手是人類』。只要我們斷定凶器是冰鑽，就會認爲凶手在我們這群人之中。如此一來，就不會懷疑到一隻貓的頭上。」

聽到這樣的說明，西城皺起眉頭。

「你的意思是，怪物希望我們起內鬨？」

「不，是爲了繼續襲擊我們。只要我們沒有發現凶手是一隻貓，怪物就可以繼續僞裝成貓的模樣，把我們一個一個殺死。」

信樂顫聲問：

「……你該不會想說，這隻黑貓有這麼高的智慧吧？」

黑貓偶爾會搖搖尾巴，但依然閉著雙眼，完全沒有逃走的意思。

佑樹再度露出苦笑：

「沒錯，這隻黑貓肯定有接近人類的智慧，只不過做事比較粗心大意一點。」

信樂縮起身子，一副打從心底感到恐懼的模樣，彷彿快哭出來：

「這麼說來，四十五年前那椿慘案的凶手也是……？」

「既然在島上發現未知生物，所有的前提都必須推翻。這個怪物很可能就是當年那椿慘案的始作俑者。」

原本一直保持沉默的木京，突然低聲說道：

「這個莫名其妙的生物在殺害獵物時，似乎習慣瞄準心臟，一擊斃命。海野的死法，與當年那椿慘案有太多共通點……」

根據當時警方的紀錄，在命案現場並未找到凶器，如果凶器也是怪物身體的一部分，這個疑點就說得通了。

佑樹深吸一口氣，說出結論：

「看來，眞的有所謂的『幽世島野獸』。」

佑樹說明完畢的同時，黑貓睜開金色的眼眸，接著起身，優雅地伸了個懶腰。那模樣看不出一絲一毫的焦躁。

木京皺起眉頭，嫌惡地說：

「這傢伙應該聽不懂我們說的話吧？」

黑貓離開樹下，慢慢朝眾人走來。

只見黑貓的嘴角上揚，眼睛瞇成彎月形，彷彿打從心底嘲笑著眼前的人類。

「雖然我也不願相信……但牠似乎在某種程度上聽得懂人類說的話。」

黑貓輕聲鳴叫，像是在呼應佑樹這句話。

「喵……」

那甜膩的撒嬌聲，此刻聽來是實在令人毛骨悚然。

隨著黑貓與眾人的距離逐漸縮短，有一、兩個人恐懼得後退。當黑貓來到三公尺的地方，留在原處的只剩下佑樹和三雲。

驀地，黑貓停下腳步。牠的臉上已不帶笑意，唯有仰望眾人的雙眸閃爍著神祕的光芒。

佑樹盡力擺出大膽的微笑，朝著黑貓說道：

「……你問我爲什麼不逃走？」

黑貓凝視著佑樹。他認爲這個反應代表「繼續說下去」，便接著說：

「理由很簡單，因爲我知道你對我們並不是什麼太大的威脅。」

原本氣定神閒的黑貓，忽然豎起身上的毛，顯得有些緊張。

佑樹只是試探性地說出這句話，看來猜得沒錯。於是，佑樹繼續道：

「你只會攻擊落單的人類。好幾個人類聚集在一起的時候，你不會採取行動……因爲你知道自己一次只能對付一個人類。如果超過一人，你就有可能會輸，對吧？」

黑貓的耳朵朝著後方下垂，尾巴夾在兩條後腿之間。這是代表恐懼的肢體語言。

「換句話說，你作爲生物的強度和戰鬥能力，只有這種程度而已。」

佑樹一句又一句地說下去，黑貓一步步後退。

「這傢伙想逃走！」

古家忽然大喊，塔拉發狂似地大聲吠叫。一看見黑貓表現出懼意，他們欺善怕惡的心態登時表露無遺。

連拚命思考著該如何抓住黑貓的佑樹，也嚇得差點跳起來。果不其然，黑貓高高躍起，轉身逃走。

黑貓朝著神島的方向奔跑。牠的體重比一般的貓重了好幾倍，沒想到跑得這麼快，轉眼間已在樹林裡逃得不見蹤影。

原本有機會抓住黑貓……想到這一點，佑樹忍不住瞪了古家一眼，但此時抱怨已無濟於事。然而，古家完全沒察覺自己有多愚蠢，繼續大喊：

「你們愣在那裡做什麼？趕快追上去！這可是幹掉牠的好機會！」

聽到古家這句話，佑樹不禁發出哀號。這種情況下，大家分頭追趕是最愚蠢的做法。

佑樹正要大聲制止，卻聽見牛頭不對馬嘴的對話。

「糟糕……誰都不准殺害這珍貴的新品種生物！」

「新品種生物？揍起來的感覺一定特別爽吧！」

研究狂茂手木和虐待動物狂木京，同時追上去。

「你們在做什麼？快回來！」

佑樹連忙大聲呼喚，但兩人似乎根本沒聽見。

茂手木的腳程遠比外表看起來要快得多，轉眼間已跑得不見人影。木京撿起一根粗壯的樹枝當武器，同樣消失在樹木之間。

佑樹一時看傻了眼，旋即想到剩下的五人也可能做出傻事，趕緊回頭喊道：

「大家請回去公民館！只要五個人聚在一起，就不用擔心會遭到攻擊！」

「龍泉，那你呢？」

三雲問道。她的臉上充滿不安。

「我去把那兩個人帶回來。對了，監視螢幕的旁邊有備用的無線電通話器。晚一點我會跟你們聯絡！」

沒等三雲回答，佑樹已朝著茂手木和木京消失的方向奔去。

雖然擔心茂手木，但必須及早確保復仇對象之一的木京的人身安全。再被黑貓捷足先登，就太對不起菜穗子及隆三夫婦了。

才跑了幾步，佑樹忍不住嘆了一口氣。因爲背後響起一陣奔跑聲。
「爲什麼每個人都不願意照我的話去做？」
佑樹回過頭，西城不滿地反駁：
「我是怕你單獨行動會有危險，你居然說這種話。」
地面上散布著許多黑貓踢飛泥土或落葉的痕跡。
由於黑貓的身體非常沉重，快速奔跑時會挖起地上的泥土，造成大大小小的坑洞，因此追蹤比想像中簡單。從路線看來，黑貓似乎想要橫貫島嶼。
「這傢伙的體重到底有幾公斤啊……眞是恐怖。」
西城如此咕噥。爲了鼓舞自己，佑樹說道：
「該慶幸牠的體型只是一隻貓。」
「沒錯，如果像老虎那麼大，我們大概都活不了。」
佑樹一邊追趕，一邊拚命思考。
海野一死，拍攝工作當然也跟著中斷。在船到來之前，所有人想必會盡可能聚集在一起。想要活下去，這是最好的辦法。
這個出乎意料之外的事態，不僅大幅提高復仇的難度，還追加了「保護眾人不受神祕怪物攻擊」這個莫名其妙的任務。
在這樣的情況下，到底該以復仇爲優先，或者以保護其他五人爲優先？佑樹實在拿不定主意。
佑樹當然很想復仇，但如果爲了復仇而陷其他人於危險之中，有違他的信念。而且，當初是佑樹毀掉衛星電話，讓眾人沒辦法逃離這座島，這一點他頗為內疚。

一邊煩惱一邊奔跑，佑樹的體力消耗得特別快。

在樹林裡奔跑將近十分鐘，遠方已可看見海中浮現的碎石路，佑樹上氣不接下氣，感覺兩條腿像鉛一樣重。

黑貓衝出樹林後，似乎滑下斜坡，踏上海中浮現的碎石路。斜坡上清楚留下泥土被挖起來的痕跡，但碎石路上的足跡就不明顯了。

西城也跑得氣喘吁吁，他指著前方說：

「喂，那不是木京先生嗎？」

木京已抵達神島，正往高處爬。

「看來，茂手木教授應該已進入神域……」

看著木京進入原始樹林內，佑樹不禁有些遲疑。

現在進入神島，很快就會滿潮，碎石路只勉強殘留一小段……一旦碎石路沉入海中，佑樹至少得在神域裡待上九個小時。

從執行計畫的角度來看，這九個小時相當珍貴，但要保護木京等人不遭黑貓殺害，似乎沒有其他的辦法。

「我們也進入神域吧！」

西城似乎早有覺悟，只是輕輕點頭，並未多說。

兩人拖著疲累的身體，一口氣衝過海中的碎石路。由於最近運動不足，不到一百五十公尺的距離跑起來異常吃力，爬上神島的岩岸之後，佑樹已筋疲力竭。

西城看起來也很疲憊，但情況比佑樹好一些。

「……西城哥，你的體力眞好。」

「攝影師這個工作，等於每天都在鍛鍊身體。」

就在兩人調整呼吸之際，海上道路變得越來越細。忽然一陣大浪襲來，道路中央完全沒入水中。

「眞是驚險……這一帶海流湍急，就算高度只到膝蓋以下，也可能會被捲走。」

西城錯愕地看著佑樹說道：

「這種事……你應該早點說。」

「資料上寫得清清楚楚，誰教西城哥不看？」

兩人你一言我一語地互相抱怨起來，此時木京從神域的原始樹林內走出。他的手上依然拿著那根粗大樹枝。

看見碎石路已淹沒在海水中，木京臉色大變。接著看見佑樹和西城，他馬上又恢復冷靜。

「怎麼，你們也來了？」

「教授和你不顧一切地往前衝，我們只能追上來。」佑樹回答。

然而，木京的態度有些古怪，他不僅沒有回嘴，而且神情僵硬，一副心不在焉的模樣。

「我才跑了一陣子，黑貓和茂手木教授已不見蹤影。我勉強循著黑貓留下的痕跡追到這裡，但附近的足跡太多，完全搞不清楚該往哪個方向追下去。」

「當初我們就是在這裡發現那隻黑貓。除了舊的腳印之外，這一帶應該有不少我們留下的新腳印。」

沉默數秒，木京低喃：

「……應該聽你的話，不要對那隻黑貓窮追不捨。」

或許是從未聽過木京說出這種後悔的言詞，西城皺眉問道：

「發生什麼事了？」

木京不再開口，只是緊緊握著樹枝，轉身走回原始樹林。佑樹與西城面面相覷，從後頭跟上。

三人朝著神域深處前進約七十公尺，木京忽然停下腳步，左手指著前方。他的指尖微微顫抖著。

前方有一棵樹，樹上結著橙色的果實，像是梔子樹。那棵樹似乎不久前曾遭落雷擊中，樹幹焦黑斷裂。看來，最近神島經常發生落雷。

樹下堆積著像動物毛皮的塊狀物。

佑樹訝異地上前一看，居然是大量的動物屍體。

約有數十具動物屍體胡亂堆放在樹下，大多數是野鼠，但也不乏蝙蝠、松鼠之類的小動物，引來不少蒼蠅。

西城戰戰兢兢地走向那堆屍體，發出驚呼。

「這傷口……該不會是……」

動物的屍體上皆有遭利刃貫穿胸部的傷口，與海野的致命傷如出一轍。

最令佑樹震驚的是，除了野鼠之外，還有一堆貓的屍體。遭到殺害的貓約有十隻，其中有好幾隻小貓。那些小貓有著黑色和灰色的毛，正是佑樹先前來勘查環境時遇見的小貓，實在令人不忍卒睹。

隨著風向改變，一股強烈的腥臭味飄了過來。

佑樹忍不住想吐，西城也趕緊摀住嘴。唯獨木京完全不在意，喃喃自語：

「那隻黑貓不是一般的動物……我想起來了，教授回到公民館的時候，曾說『在這島上不管怎麼找，就是找不到任何動物』。現在我明白了，島上大部分的動物，都被那個怪物吃掉了。」

西城不安地左顧右盼，朝木京問道：

「製作人看見茂手木教授來到這座島上了嗎？」

「那傢伙丟下我一個人往前跑，誰知道他現下在哪裡……」

木京似乎還在記恨剛剛被茂手木拋下不管。他接著又說：

「我跑到碎石路一帶，就不知道該往哪裡追了。但那個教授不是特別擅長追蹤動物留下的痕跡嗎？這時他或許已發現我們看不出來的蛛絲馬跡，追到這座島的深處去了。」

確實很有可能，佑樹不禁深深嘆了一口氣。

「真糟糕……他明明知道單獨行動會有危險。」

總之，三人試著在島上大聲呼喊茂手木的名字，可惜沒有聽到任何回應。

「……先告訴你們，我是絕對不會去找教授的。他又不是三歲小孩，應該自己承擔風險。不管他有什麼下場，都不關我的事。」

如此不負責任的言論，確實很像是木京會說的話。此時太陽快下山了，或許他的決定是正確的。

佑樹的貼身背包裡雖然有手電筒，但光靠一支手電筒，想要在夜晚的原始樹林裡進行搜索是絕對不夠的。就算三個人聚集在一起，如果遭黑貓偷襲，還是有可能會慘遭毒手。

西城心中似乎有相同的擔憂，沒堅持一定要找出茂手木教授。

「別再管那個任性的研究狂了，想想該怎麼做才能平安撐到天亮吧……到頭來黑貓也逃得不知去向，我們什麼也做不了。」

木京丟下這句話，轉身走回海岸。

就在這時，不知何處傳來微弱的叫聲。

佑樹渾身一僵，旋即察覺那叫聲高亢許多，不像是那隻黑貓的聲音。

佑樹走向樹下那堆貓的屍骸，叫聲似乎就是從附近傳出。

西城出聲制止。明知自己的舉動相當危險，但佑樹彷彿著了魔，就是想要找出叫聲的來源。

循著斷斷續續的叫聲，佑樹找到一個正在微微顫抖的物體……那是一隻剛出生沒多久的小貓。

一時之間，佑樹以爲看到了小梅。依體型來看，大約是出生後兩個月左右，正好跟當年佑樹和菜穗子遇見小梅時一樣。不僅如此，連毛色及眼珠的顏色也跟小梅如出一轍。不過，那眼珠是幼貓常見的藍色，長大之後很可能會變成其他顏色。

那隻灰色的小貓掩沒在兄弟姊妹們的屍體之間。看見佑樹靠近，牠不斷發出恐懼的叫聲，拚命蜷縮身體。小貓的頭部及前腳皆沾著血跡，應該是兄弟姊妹們流出的血吧。

「你退後……」

忽然傳來木京的聲音，佑樹抬頭一看，不由得大驚失色。只見木京朝著小貓高高舉起粗大的樹枝。

「你幹什麼！住手！」

佑樹趕緊伸出雙手，將小貓抱起來，指尖感受到小貓身體的溫暖及柔軟。木京被佑樹的舉動嚇了一跳，咂了個嘴，一副樂趣遭到剝奪的表情。

「你冷靜一點，這傢伙可能是『幽世島野獸』的同伴，應該立刻殺了。」

佑樹低頭望向手中的小貓。

小貓不斷發出微弱的聲音，似乎帶有恫嚇的意味，但完全沒有攻擊或逃走的動作。佑樹猜想或許是小貓受傷了，仔細檢查，果然發現後腿上有一大塊觸目驚心的血痂。受了這麼嚴重的傷，就算想要逃走也做不到吧……而且小貓的體重輕到讓佑樹有些不安。

「不用擔心，從體重來判斷，牠就是一隻普通的小貓。一定是運氣好，逃過了死劫。」

佑樹說著，以指尖輕撫小貓的下顎，小貓漸漸安靜下來。木京無奈地搖搖頭，沒再多說什麼。

西城站在遠處聽著兩人的對話，不安地問：

「龍泉，你打算拿這隻小貓怎麼辦？」

佑樹沉吟半晌。如果置之不理，小貓遲早會遭黑貓殺害。佑樹實在沒辦法對這隻神似小梅的貓見死不救。

「離開這座島之前，我會負責照顧牠。」

佑樹一邊安撫朝西城發出恫嚇叫聲的小貓，一邊從貼身背包中取出毛巾，將小貓裹住。後腿的傷口想必很痛，但這是此刻唯一能爲小貓做的事。

木京煩躁地揮動手中的樹枝，說道：

「都怪龍泉這廢物把時間浪費在小貓上，現在太陽完全下山了，快往回走吧。」

驀地，小貓以濕潤的雙眼仰視佑樹，接著整個身體向後彎，不知想表達什麼。

小貓差點從佑樹的手中滑落，他慌張地問：

「怎麼了？」

小貓不斷發出微弱的叫聲，注視著兄弟姊妹的屍體堆放的位置。

順著小貓的視線望去，佑樹吃了一驚。在成堆動物屍體的縫隙之間，隱約可看見一團不太一樣的東西。

「木京先生，你的樹枝借我用一下。」

「啊？」

木京一時搞不清狀況，佑樹一把搶過樹枝，將成堆的貓屍逐一分開。西城皺眉問道：

「好噁心，你在做什麼？」

佑樹沒有答話，默默地繼續分開屍山。

絕大部分的貓屍，都只有胸前的穿刺傷。但其中一具貓屍的狀態，與其他截然不同。

唯有這隻貓的死狀淒慘，全身彷彿遭到野獸啃噬，毛皮及皮膚都已稀巴爛。或許是死亡多日，血液都凝固成深黑色的血塊。

看見這具屍體的瞬間，佑樹的腦海閃過月刊《懸案》那篇報導的內容，同時迅速建構起一個可怕的假設。

「……這也是那隻黑貓幹的好事嗎？」

背後響起木京的聲音。佑樹轉頭一看，就連平常喜歡虐待動物的木京也面無血色。西城流露恐懼的眼神，低喃：

「為何只有這隻貓死得這麼慘？」

佑樹沒有答話，在死狀淒慘的貓屍旁蹲了下來。

突然間，手中的小貓發出悲痛的叫聲。這一瞬間，佑樹明白了眼前這隻貓的身分。牠一定就是小貓的母親吧。

上次來勘查環境的時候，佑樹看見一隻黑色的母貓，帶著一群黑色和灰色的小貓。此時手中小貓的頭部及前腳沾著血跡，想必是在遭到殺害的母貓身上磨蹭時沾上的。

佑樹不禁咬住嘴唇。

「對不起，你的媽媽已經……」

佑樹如此告訴小貓，但小貓當然聽不懂。牠抬頭仰望佑樹，眼神中充滿期盼，彷彿相信佑樹一定能救活母親。

佑樹無法承受，起身離開母貓。小貓吃了一驚，在他的懷裡拚命掙扎。

「對不起。」

佑樹低聲呢喃，同時將貼身背包裡的東西全部裝進塑膠袋，將包在毛巾裡的小貓放入背包。小貓依然叫個不停。

為了避免小貓從背包裡掉出來，佑樹改揹在身體的前方，讓背包保持在視線範圍內。同時，為了防止小貓窒息，佑樹稍微拉開拉鍊，讓小貓能夠自由探頭出來。

接著，佑樹從背包的口袋中抽出無線電通話器。

「喂，要回報等到了岸邊再說！」

木京以為佑樹在惡作劇，伸手想要搶下無線電通話器。佑樹一邊閃躲，一邊按下通話鍵。

「……我是龍泉，目前在神域裡，聽到請回答。」

大約十秒之後，傳來了女性的說話聲。那是八名川的聲音。

「聽到了，這邊四個人都在公民館裡，目前一切平安，不用擔心。你們找到茂手木教授和木京製作人了嗎？完畢。」

無線電通話器沒辦法同時接收和傳遞訊息，所以八名川說完又加上一句「完畢」。像這樣一問一答，確實是正確的做法。

然而，佑樹無視八名川的詢問，兀自說道：

「三雲小姐，請告訴我……妳到底知道些什麼？」

三雲之父

「繪千花，妳一定要去幽世島才行。」

父親操縱著小型船舶，一邊說道。他的表情很少這麼凝重嚴肅。繪千花臭著一張臉，仰望父親，問道：

「什麼意思？」

早上，繪千花突然從父親的口中得知今天是最後一次出海，一直覺得很鬱悶。

此時，繪千花還在就讀小學六年級，無法理解父親話中的深意。父親被診斷出罹患末期肺癌，但直到住院之前，都沒將這件事告訴繪千花。爲了專心接受抗癌治療，父親辭去了工作，原本爲了工作需要而租來的船，明天也必須歸還。

這陣子明顯消瘦許多的父親，深深嘆了一口氣：

「不是跟妳說過好幾次了嗎？三雲家擔任神職的理由……以及島上神域的特別之處。」

繪千花朝著站在操舵室的父親瞪了一眼，應道：

「什麼島上有怪物，會刺穿人的心臟……那種騙小孩的鬼話，爸爸以爲我會相信嗎？」

父親難過地搖搖頭，凝視著海平面說：

「那都是眞的……三年前妳還願意相信爸爸說的話，現在妳到底是怎麼了？」

繪千花發出略帶譏諷的笑聲。

「只是我的想法變得成熟了吧。爸爸，你是不是相信世上有吸血鬼、時空旅行及外星人？」

「沒那回事……不過，『稀人』是眞的存在。」

父親平常是個愛開玩笑的人，但今天他實在太固執，而且表情太認眞，繪千花漸漸有些受不了。

「……那種會奪走獵物的血肉，改變自身外貌的生物？」

「不僅如此，智商相當高，所以才可怕。」

「但關於『稀人』的細節，爸爸總是一問三不知，這就證明爸爸根本是在說謊吧？」

當年第一次聽到有關「稀人」的故事後，繪千花每天晚上都戰戰兢兢地盯著自己的房門，擔心「稀人」會突然開門衝進來……這個情況一直持續到父親爲繪千花的房門裝上小小的門閂。

上了小學高年級，繪千花才終於擺脫這種幼稚的恐懼與幻想。

想法變得成熟了，應該是值得高興的事。繪千花實在想不透，爲什麼父親還是絮絮叨叨地說著那些話。

站在操舵室裡的父親，神情痛苦地垂下頭，說道：

「中學的時候，爸爸的想法跟妳一樣，恨透島上的傳統習俗，認爲那些人都瘋了。於是趁著升上高中，選了所有學生都必須住宿舍的學校，離開那座島。」

「噢……原來那時候爸爸還是正常的。」

此時，父親的聲音顫抖得厲害，或許是在哭泣。

「如果可以，爸爸好想回到那時候，讓一切從頭來過……在高中的學生宿舍接到警察打來的電話，得知發生『幽世島野獸事件』，爸爸馬上知道凶手是『稀人』。」

繪千花感到又好氣又好笑，嘆了口氣：

「爸爸，你清醒點。那起慘案的凶手是人類，世上根本沒有『稀人』。」

「不，凶手是一九七四年來自神域的『稀人』。直到現在，一想到當時妳的祖母是懷著什麼心情獨自對抗那個怪物，爸爸仍非常心痛……」

父親突然關掉船的引擎，繪千花驚呼一聲，差點整個人往前衝。父親以火燙的手掌按住繪千花的肩膀。

「爸爸眞的很後悔，什麼也不聽、什麼也不學，不知道雷祭的詳細做法，就離開幽世島。」

「好痛……」

繪千花撥開父親的手。然而，父親不以爲意，繼續道：

「但爸爸還是知道一些事情……從前提過雷祭分爲『僞雷祭』和『眞雷祭』，妳記得嗎？」

「記得啊，你說通常島上舉行的是僞雷祭，每隔數十年才會舉辦一次眞雷祭。」

聽繪千花這麼回答，父親露出安心的表情。接著，父親緊緊抱住繪千花，說道：

「繪千花……接下來的這些話，沒有詳細跟妳說過。眞雷祭是固定每隔四十五年舉行一次，下次舉行眞雷祭是在二〇一九年……到時，妳必須前往幽世島。」

繪千花一聽，不禁愣住。

「爲什麼？」

繪千花雖然不知道眞雷祭的細節，但聽父親提過，舉行祭典的過程相當危險。此時父親突然說出這種話，繪千花完全無法理解，甚至有種遭到背叛的感覺。

「繪千花，爸爸原本也不願讓妳做這種事。如果可以，爸爸想親自完成下一次的眞雷祭。」

「既然如此，就不要告訴我！爸爸一個人去做就行了！」

繪千花哭著大喊。父親痛苦地搖搖頭：

「爸爸原本是這麼打算的。就像當年妳的祖母跟『稀人』同歸於盡一樣，爸爸已有爲此犧牲生命的覺悟。可是……對不起……爸爸發現自己沒辦法完成這件事了。」

父親想必是知道自己來日無多，才會說出這些話。然而，當時繪千花一無所知，只是不斷埋怨父親。

父親再度啓動引擎，小船緩緩前進。直到船入港，兩人都沒再開口。

下船之前，父親又以極度微弱的聲音，說道：

「爸爸明白這是一個非常殘酷的要求，但一定要有一個知道『稀人』存在的人回到幽世島才行，否則……」

父親後來說了什麼，繪千花已聽不清楚。

第五章　本島・神域　阻絕

二〇一九年十月十六日(三) 一七:四五

接下來有一段時間,無線電通話器完全沒有收到來自本島的回應。

或許是受到佑樹的影響,西城的表情也變得嚴肅,木京卻故意嘆了一口氣,仍是一副絲毫不感興趣的態度。

半晌之後,無線電通話器終於傳來三雲的聲音。

「你想要我說什麼?」

三雲的態度意外地冷靜。想像著她露出陰鬱的苦笑,佑樹再度按下通話鍵。

「三雲小姐,關於幽世島,令尊提過一些荒誕不經又可怕的事吧?」

背包裡的小貓持續發出叫聲,佑樹沒有理會,接著說:

「妳一直認爲令尊是騙子,事實證明他說的是眞的。」

三雲沉默不語,既沒有肯定,也沒有否定。佑樹等了一會,又對著通話器說:

「三雲小姐,妳現在什麼都不必說。我會先說出自己的推測,待會再請妳告訴我,跟妳父親的說法是否一致。」

接著,佑樹淡淡地繼續道:

「以下我的推測,相當於茂手木教授先前說的『襲擊之謎』的第一階段……教授的話聽起來有些瘋狂,但確實有些道理。」

「喵!喵!」

「我們想要保護自己的安全,就必須徹底瞭解那隻黑貓的習性。」

佑樹一放開通話鍵，立刻傳來信樂的聲音：

「等等！龍泉哥，你那邊從剛剛就一直有貓叫聲！」

小貓的叫聲似乎透過無線電通話器傳回了本島。佑樹隔著貼身背包，輕輕撫摸背包裡不斷扭動的那一團東西。

「放心，不是那隻黑貓。我撿到一隻受傷的小貓。」

佑樹持續按著通話鍵，低頭望向地上那具遭到剝皮的貓屍。

「剛剛我們在神域裡發現堆積如山的動物屍體……絕大部分是野鼠，數量將近五十隻，恐怕都是遭到那隻黑貓殺害。」

說到這裡，佑樹喘了一口氣。無線電通話器傳來三雲的聲音：

「該不會都被刺中胸口？」

聲音帶了一些雜訊，沒辦法聽清楚，但聽得出三雲十分緊張。

「沒錯，跟海野導播一樣，被刺中胸口。但唯有一具屍體，死狀非常淒慘，妳猜那是什麼動物？」

沉默數秒，三雲低聲說道：

「爲什麼問我？」

「我想三雲小姐應該會知道才對……答案是一隻貓，約莫就是我撿到的小貓的母親。牠的皮被剝除，大部分的肉也都被吃掉了。」

原本抱持「沒有聽的價值」態度的木京，開始對兩人的通話內容產生興趣。不知不覺間，他也一臉認眞地凝視著無線電通話器。西城彷彿忘了正在跟本島進行通話，向佑樹問道：

「我不太懂，只不過是發現貓屍，何必這麼緊張？」

佑樹再度按下無線電的通話鍵，說道：

「這麼多動物當中，只有黑色的母貓全身被吃得一塌糊塗。而那個怪物假扮的動物，就是一隻黑貓。這恐怕並非偶然。」

西城倒抽了一口氣，又問：

「你的意思是……那個怪物在進行僞裝之前，會把想要僞裝的動物吃掉？」

佑樹一直按著通話鍵，所以西城的聲音應該也傳回本島了。佑樹點頭，繼續道：

「那個僞裝成黑貓的怪物，毛皮的質感看起來跟眞的一模一樣，我猜測牠吃進肚子的物質會經過變化，覆蓋在身體表面，所以才會那麼逼眞……這也算是一種『擬態』吧。」

西城聽得目瞪口呆，沒再多說。佑樹的視線移回無線電通話器。

「如何？三雲小姐，我的推測是否正確？」

佑樹放開通話鍵，等待來自本島的回應。

「雖然不願相信，但你的假設跟我父親說的一模一樣……不過，如果『稀人』眞的存在，事情就嚴重了。」

三雲激動地說完，便不再出聲。佑樹接著說：

「那個生物在幽世島上被稱爲『稀人』嗎？坦白講，我太小看『稀人』的能力了。我以爲牠的擬態能力再高，頂多只能變成貓的大小。」

佑樹再度望向那堆動物的屍骸，繼續道：

「但這黑貓的屍體讓我想起……四十五年前，不也有一具屍體被咬得面目全非嗎？」

這次來到幽世島出外景的人，當然都知道佑樹指的是什麼。

當年的報紙及月刊《懸案》的報導中都提到，被警方認定是「幽世島野獸事件」的凶手的笹倉博士，遺體嚴重損傷，彷彿遭到野獸啃食。

「如果四十五年前那起慘案的凶手是『稀人』，那麼，襲擊笹倉博士並吃掉他的皮肉的就是『稀人』。倘若『會吃掉想要擬態的對象』這個假設是正確的……很可能意味著『稀人』具有擬態成人類的能力。」

＊

繪千花沉默地注視著放在摺疊桌上的無線電通話器。

立燈照亮其他三人的臉孔。古家、信樂、八名川的視線，如針般同時扎在繪千花的身上，但此刻她沒有餘裕在意這些事。

原本以爲那只是個惡夢……沒想到父親說的荒謬故事全是眞的。

「這麼重要的事情，爲什麼妳瞞著沒說？」

古家抓著繪千花質問，她頓時回過神。

古家的臉孔就在眼前，瞳眸的深處流露殺意。古家用力掐住繪千花的脖子，手指越來越用力，她想要尖叫，發出的聲音卻模糊不清。

「……三雲小姐，妳聽見了嗎？」

無線電通話器傳來龍泉的聲音。龍泉當然不知道這邊發生什麼事，只是因爲長時間沒人回應而感到納悶吧。

繪千花想求救，卻感覺咽喉被緊緊勒住。

信樂一時手足無措，急忙要將古家拉開，卻拉也拉不動。相較之下，八名川採取的行動迅速而確實。她朝著古家的下巴用力揮出一拳。

古家搖搖晃晃，以右手撐在多用途大廳的地板上，仍摔一大跤。接著，他縮起身體，大叫：

「妳……妳幹什麼！」

「我才要問你幹什麼！她可是差點死在你的手裡！」

八名川冷冷地俯視古家。

塔拉似乎察覺飼主遭遇危險，大聲吠叫……但沒有任何效果。因爲自從古家回到公民館，塔拉一直處於亢奮的狀態，被古家放進寵物搬運袋裡。

或許是擔心回嘴又會挨八名川的拳頭，古家轉頭對著信樂說：

「我才不想跟你們這些沒有常識的人待在一起！我要回自己的房間去了！信樂，通話結束之後，你負責來向我報告內容。」

古家丟下這句話之後，把塔拉留在大廳，兀自按著右手，步向走廊。或許是剛剛摔倒的時候，右手和左腳都扭傷了，他走路一拐一拐。

繪千花咳個不停，信樂走過來關心道：

「妳沒事吧？他眞是太過分了。」

蹲在地上的繪千花輕輕點頭，抬頭望向八名川說：

「對不起，給八名川姊添麻煩了……」

她的聲音沙啞，像是有什麼東西鯁在喉嚨。

「別在意，任誰來看，都會認爲是勒住別人脖子的傢伙有錯……在國外遭遇危險的時候，往往一個遲疑就會沒命。所以不知不覺中，我養成一遇到危險就馬上動手的習慣。」

八名川發出爽朗的笑聲。被遺忘在多用途大廳角落的塔拉不斷發出悲傷的叫聲，過了一會，也安靜下來。

就在這時，無線電通話器傳來龍泉的聲音，摻有不少雜訊。

「發生什麼事了嗎？如果你們平安無事，請立刻回應，完畢。」

繪千花顫抖著雙腳，勉強起身，拿起通話器。

「我們都聽見了，剛剛只是在討論一些事情。」

或許是繪千花的聲音明顯與剛剛不同，原本冷靜到讓人覺得有點討厭的龍泉語氣變得相當緊張。

「一定發生什麼事情了……是不是因爲我勉強妳說出來？眞是抱歉……」

然而，繪千花並不想要得到任何人的同情。一等龍泉說完，她隨即按下通話鍵。

「我也不知道該從哪裡說起……父親確實提過來自神域的『稀人』的事。」

喉嚨依然疼痛不已，繪千花放開通話鍵，努力調勻呼吸。

「方便說出詳情嗎？」

神島那邊再度傳來微弱的小貓叫聲，繪千花沒有理會，對著通話器說：

「可能要讓你失望了……我的父親也不知道詳情。他中學畢業就離開幽世島，關於『稀人』的詳情只有島上的大人們才知道……不過，我父親曾說，幽世島是個特別的地方。」

「特別的地方……指的是島上從以前就躲藏著怪物嗎？」

旁邊的信樂如此呢喃。

「不……龍泉，你應該聽過雷祭吧？」

「當然。這次出外景，我查閱不少文獻資料。如果我沒記錯，這是神域發生落雷時，舉行的祕祭。」

「往昔島上每隔數年就會舉行一次雷祭，但幾乎都是『僞雷祭』，就像是一種爲了『眞雷祭』預作準備的演習。」

或許是不明白這與「稀人」有什麼關係，在旁邊的八名川等人，及在神域的龍泉等人都靜靜等著繪千花說下去。

繪千花繼續道：

「眞雷祭固定每隔四十五年舉行一次。上一次的眞雷祭，是在一九七四年……你明白這代表什麼意思嗎？」

繪千花這麼一問，龍泉錯愕地應道：

「妳打算以猜謎的方式來說明？」

「剛剛你不也對我提出問題？」

「那是因爲妳似乎有所隱瞞……」

繪千花伸手撫摸喉嚨。說話時間一長，不僅喉嚨更痛了，嘴裡還有血的味道。但她沒表現出來，只簡短地問：

「你是明白，還是不明白？」

「……上一次舉行眞雷祭的時期，發生『幽世島野獸事件』。四十五年後的二〇一九年，又發生類似的事件。由此可知，每到舉行眞雷祭的那一年，『稀人』就會出現。」

「不，剛好相反。因爲『稀人』會出現，才舉行眞雷祭。」

「這麼說來，『稀人』有每隔四十五年出現一次的規則？」

繪千花輕輕吸了一口氣之後，點頭說道：

「有些人應該聽過，自古以來，日本許多地區都有『稀人』信仰。『稀人』的原意，指的是來自遠方的神聖旅人。」

一般而言，「稀人」被視爲能夠替當地帶來幸福的使者。當然實際的稱呼，會隨著地區及時代而不同。

「出現在這個島上的怪物雖然也被稱爲『稀人』，但性質完全不同。」龍泉應道。

「沒錯，在這座島上，『稀人』只會帶來不幸。每隔四十五年，『稀人』就會出現在神域，把所有動物都殺死吃掉。『稀人』智商很高，性格卻狂暴且貪婪，尤其喜歡攻擊人類……」

此時，信樂高聲問：

「爲什麼要配合這種怪物的到來舉行祭典？幽世島的島民都是瘋子嗎？」

信樂一如往常忍不住說出眞心話。繪千花搖頭，說道：

「眞雷祭並不是慶祝的祭典。那是一種賭命擊退吃人妖怪的儀式。」

「既然如此，爲什麼要稱作祭典？」

「把這個儀式包裝成祕祭，就有冠冕堂皇的理由，要求外人在這段期間離開幽世島。或者應該說，如果不這麼做，情況會更加危險。」

八名川和信樂聽到這裡，臉色早已慘白。然而，繪千花唯一能做的事情，就是繼續說明下去。

「萬一『稀人』逃出島外，牠會因飢餓而不斷襲擊人類。爲了避免發生這樣的狀況，島民們只能賭上性命，一次又一次將『稀人』殺死……我父親還說，殺死『稀人』的工作主要是由擔任神職的三雲家負責。」

繪千花一直不相信父親說的話，只能說是造化弄人。如今繪千花來到幽世島，必須與她長年否定的「稀人」一決生死。

或許是繪千花不知不覺放開了通話鍵，無線電通話器傳來龍泉的聲音。

「『稀人』出現在神域裡，這是第幾次？」

「根據我父親的說法，似乎是由來已久，但詳情我並不清楚……你應該能夠明白爲什麼我不相信父親的話吧？這種簡直像是中二病（註）的言論，誰會當眞？」

「我能理解妳的心情……不過，我認爲這是個好消息。」

「怎會是好消息？」

「至少證明人類有辦法打倒那個怪物……對了，要怎麼把『稀人』引出來？」

「不知道。」

「……妳不知道？」

繪千花的心中充滿無助感，有氣無力地回答：

「我說過了，我父親中學畢業就離開幽世島……他並不清楚眞雷祭的詳細做法。不知道怎麼找出擬態中的『稀人』，也不曉得牠們到底是何方神聖。」

「完蛋了……大家都死定了……」

信樂癱坐在多用途大廳的地板上，自暴自棄地低喃。

「由於四十五年前那起慘案，所有的知識確實都已失傳……但我父親知道最重要的一點。」

正因如此，繪千花的父親才下定決心要一個人執行眞雷祭。繪千花以神域上的所有人都能聽見的聲音，清楚地說：

「把『稀人』扔進海裡，牠就會溺死，擬態也會解除。」

信樂愣愣地看著繪千花。

「……扔進海裡？」

「過去島民都是這麼做的。『稀人』不會游泳。」

繪千花想起白天看見的墓園景象。

所有島民都遭「稀人」殺害之後，三雲英子獨自與其對決。決鬥的舞台，是美麗得缺乏眞實感的海崖……英子的心中該有多恐懼？然而，她仍持續戰鬥。

繪千花想像著那個連長相都不知道的祖母，一股熱流湧上喉嚨，一時無法開口。

註：或稱廚二病，是一種網路流行用語。泛指一個人的想法或言行舉止非常自以爲是，而且難以區分現實與幻想。由於類似特質多發生在中學時期的青少年身上，故被揶揄爲「中二病」。

「……這麼說來，《懸案》那篇報導的推論雖然不完全正確，卻相差不遠。只要把報導中的神祕大型犬替換成『稀人』，便不難想像四十五年前英子女士與『稀人』之間的對決狀況。」

繪千花抹去臉頰上的淚水，拿起放在監視螢幕旁的外景資料，翻開《懸案》那篇報導。信樂與八名川都湊了過來。

在這段時間裡，龍泉依然持續說明：

「四十五年前，『稀人』出現之後，先殺害笹倉博士，擬態成他的模樣，接著殺死十一個島民及兩條狗。英子女士發現不對勁，立刻破壞島上全部的無線電通話器及船的引擎，讓『稀人』沒辦法離開這座島……接著，英子女士拿著獵槍追殺『稀人』，用盡所有子彈。經過一陣激烈的格鬥，她成功把『稀人』從斷崖推入海中。」

接著，傳來西城的聲音：

「懸崖邊的泥土上有不明原因的挖掘痕跡，是那個怪物墜海前掙扎留下的嗎？」

「但在格鬥的過程中，英子女士也遭『稀人』刺中胸口。這傷口成爲致命傷，英子女士跟著落海，和『稀人』同歸於盡。」

龍泉的推測，與繪千花的父親描述的往事如出一轍，繪千花不由得全身顫抖。

這該說是推理的能力，還是妄想的能力？就在這一刻……繪千花第一次感受到龍泉這個人的可怕之處。

＊

周圍越來越昏暗，佑樹等三人決定先回到海岸。時間剛過晚上六點。

三人來到承受著海浪拍打的岩岸上，佑樹對著無線電通話器，簡短說明發現黑貓屍體的來龍去脈，最後如此總結：

「從足跡來看，擬態成黑貓的稀人確實是在神域這一邊，這一點不會錯。我們三人只要聚在一起，應該就不會有危險……有危險的是單獨行動的茂手木教授。」

「現在只能祈禱他平安無事了。」

這是八名川的聲音。自從聽完佑樹的說明，三雲幾乎沒再開口說過一句話。

看著逐漸隱沒在黑暗中的海面，西城掏出香菸。他跟木京一樣，是抽「Six Star」牌。他以打火機點燃香菸，不安地問：

「接下來，我們該怎麼辦才好？」

佑樹思索片刻，拿起無線電通話器，以三雲等人也能聽見的聲音說：

「八名川姊，總之你們千萬不要離開公民館。雖然稀人應該在神島這一邊，但保險起見，謹慎一點比較安全。」

「龍泉，你們有什麼打算？」

「等到海中的碎石路出現，我們會立刻返回本島……同時將稀人困在神域內。」

「咦，要怎麼做？」

「我們到了本島之後，會監視海中的碎石路。稀人或許會躲在神域不出來，那也沒關係……只要等到漲潮，碎石路再度沉沒，稀人就沒辦法離開神域了。」

「原來如此，稀人不會游泳，滿潮之後就無法進入本島。」

這時，忽然有人粗魯地抽走佑樹放在貼身背包口袋裡的外景資料。小貓感受到震動，發出恫嚇的叫聲。

原來是木京。佑樹皺起眉頭，木京毫不理會，翻開資料中的潮汐表。

	碎石路出現	乾潮	碎石路消失
十月十六日	13：56	15：26	16：56
十月十七日	02：16	03：46	05：16
	14：33	16：03	17：33
十月十八日	02：59	04：29	05：59
	15：08	16：38	18：08

「下一次的乾潮是三點四十六分……」

佑樹請八名川也拿出資料確認，繼續說明：

「稀人跑到神島上，對我們來說是很幸運的事。只要在乾潮的前後監視海中碎石路，一旦發現稀人試圖渡海，就把牠趕回神島上。重複這個步驟，就能確保我們的安全。」

過了一會，久違地傳來三雲的聲音：

「最壞的情況，稀人可能會擬態成茂手木教授……到時要怎麼把牠趕回去？」

三雲提出的這個疑問，佑樹一時不知該如何回答。

倘若外表看不出來，佑樹等人將無法辨別眼前的人是眞正的茂手木，還是稀人。

雖說稀人掉進海裡會溺死，但不會游泳的人掉進海裡一樣會溺死。何況，除了碼頭一帶之外，幽世島周圍的海流都相當湍急。就算是稍懂水性的佑樹，掉進海裡可能也活不了。

而且，海中碎石路的周遭，海流格外湍急，是危險區域。如果茂手木從神島走過來，實在不太可能爲了驗明身分，要他跳進海裡。

此時，木京突然搶下無線電通話器，淡淡地說：

「放心吧，不管是稀人還是教授，我都不會手下留情。只要敢走過來，我就把他丟進海裡餵魚。」

在某種意義上，這確實是最令人安心的做法。但佑樹立刻將無線電通話器搶回來，說道：

「請忘了剛剛那句話……在下次的乾潮到來之前，我會再想想有沒有什麼好辦法。如果你們想到什麼好主意，也請告訴我。」

交代完畢，兩邊的通話暫時告一段落。

由於使用了相當長的一段時間，無線電通話器消耗大量電力，幸好西城的身上帶著攜帶型充電器，能夠以USB插頭充電。

不知不覺間，周遭已一片漆黑，於是佑樹拿出手電筒。那是可當立燈使用的兩用型手電筒，佑樹放在石頭上，三人圍著手電筒坐下。

木京取出香菸及打火機，點火之後，嘆了口氣。自從來到神域，他就不停抽菸，頻率比過去要高得多。

「現在該怎麼辦？反正你們一定沒帶飲水和食物吧？」

「那倒未必，其實多少有一點。」

佑樹在塑膠袋裡翻找食物。貼身背包裡的小貓或許是察覺佑樹坐了下來，從拉鍊縫隙探出頭，仰望著佑樹。

「我這裡有寶特瓶裝的礦泉水和麥茶，但麥茶已喝了一半。然後，有五根營養棒。」

此外，還有戶外用的防蟲香及防蟲噴霧罐。佑樹準備得這麼周全，一部分的原因是擔心復仇計畫會發生意外狀況……這一點當然瞞著兩人沒說。

西城也放下背包，拿出裡頭的東西。

「我這裡剩下一點咖啡，以及三根巧克力點心。」

木京揚起眉毛說：

「沒想到你們帶的東西不少……好吧，來看看我有什麼。」

木京的身上並沒有背包。他一臉不耐煩地將手伸進口袋，摸出三個小袋子。

「啊，柴魚乾！」

佑樹瞪大雙眼叫道。木京露出警戒的表情說：

「這是吃剩的下酒菜，本來打算午睡的時候吃，所以放進口袋……你們應該不吃這種東西吧？」

佑樹設法說服把柴魚乾當成寶貝的木京，以兩根營養棒換來兩包柴魚乾。當然，這是為了給小貓填飽肚子。嚴格來說，柴魚乾含有太多礦物質，對貓的健康會有不良影響，但在這種節骨眼，沒辦法管那麼多。

佑樹將小貓從貼身背包裡抱出來，以麥茶將柴魚乾泡軟，放在小貓的面前。一看見柴魚乾，小貓立刻狼吞虎嚥地吃了起來。

「看樣子應該是好幾天沒吃東西了。」

西城咬著營養棒，湊過去仔細觀察小貓。小貓忽然豎起背上的毛，發出恫嚇的叫聲。西城無奈地說：

「看來我被討厭了……龍泉，你想好名字了嗎？」

佑樹將巧克力點心塞進嘴裡，點點頭說：

「小瓦。」

正在喝礦泉水的木京差點將水噴出來。

「這是什麼怪名字？」

「我從前有個朋友，養了一隻叫小梅的貓。那朋友說，如果要養第二隻貓，一定要取名爲小瓦……這名字不錯吧？」

佑樹說完，朝著害死菜穗子的男人露出笑容。木京別過頭，不屑地應道：

「隨便你吧……野生的貓身上想必有一堆跳蚤和疾病，等你帶回東京，獸醫看了一定會嚇一跳。」

吃完少得可憐的晚餐，三人都不再開口說話。

小貓伸了個懶腰，鑽回佑樹的貼身背包。牠似乎愛上背包裡的環境，過了一會，傳出細微的鼾聲。

三人並未約好，卻不約而同背對大海，面向原始樹林。稀人如果來襲，必定會從這個方向出現。

樹林裡一片漆黑，視野範圍連一公尺也不到。每當傳來樹葉隨風搖曳的沙沙聲響，佑樹便不由得全身一僵。前方隨時可能出現黑貓的雙眸，或是茂手木教授的身影。

到了晚上七點半左右，接近滿月的碩大明月升上天空。

多虧皎潔的月光，就算沒有開手電筒，仍看得清周圍的景象。然而，原始樹林裡依然維持著漆黑的渾沌狀態。

或許是忍受不了長時間的沉默，木京丟著小樹枝，開口：

「仔細想想，四十五年前那個老太婆怎麼有辦法獨自打倒稀人？當時稀人眞的被殺死了嗎？」

「首先，不要說別人的祖母是老太婆……其次，從狀況來看，稀人應該被殺死了。」

西城揮手驅趕昆蟲，一邊問：

「有什麼根據嗎？」

「月刊《懸案》的報導裡提過，幽世島是一座很少會有訪客的離島。案發隔天，祖谷來到島上，也是受英子女士之託。因此，可以假設在案發之後，祖谷的永利庵丸號船到來之前，沒有任何船隻靠近這座島。」

木京輕輕一笑，說道：

「又開始你的狗屁理論了……好吧，目前為止，算你說得有道理。」

「假如稀人還活著，當時島上的無線電已被英子女士破壞……稀人能做的事，只有等待外來的船隻靠港。後來，祖谷開船來到島上，你們覺得稀人會自己使用船上的無線電報警嗎？牠當然不可能這麼做……牠會以笹倉博士的面貌設法威脅祖谷，讓祖谷駕駛永利庵丸號船，將牠載到九州本土。」

西城恍然大悟，應道：

「龍泉說得有道理，站在稀人的立場來思考，當務之急是搭船逃離這個地方。」

然而，木京卻瞇起眼睛，提出反駁：

「不見得吧？可能是稀人接觸祖谷之前，祖谷就已報警。那麼，跟著警察一起回到九州本土的祖谷，搞不好其實是稀人。」

這樣的推測聽起來頗有道理，但佑樹搖頭：

「不可能。」

「你憑什麼如此斷定？」

「就算祖谷在接觸稀人之前已報警，稀人也沒必要等待警察到來，不是嗎？牠還是可以威脅祖谷，搭船逃往九州本土……換句話說，祖谷『在島上等待警察』的行為，證明他不是稀人。」

討論的過程中，月亮逐漸升高，但距離下一次的乾潮仍有一段相當長的時間。或許是緊張，佑樹一點睡意也沒有。

有時佑樹看著木京，會不禁暗想：

——如果現在就能把這個男人推進海裡，不知該有多好。

保護復仇的對象，是一件多麼愚蠢的事情。當然，在這裡殺死木京，必定會遭西城目擊，但只要能夠親手殺死仇人，似乎也沒什麼大不了。

雖然心裡這麼想，佑樹還是沒有採取行動。理由在於，他已預見殺死木京之後會發生什麼事。

首先，看見佑樹殺死木京之後，西城會陷入恐慌狀態。就算佑樹解釋這是爲了復仇，他也不會相信。他一定會趕緊從佑樹的身邊逃走……這麼一來，兩人都會變成獨處狀態，一旦稀人趁機發動攻擊，他們必死無疑。

等神域裡的人死得一個都不剩，稀人可以擬態成佑樹或西城的模樣，前往本島的公民館，將剩下的四人殺死。如此一來，當前來迎接的船抵達時，稀人便能輕輕鬆鬆地離開幽世島。

佑樹搖搖頭，不能爲了復仇而引發這麼嚴重的後果。此時別無選擇，只能暫停復仇計畫。

這段期間，原始樹林裡依舊毫無動靜。

木京原本信誓旦旦地說要殺死稀人，卻失去耐心，猛踢原始樹林旁的石碑發洩情緒。佑樹越看越煩躁，忍不住對木京說：

「請不要拿那個東西出氣好嗎？」

「誰教東西放在這裡。反正一定是那些人信仰的神像吧……什麼神域，別笑死人了！」

木京越踢越激動，西城有氣無力地說：

「那不是神像，是刻著和歌的石碑。」

聽到這句話，佑樹忽想起一件事，連忙抓起手電筒照向石碑。木京抬起的腳一頓，瞪眼問道：

「你又想幹什麼？」

「或許是我想太多……但我猜這石碑可能是一種暗號。」

三人同時望向燈光下的石碑，上頭寫著：

〔こがねむし　仲間はずれの　四枚は　その心臟に　眞理宿らん〕（註一）

佑樹將這首和歌默念幾次，用力點頭，說道：

「果然沒錯……這句『こがねむし』，是在影射愛倫・坡的作品〈黃金蟲〉（註二）。」

西城一臉狐疑地應道：

「〈黃金蟲〉……我讀大學的時候，在英語文學的課堂上好像讀過這篇作品。如果我沒記錯，那是一篇以破解密碼爲主軸的短篇推理小說？」

「沒錯，這篇作品的標題通常讀作『おうごんちゅう』，在這首和歌裡故意改成『こがねむし』。內容講的是主角利用一張偶然撿到的羊皮紙，找到基德船長的寶藏，堪稱是第一篇以破解密碼作爲解謎手法的推理小說。」

木京聽到這裡，忽然捧腹大笑。

「確實有謠言說幽世島埋藏著基德船長的寶藏……你該不會以爲解開這首和歌的暗號，就

註一：石碑內容涉及謎底，故保留原文。意思大致爲「黃金蟲　遭到排擠的　那四枚　在其心臟處　蘊含著眞理」。

註二：愛倫・坡（Edgar Allan Poe）是十九世紀初期的美國作家，其作品被視爲推理小說的濫觴。〈黃金蟲〉是其短篇〈The Gold-Bug〉的日文版譯名，中文版通常譯爲〈金甲蟲〉。

能得到寶藏吧？」

「……我們隨時可能死在稀人的手裡，就算得到寶藏又有什麼用？」

連西城也憂鬱地如此說道。佑樹不禁垮下肩膀，解釋：

「島民怎麼可能把尋找寶藏的線索放在這種地方？幽世島上有好幾座像這樣的石碑，都擺在醒目的位置，由此可知，這是島民想傳達給外來者的一種訊息。」

「換句話說，是要傳達給我們的訊息？」

木京收起笑容，低頭望向石碑。佑樹思索片刻，決定取出無線電通話器，呼叫本島。不一會，通話器傳來三雲的聲音：

「怎麼了嗎？」

「我發現一件事……幽世島各處石碑上的和歌，可能是一種暗號。」

「我記得那首和歌是……『こがねむし　仲間はずれの　四枚は　その心臓に　眞理宿らん』……我一直覺得很古怪，就默默記下來了。」

佑樹驚訝於三雲過人的記憶力，趕緊向三雲解釋「こがねむし」指的可能是愛倫．坡的作品〈黃金蟲〉，或許這首和歌是島民想傳達給外來者的訊息。

「幽世島是會定期遭到稀人攻擊的特殊島嶼，最壞的情況是島民全部遭到殺害，照理來說，他們會有因應……三雲小姐，令尊有沒有提過這方面的事？」

「嗯，父親說我祖母是個謹慎周到的人，一定會在某處留下稀人的相關資料。」

「這麼說來，這首和歌很可能就是英子女士留下的。」

「但我父親也提過，從前回到幽世島整理遺物的時候，他並未發現任何資料。島上幾乎找不到紙本的文獻紀錄，所以關於眞雷祭的細節，約莫是靠代代口耳相傳吧？」

「令尊沒有找到資料，應該是因爲資料並非收藏在三雲家……想要確實地把訊息傳達給四十五年後的人，石碑是不錯的選擇。這種記錄方式不會受水災或火災破壞。」

木京不認同佑樹的推論，反駁道：

「龍泉，這說法太不合理。如果希望讓外來者找到資料，爲什麼不直接寫明資料的存放地點，卻要故意寫成暗號？」

木京的質疑聽起來頗有道理，但佑樹搖頭回答：

「因爲並非只有人類會看見這些石碑。」

木京一聽，臉色大變。

「……稀人？」

「稀人！」

通話器另一頭同時傳來三雲的聲音。

「沒錯，如果稀人先找到資料，很可能會直接銷毀。爲了避免發生這種情況，才把訊息寫成暗號。」

西城目不轉睛地看著石碑半晌，抬頭對佑樹說：

「如果『こがねむし』（黃金蟲）告訴我們這首和歌是暗號，那麼，後面的『仲間はずれの　四枚は　その心臓に　眞理宿らん』（遭到排擠的　那四枚　在其心臟處　蘊含著眞理）應該就是指資料的藏匿地點……龍泉，你該不會解讀出來了吧？」

聽見西城一語道破，龍泉有些遲疑，不曉得該不該說出自己的想法。

「關於資料的藏匿地點，我想到一種可能……但或許是我搞錯了，我不希望讓你們抱持過度的期待。」

「這是死亡預告嗎？」

通話器另一頭的三雲如此說道。佑樹不禁笑了出來。

「看來，我們都受到茂手木教授的影響……推理小說中說出這種話的人，通常都會被殺。」

木京似乎覺得有趣，賊笑道：

「想要保住小命，你最好快把答案說出來。」

「好吧……我認爲資料很可能藏在墓園裡。但我擔心說出詳情之後，公民館裡的人會擅自行動，搶先跑到墓園尋找資料。」

佑樹話一出口，通話器另一頭傳來豪邁的笑聲。

「不用擔心，這邊沒有那種笨蛋。」

很可惜……佑樹並不相信這句話。案發之後，有太多人不把佑樹的建議當一回事。

若不是古家隨便開口，也不會讓稀人逃走。茂手木與木京不顧佑樹的制止，獨自追趕稀人。雖說是出於善意，西城無視佑樹指示他回去公民館，從後頭追上來。

這種善意尤其棘手。公民館的四人當中，古家自然不可能安什麼好心，但三雲、八名川、信樂三人，都可能基於善意而擅自採取行動。

「我看……還是等順利把稀人困在神域之後，再告訴各位答案。明天我們會回到公民館，大家一起去找資料吧。」

結束通話之前，佑樹得出這樣的結論。

＊

「真是的……龍泉這小子，原來這麼討人厭？」

聽到八名川的咕噥，繪千花笑著點頭：

「那才是他的本性吧。」

兩人在紅紫色的帳篷前坐了下來。

雖然兩人的前方放置著ＬＥＤ立燈，但屋外早已是伸手不見五指的狀態，光靠一盞立燈沒辦法照亮整個多用途大廳。

八名川拿起紙杯，倒入熱騰騰的黑咖啡，戲謔地說：

「三雲小姐，怎麼感覺妳和龍泉很合得來？你們該不會早就認識了吧？」

繪千花沒想到會引來這樣的誤會，皺眉解釋：

「我跟他原本不認識……而且也合不來。」

兩人的前方擺著一個大鍋子，以及兩枚空紙盤。

一行人回到公民館的時候，荷蘭鍋裡的食物早就焦了，信樂另外煮了一大鍋的根菜雞肉什錦炊飯。據信樂說，這道什錦炊飯的食譜相當簡單，使用的是烤雞肉罐頭。

八名川一口氣吃了好幾盤，繪千花卻毫無食慾。

「只有咖啡，好像少了點什麼。」

八名川說著，從口袋掏出一小瓶威士忌，往紙杯裡滴了幾滴。
「三雲小姐，要不要來一點？這可是蘇格蘭威士忌。」
「我不會喝酒。」
八名川啜了一口威士忌咖啡，重重吐出一口氣。
「……我是一個什麼類型的工作都接的攝影師。目前爲止，我在國外見識過各式各樣的意外事故或犯罪現場。」
踏上鹿兒島的前一天，八名川才跟著一名年輕的記者到遊民的聚集地點進行採訪。
「那一連串的遊民傷害案，半年來已有七個人受害。採訪的時候，很多人不願意多說，但看得出大家都很害怕。」
她又往紙杯裡倒了一些威士忌，接著說：
「不過，以攝影師的身分進行採訪，跟自己變成當事人，感覺完全不同。現在我什麼也做不了，只能靜靜地祈禱這場暴風雨趕快結束。」
就在這時，通往走廊那扇門上的毛玻璃映出一道人影，信樂開門走了進來。
大廳的角落，寵物搬運袋裡的塔拉動了一下，但牠似乎馬上察覺進來的並非主人，哀怨地叫了一聲，便不再出聲。
「辛苦你了……怎麼去了這麼久？」
八名川一邊問，一邊幫信樂倒咖啡。她拿起威士忌，以手勢詢問要不要加一點。
「請給我一點吧。唉……其實，治療傷勢和關於稀人的說明一下就結束了，但社長說一個人在房間裡會害怕，不讓我離開。」

後來，古家猛喝白葡萄酒，醉得不醒人事，信樂才趁機離開小房間。

八名川神情緊張地問：

「我想起來了，剛剛你還特地出來拿醫藥箱……社長的傷勢嚴重嗎？」

「只是扭傷右手指頭和左腳踝而已。他一直大呼小叫，但骨頭沒什麼異狀，稱不上什麼嚴重的傷勢。」

信樂一臉疲憊地盛起自己的晚餐。由於在古家的小房間裡耗了太久，什錦炊飯都涼了。

另一方面，八名川則露出擔憂的神色，大概是怕離開幽世島之後，會被古家控告傷害吧。

繪千花深知社長的爲人，平常他可能會拜託熟識的醫生捏造診斷證明書，藉此索討高額的醫藥費及賠償金。但這次情況特殊，應該不用擔心社長會提起訴訟。

繪千花伸手撫摸脖子，被緊勒住的感覺遲遲沒消失。如果再晚一步，氣管可能會被捏斷。

半晌之後，信樂看著放在大廳角落的寵物搬運袋，喃喃低語：

「要是眞的害怕一個人待在房間裡，社長爲什麼不把塔拉帶進去？」

「這隻狗簡直像得了狂犬病……難怪會被丟在外面。」

八名川這麼講也不無道理。繪千花和八名川都想拿食物給塔拉吃，豈料塔拉根本不領情，不僅瘋狂吠叫，還要咬人。當然，若以看門狗的標準來看，這樣的狗是非常優秀的。

八名川將杯裡的威士忌咖啡一口氣喝乾，起身說道：

「糟糕，我好想睡覺。我去外面呼吸一下新鮮空氣，順便做個伸展操。」

信樂正要拆開拋棄式湯匙，一聽八名川這麼說，驚訝得瞪大雙眼。

「別出去，外面太危險了！伸展操在大廳裡做就行了，我們不會在意的。」

「我最近愛上國外流行的一種體操，但這種體操奇怪的動作很多，我會不好意思……放心，稀人不在本島上，而且我就在門口附近，絕對不會走遠。」

「那妳自己小心。」

「放心吧，我練過防身術。」

八名川拿起一把塑膠雨傘，一邊揮舞一邊朝門外走去。她大概是打算遇上危險時，拿塑膠雨傘當武器吧。過了一會，八名川做完運動，回到屋裡。信樂已吃完晚餐，正在喝威士忌咖啡。

繪千花彷彿在等著八名川進來，隨即起身問：

「廁所在哪裡？」

「走廊的左手邊最後面。我在那裡放了兩座簡易馬桶，也有衛生紙和濕紙巾。」

根據信樂的說法，由於村公所非常注重維護島上的自然環境，所以這次出外景，特地帶來防災應變用的簡易馬桶。不用到野外上廁所，繪千花求之不得。她來到走廊上，藉著手電筒的燈光慢慢前進。忽然間，不知何處傳來猛獸的吼叫聲，繪千花嚇得尖叫。

八名川與信樂聽見，同時飛奔到走廊上。

「發生什麼事？」

「……對不起，我仔細一聽，發現是古家社長的鼾聲。」

右手邊前方的房間裡，不斷傳出氣勢十足的鼾聲。信樂忍俊不禁，哈哈大笑。繪千花與八名川受到影響，也都笑了出來。夾雜在笑聲中的鼾聲，不僅沒有消失，反倒越來越大聲。

「要不要把簡易馬桶移到休息室？夜深之後，經過漆黑的走廊到廁所去，實在有些可怕。」

三人經過商量，決定把尚未使用的簡易馬桶搬到休息室。休息室有一扇門，直接連結多用途大廳，以後上廁所就不必經過走廊了。

第六章　本島・神域　會合

二〇一九年十月十七日（四）〇四：一五

在蒼白的月光下，神島像是一團黑色的陰影。

佑樹等三人通過海中的碎石路，從本島監視神島，已將近兩小時。

幸好天氣晴朗，再加上月光，整條碎石路看得一清二楚。任何人企圖通過，一定會被三人發現。只要守到五點十六分左右，便能把稀人困在神域中。

「茂手木教授不知跑去哪裡？希望他平安無事。」

西城坐在混凝土坡道上低語。木京一聽，笑著回答：

「早就被稀人殺死了吧。就算稀人僞裝成他的模樣，我也不訝異。」

木京說完，又津津有味地抽起菸。不愧是木京，說起話來還是老樣子。煙霧瀰漫中，佑樹默默凝視著海中的碎石路。

……只要將稀人困在神域裡，就能排除復仇計畫中的不確定因素，也不用擔心會連累不相關的人。依照預定的計畫，應該要在第二天晚上殺死古家和木京，現在開始安排也不遲。

佑樹思考著如何重擬計畫，坐在前面的西城忽然轉頭問：

「你們有沒有聞到一股臭味？」

這麼一提，佑樹察覺周圍瀰漫著刺鼻的煙霧。這顯然不是香菸或防蟲香造成的。

西城逐漸睜大雙眼，看著佑樹的背後，說道：

「咦，發生火災了？」

佑樹轉頭望去。只見本島的小山後方的天空微微染紅……雖然不知道是哪裡，但肯定是失火了。
佑樹重新轉向碎石路，取出無線電通話器。
「有人嗎？聽到請回答！」
或許是佑樹動作急促，背包裡的小瓦也動了起來，同時發出細微的叫聲。
「聽到了，什麼事？難道茂手木教授出現了？」
回答的是八名川。
「不是，本島好像有地方發生火災，請出去確認狀況。」
「火災？目前公民館這邊沒有任何異狀……欸，好像發生火災了！」
後面這句話，應該是對著三雲等人說的吧。大約沉默了一分鐘，傳來八名川錯愕的聲音。
「眞的起火了……公民館後面的高台那一帶，看起來好紅。」
佑樹感覺一股寒意竄上背脊。接著，傳來三雲的聲音：
「起火的地點是墓園。」
那正是佑樹推測可能存放資料的地點。佑樹可以肯定今晚沒有落雷，空氣也沒特別乾燥。
眞的是偶然發生的火災嗎？抑或是……
三雲焦急地說：
「怎麼辦？一定是稀人躲藏在本島，爲了把對牠不利的資料燒掉，所以在墓園裡縱火……
現在該怎麼辦才好？」
佑樹先深呼吸，恢復冷靜之後，對著無線電通話器說：
「如妳所說，這很可能代表稀人在本島，我們都被騙了……但現階段還不能這麼武斷認定。」

說出這些話的時候，佑樹的雙眼依然直盯著碎石路。木京皺起眉頭，咕噥道：

「喂，別自欺欺人了。」

佑樹並未將手指從通話鍵上放開，接著說：

「如果這場火災根本不是稀人引發的，我們的注意力卻被火災吸引，不僅沒辦法好好保護自己，還中斷對碎石路的監視，豈不是前功盡棄？」

佑樹說完，等待三雲回答。

「……但也可能眞的是稀人縱火，不是嗎？」三雲反問。

佑樹當然考量過這個可能性。

「就算眞的是稀人幹的好事，情況也不會有所改變。你們想想看，就算眞的想把資料燒掉，也不用在深夜裡引發這麼大規模的火災。更何況是在退潮的緊要關頭，你們不覺得這個時間點很可疑嗎？簡直像是刻意要用火災分散我們的注意力。」

「我明白你的意思……但我們眞的不用保護那些資料嗎？」

佑樹輕輕一笑，回答：

「資料什麼的，只是我自己在胡思亂想。你們不用在意，就算眞的去了墓園，多半也是白費力氣。」

佑樹盡可能說得輕描淡寫，其實心裡幾乎百分之百確定墓園裡藏有資料。此時，除了祈禱墓園裡的資料平安無事之外，也沒有其他辦法了。

本島方面完全沒有回應，佑樹接著問：

「……目前看來，火災有蔓延到公民館的徵兆嗎？」

這次換八名川說道：

「天空的紅光少了許多，也沒什麼煙，感覺火應該快熄滅了吧。」

「那太好了。八名川姊，請繼續待在公民館，那是最安全的地方。」

「瞭解……龍泉，你們要繼續監視碎石路，是嗎？」

接下來，雙方商量出結論。倘若在佑樹等三人歸來之前，火勢延燒到公民館，公民館裡的四人就一同到碼頭避難。

*

碎石路沉入海中的速度，比日出更快。

保險起見，佑樹三人在碎石路完全沒入海中之後，又監視神域大約二十分鐘。不知不覺間，東方的天空已泛起魚肚白。

海風似乎稍微增強了一些。根據氣象預報，這幾天有一道低氣壓將會通過島嶼的南方。或許是低氣壓的前進路線改變了。雖然對天氣的影響不大，但波浪變得越來越洶湧。

「……到頭來，稀人還是沒出現。」

西城看著白色的浪頭，臉上難掩熬夜的疲累。

「嗯，不是躲在神域，就是躲在本島，只是我們被蒙在鼓裡。」

同樣睡眼惺忪的木京抽著菸，一邊說道：

「不管怎樣，我們只能回公民館。仔細調查發生火災的墓園，或許能找出蛛絲馬跡。」

三人沿著橫貫本島的柏油路前進。此時四周圍還很昏暗，必須仰賴手電筒的燈光。佑樹走在前頭，以手電筒照亮腳下的地面。

佑樹一邊走，一邊陷入沉思。

當然，在佑樹的心中，沒有放棄復仇這個選項。但情況完全沒有好轉，也是不爭的事實。原本打算將稀人隔離，就進行對木京和古家的復仇計畫，如今看來光是要做到這一點都有困難。

倘若稀人其實躲藏在本島，一旦佑樹輕舉妄動，恐怕會瓦解人類陣營的「防禦陣線」。這麼一來，很可能會害死跟復仇計畫無關的人，甚至導致稀人逃離幽世島。

如何才能一方面抵禦稀人的攻勢，一方面執行復仇計畫？看來，只能臨機應變，找機會打破這個僵局。

周圍逐漸變得明亮，就算不使用手電筒，也能隱約看見附近的景色。

三人來到接近公民館的地點，佑樹忽然停下腳步。靠著昏暗的光線，佑樹察覺視野一隅似乎有什麼不尋常的東西。就在道路右側的一棵樹下。不知是不是錯覺，這一帶似乎飛蟲特別多。

西城不安地問：

「怎麼了嗎？」

佑樹打開手電筒，走向那棵樹。

「剛剛好像看到什麼東西……哇啊啊啊！」

佑樹完全沒意識到自己在大叫，同時往後仰倒。一回過神，他發現自己跌坐在地上。一旁的木京發出訕笑聲。

「原來龍泉也有嚇一跳的時候。」

佑樹整個人傻住了，沒有餘力回嘴。他甚至無法肯定自己看到的是現實還是幻覺，只能勉強拿起手電筒，照向樹下陰暗處的那團東西。

那是一具血肉模糊的人類屍體，大量蒼蠅圍繞著，令人不敢多看一眼……這意味著本島有人遭到殺害，稀人已擬態成人類。

緊接著西城也嚇得尖叫，木京顫聲說道：

「……這下可以肯定稀人並未進入神域。」

沒錯，大家都被稀人愚弄了。

佑樹等人滿心以爲已將稀人困在神域裡。實際上，稀人還躲藏在本島上，反而是主動追緝黑貓的幾個攻擊性比較強的人類，被困在神域一整晚。

西城蹲在道路的另一側，似乎忍不住想要嘔吐。木京在一旁冷冷看著，半晌後再度開口：

「死的人……是誰？」

佑樹不顧身體沾上污泥，爬近那具慘遭剝皮的屍體。

在神域看見那隻黑貓的屍體時，屍體上的血早已乾涸。眼前這具屍體的傷口及鮮血都還是濕亮的狀態，可見剛死沒多久。

屍體變成鮮紅的肉塊，沒有任何衣物的殘骸。難道死者是在全裸的狀態下遭到稀人啃食？抑或，稀人把死者的衣物也吞下肚了？

木京撿起附近的一根樹枝，粗魯地將屍體翻至另一面。大量蒼蠅竄飛，同時屍體的身首分離，頭顱滾了好幾圈。佑樹感覺到大量的胃酸竄至咽喉，忍不住別過頭。

木京目睹頭顱滾離，卻絲毫不爲所動。他將屍體翻看了一會，搖頭說道：

「全身的皮都被吃掉了！根本看不出這傢伙是誰！」

正如木京所言，那屍體失去全身的皮及大部分的肉。如果是具有醫學知識背景的人，或許還能看出一些端倪，但現場的三人連是男是女都分辨不出來。

佑樹剛剛在地上爬行時，似乎摸到飛濺的鮮血。他低頭看著沾滿污泥及鮮血的雙手，手掌微微顫抖。

但佑樹知道不能這麼害怕下去，調勻呼吸，站了起來。

「……有沒有辦法從身高看出是誰？」

三人當中最冷靜的木京聽佑樹這麼問，大大搖頭：

「沒辦法。這次來到島上的成員，除了你們兩個之外，其他人的身高都差不多。」

這麼一提，連三雲和八名川兩名女性都相當高。撇除佑樹和西城，所有人的身高都在一百七十公分左右。

「只能確定這不是我或西城哥的屍體……此外看不出任何蛛絲馬跡。」

此時，木京像是忽然想起什麼事，瞇著眼睛說：

「等等，稀人會不會是故意把海野的屍體搞成這副德性，想要讓我們摸不著頭緒？」

「保險起見，我們去檢查海野哥的遺體。」

海野的遺體就在露兜樹的附近，距離遭剝皮的屍體約五十公尺。三人走到那長滿形似鳳梨的果實的樹下，佑樹以手電筒照向灌木。

手電筒的燈光下，三人看見胸口遭稀人刺穿的海野。那模樣看起來與之前佑樹等人查看時毫無不同。

西城陰鬱地說：

「果然……那具被咬得稀巴爛的遺體，並不是海野導播。」

佑樹拿著手電筒繼續朝灌木靠近，小瓦似乎醒了，從貼身背包裡探出頭。牠一邊顫抖，一邊發出惆嚇的叫聲。

木京搔了搔脖子，語帶嘲諷：

「看來就在龍泉被騙得團團轉的時候，我們又多了一個犧牲者。依常理來推斷，那屍體的身分多半是下落不明的茂手木吧。」

佑樹凝視著木京，說道：

「……你的意思是，茂手木教授也沒有進入神域？」

「既然屍體出現在這裡，只能這麼認定了。那個教授可是追蹤動物的高手。」

「這麼說來，確實有道理……黑貓刻意將我們誘導進神域裡，但茂手木教授可能看穿黑貓的手法，沒有上當。」

親眼目睹那血肉模糊的屍體，佑樹受到相當大的衝擊，直到現在腦袋依然一團混亂，沒辦法好好思考。在這樣的狀況下，想要保持平常心討論可說是天方夜譚，但佑樹還是盡力讓自己恢復冷靜……

相較之下，木京滔滔不絕，十分多話。

「看來，稀人已僞裝成茂手木的模樣。接下來，這個假茂手木一定會若無其事地出現在我們的面前，絕對不能被他騙了……啊，死在這裡的人，也有可能是公民館那四人當中的一個。搞不好，公民館那四人早就死得一個也不剩。」

木京越說越過分，佑樹忍不住瞪了他一眼，說道：

「公民館的四人還活著。」

在這樣的狀況下，木京仍發出訕笑。

「但願如此。」

三人快步前進，抵達公民館時已過清晨六點。

多用途大廳裡一個人也沒有。雖然帳篷裡有使用過的痕跡，卻不見三雲等人。

佑樹與西城同時以責備的目光望向木京。木京聳聳肩，說道：

「你們看我也沒有用。何況不見得是全滅，搞不好是先到墓園去了。」

就在這時，走廊上傳來說話聲。

佑樹放下心中的大石，輕嘆口氣。不一會，通往走廊的門扉的毛玻璃上出現一道人影。那個人開門走進廳內，原來是八名川。

「太好了，你們平安無事。回來的路上，我們看見新的犧牲者……」

佑樹正要繼續報告，忽然發現八名川的臉色異常慘白。轉頭一看，站在門外的三雲及信樂也一樣。

他們看見佑樹等人，臉上沒有一絲欣喜，每個人都神色黯淡。

「……發生什麼事？」

木京察覺不對勁，對著三人問道。八名川默默指向走廊的右側，木京皺起眉頭。

「那是古家的房間……難不成他死了？」

木京以半開玩笑的口吻說著，朝小房間探頭一看，神情登時變得僵硬。

佑樹走上前，心裡隱約明白發生什麼事。

只見房間裡仰躺著一個人，上半身在紅紫色的帳篷內。由於此刻才剛天亮，光線昏暗，沒辦法完全看清楚，但可以肯定的是，那個人的胸口已被血染紅。

佑樹以手電筒照向倒在帳篷內昏暗處的男人。燈光下，可清楚看出那正是古家。接著，佑樹查看古家的胸口，與海野的傷口如出一轍，顯然也是遭到稀人殺害。

房間的角落放著寵物搬運袋，塔拉在裡頭瘋狂吠叫。或許牠已察覺降臨在飼主身上的悲劇。然而，此刻大家都無暇關心一條狗。

佑樹試著將手指放在屍體的頸子上，完全感受不到脈搏，而且身體已變得頗爲冰涼。與查看海野屍體時最大的差別，是古家從死亡到被人發現的時間似乎較長。

……又被稀人搶先一步。佑樹不發一語，僵在原地。

逐漸恢復冷靜後，佑樹感到一股怒意湧上心頭。

「這到底是怎麼回事？昨晚我不是要你們四個聚在一起嗎？」

只要四人確實遵守，佑樹就能親手殺死古家，不會被稀人捷足先登。佑樹懊惱不已，忍不住使用質問的口氣。

八名川一聽，也動了怒氣，反駁：

「這不全是我們的錯，是你說稀人很可能在神域裡。」

佑樹一時啞口無言，半晌後才說道：

「話是沒錯……但我也提醒過，單獨行動相當危險。」

「我們以為只要不離開公民館，應該就很安全。所以，古家社長跑回小房間的時候，我們認為那沒什麼。畢竟我們一直待在多用途大廳，何況後門也上了鎖。」

西城聽到這裡，驚訝地挑眉問：

「難道……稀人破壞了後門的門鎖？」

「你們自己去看吧。」

三雲自願帶路，於是佑樹、西城與木京跟隨她走向後門。八名川與信樂留在古家的房間裡，不知在商量什麼事情。

後門的門閂雖然沒有閂上，但乍看之下沒有遭到破壞的痕跡。

走在前頭的三雲面色凝重，抓住門把，輕輕一轉，門就開了。她沒有轉動旋鈕，可見門並未鎖上。

她指著門板外側的鑰匙孔，說道：

「檢查後門的時候，我們發現門鎖被打開了……龍泉，鑰匙不是由你負責保管嗎？」

佑樹從褲子口袋掏出一串鑰匙，點頭回答：

「向村公所借來的鑰匙，都在我這裡。就我所知，這島上的鎖都只有一把鑰匙。」

「這麼說來，這道鎖一定是被人從外面以不正當的手法打開了。你們看，鑰匙孔的周圍有不少傷痕。」

佑樹點頭，附和道：

「看起來像是使用了開鎖工具。」

「我認爲這是稀人幹的。」

木京一聽，捧腹大笑。

「這太愚蠢了！怪物怎麼可能懂得這種闖空門的把戲！」

然而，佑樹聽出三雲的言下之意，一臉陰沉地說：

「不，那可不見得。」

「咦？」

「稀人能夠將身體的一部分變化成細長的尖刀或針狀。只要利用相同的概念，將身體的一部分插入鑰匙孔內，或許就能將鎖打開。」

「照你這樣的解釋，稀人簡直是所向無敵，沒有任何事情可以難倒牠！唉，我開始胃痛了。」

木京難得說出示弱的話。佑樹輕輕搖頭，應道：

「現在就認定稀人什麼都做得到，還言之過早……請想想，爲什麼公民館的出入口都有門閂？爲什麼每一扇窗戶都有遮雨板及金屬網格？只要從這方面思考，就可以明白稀人並非無所不能。」

聽見佑樹這麼說，三雲驚訝得睜大眼睛。

「什麼意思？」

佑樹並未直接回答，故意拐了一個彎說明：

「首先，當年島民建造這棟公民館，可能有特別的目的。我猜類似一種庇護所，島民遭受稀人攻擊時，可以躲到這裡。」

聽到這突如其來的推論，西城一臉狐疑地說：

「聽起來……有點異想天開。」

「如果只有這棟建築物，確實證據有些薄弱。但在這座島上，還有另一扇帶有門閂的門。」

佑樹凝視著三雲，繼續道：

「三雲小姐，上次妳不是說過，爲了防止閒雜人士進入神域，本島有一道封鎖海中碎石路的圍牆嗎？我記得當時妳曾提到，那道圍牆的門也裝有鋼鐵製的門閂。」

三雲望著遠處回答：

「我確實這麼說過，但我也只是轉述我父親的說法。」

「如果稀人必定會出現在神域，封鎖海中碎石路的圍牆，眞正的目的應該是爲了阻擋稀人，不讓牠入侵本島。」

這次三雲不再反駁，只是靜靜地聽著。

「既然要把稀人擋在門外，當然不能被稀人輕易打開。島民們在那扇門上加裝門閂，這是不是意味著稀人沒有能力破壞門閂？」

木京摸了摸變長的鬍子，半晌後冷冷地望向後門的門板，說道：

「原來如此，島民們在公民館的門上加裝門閂，也是爲了提防稀人……就算你的推測是正確的，如果沒有扣上後門的門閂，又有什麼用？你們這些傢伙，眞是成事不足，敗事有餘。」

佑樹再度低頭望向門閂。

門閂的表面有著朦朧的金屬光澤，沒有明顯的髒污，與上一次查看時並無不同……佑樹瞇著眼睛，說道：

「不，後門的門閂昨晚應該是扣上的狀態。打開鐵捲門之後，我還刻意將門閂扣上，我記得很清楚。」

八名川或許是聽見這句話，從古家的房間走出來：

「沒錯。昨天傍晚我們在公民館裡到處查看時，確實看見門閂是扣上的。」

三雲也輕輕點頭，同意八名川的話。木京愣了一下，問道：

「那是誰把門閂拿掉了？」

信樂也走出小房間，一臉惶恐地開口：

「我正在和八名川姊談論這件事。當然，我完全沒有觸碰過門閂，八名川姊和三雲小姐也一樣。」

「這麼說來……拿掉門閂的是古家社長？」

佑樹說著，走回古家的小房間。為了避免引發爭執，佑樹刻意不提可能有人說謊。

聽佑樹這麼說，信樂的表情稍微放鬆了一些，同時也恢復往常的饒舌。

「昨天晚上古家社長喝了好多酒，會不會是半夜起來上廁所時，為了醒酒，開門到外面晃了晃，回來卻忘記扣上門閂？」

這確實不無可能。根據佑樹這半年的觀察，古家很愛喝酒，但酒量並不好。每次喝完酒，他總會呼呼大睡。

眾人經過商議，決定先把前門和後門的門閂扣上。今後除非有人進出，否則一律扣上門閂，而且人員進出之後，就要立刻重新扣上。

接著，眾人分頭檢查建築物內的所有房間。

稀人可能擬態成貓、蝙蝠等動物，潛伏在公民館內，因此眾人將每一件行李、帳篷的下方、抽肥式馬桶的內部、每一面牆壁及天花板都仔細檢查過，並未發現任何動物或可疑物品。

這至少證明公民館內部是安全的。

待眾人稍微恢復冷靜，佑樹將昨晚三人採取的行動，以及新發現無皮屍體一事，告訴三雲等人。

八名川聽完，雙手交抱胸前，皺起眉頭問道：

「這麼說來，從昨天傍晚到現在，除了你們三人之外，沒有任何人離開神域？」

「沒錯，我們一直監視著碎石路，直到第二次乾潮結束、碎石路完全沉入海中爲止。」

發現新的無皮屍體一事，似乎帶給三雲相當大的衝擊。

「又多了一個犧牲者……」

三雲一臉錯愕，如此呢喃。佑樹不禁垂下目光。

終於出現無關復仇的犧牲者……這樣的想法有如一塊重石，壓在佑樹的心頭。

西城有氣無力地低語：

「那恐怕是茂手木教授的遺體吧。他沒有上稀人的當，一直留在本島……但或許是遭到偷襲……」

昨晚佑樹等三人一直共同行動，可以肯定那具屍體不會是西城或木京。至於公民館內的四人，除了跑回小房間的古家之外，剩下的三人應該都聚集在多用途大廳內。

……以消去法來判斷，那具屍體約莫就是茂手木。

稀人獲得人類的外貌，這個事實讓眾人大爲沮喪，決定回到古家的小房間再看一看。

太陽升起，房間比剛剛明亮許多。

被留在房間裡的塔拉再度開始吠叫。這條失去主人的博美犬陷入恐慌狀態，似乎對人類抱持著更強的警戒心。佑樹不禁感到有些同情。

但塔拉叫個不停，總不能將牠留在這裡，於是眾人決定將塔拉移至隔壁木京的小房間。佑樹提起寵物搬運袋時，小瓦從背包裡探出頭。那一瞬間，塔拉露出齜牙咧嘴的可怕表情，小瓦嚇得幾乎跳起來，趕緊躲回背包裡。

移動到隔壁房間之後，剛開始還不時聽見狗的吠叫，但沒多久就不再傳出聲音。終於恢復安靜，眾人再度著手調查古家的遺體。

首先發現的是，古家昨晚喝酒似乎眞的喝得很凶。

T恤的領口附近沾滿顏色相當淡的液體，散發出濃濃的葡萄酒味。房間裡看不到任何紙杯或塑膠杯，可見古家是直接拿起白葡萄酒的酒瓶，對著嘴喝，不小心灑在領口上。即使死了，古家左手仍放在空的葡萄酒瓶上。

或許是在睡夢中遭到偷襲，帳篷及周圍的行李一點也不凌亂，死者的表情也十分平和。如果眞的有靈魂，恐怕古家的靈魂直到現在都還沒發現自己被殺了。

眾人將屍體翻至背面，發現傷口跟海野如出一轍，是遭到利刃自前胸貫穿心臟，直抵後背。連帳篷內的地板，都留下明顯的傷痕。這次稀人似乎比較愼重地拔出凶器，周圍幾乎沒有飛濺的血。出血大多來自背上的傷口，帳篷的地面被染紅一大片。

佑樹轉頭問道：

「第一個發現遺體的是誰？」

信樂微微舉起手，回答：

「是我……當時我猜想你們應該快回來了，於是帶著塔拉進來小房間，想叫醒古家社長。」

「發現遺體的時間是幾點？」

「差不多是早上五點半到六點之間……我嚇了一大跳，時間感都錯亂了。跟八名川姊和三雲小姐到處查看及討論的時候，你們就回來了。」

此時，三雲開口：

「需要把我們昨天做的所有事情都告訴你嗎？」

「好，麻煩妳了。」

「首先，跟你們分開之後，我們直接回到公民館。為了安全起見，我們把整個建築物檢查一遍，同時將後門及窗戶都上鎖，接著就集合在多用途大廳裡。當然，那時候古家社長也跟我們在一起。」

三雲說到這裡，不知為何有些欲言又止，八名川接著說：

「晚上六點左右，龍泉你不是以無線電跟我們聯絡嗎？古家社長得知稀人的事，氣得火冒三丈，勒住三雲小姐的脖子。」

佑樹回想昨晚通話時，三雲的聲音確實有些沙啞，原本以為三雲是跟某人吵架後哭了一場。

此時，佑樹才發現三雲的脖子上殘留著深紅色的印痕，不禁倒抽一口氣。菜穗子的信中，確實提到古家「不小心勒死女人」。昨晚三雲差一點就成爲古家手中的另一個犧牲者。

「怎麼會……」

佑樹一時不知該說什麼才好。然而，三雲堅定地說：

「龍泉，這不是你的錯。都怪我不好，不相信父親說的話。明明來到幽世島，卻沒有把稀人的事告訴你們……如果不是我，事情也不會演變到這種地步。」

佑樹心想，自己毀掉衛星電話，才應該負最大的責任……但此時總不能當著大家的面懺悔，他只好低頭不語。

西城出聲安慰三雲：

「幸好妳平安無事。」

八名川臉上忽然露出自嘲的笑容。

「說到這個……當時我看三雲小姐快要死在社長的手裡，狠狠揍了社長一拳。」

大家一聽，全都傻住了，連木京也不例外。八名川的臉上浮現些許後悔之色，但她還是自顧自地說：

「雖然我相信當時沒有其他的辦法，但如今回想起來，實在是太魯莽。社長被我揍了一拳，才會躲進小房間。」

「這只能說是古家社長自作自受。」

佑樹苦笑著說。信樂用力點頭，附和道：

「當時我也在場，眞的是這樣沒錯……後來通話結束，我就開始準備晚餐。」

「晚餐準備好之前，三雲小姐和八名川姊在做什麼？」

「我不太記得了，大概是隨口閒聊，或是談一些和稀人有關的事情吧。總之，我們都沒離開多用途大廳。」

信樂想了一會，接著說：

「後來我做好什錦炊飯，由於古家社長待在小房間裡，我送一份進去，順便跟他說明一些關於稀人的事。」

「你是幾點進小房間？」

「大概八點多吧。我說明完了，古家社長還是不放我走，我只好聽他發牢騷……等社長睡著，我才趕緊逃出來。」

佑樹再次觀察倒在帳篷內的古家身體，忽然察覺一件事，於是拉起古家的左手，問道：

「爲什麼他的食指和中指包著痠痛藥布？」

「因爲他摔倒時受了傷。爲了阻止社長動粗，八名川小姐打他一拳。社長摔倒在地上，扭傷右手。」

佑樹並非懷疑信樂說的話，但保險起見，還是撕下痠痛藥布看了一眼。

果然，古家的食指及中指第二關節附近嚴重腫脹，呈現紅褐色。相較之下，左手的手指十分正常。除了領口被白葡萄酒沾濕之外，全身上下沒有明顯的髒污。

「手指傷得很嚴重。」

「是啊，他自己是說左腳也扭傷了，但看來腳好像不太腫。」

「……保險起見，我們確認一下。」

佑樹脫掉古家的左腳襪子一看，腳踝附近確實有一點腫，不過並不嚴重。木京見狀，轉頭朝八名川說道：

「妳的運氣眞好。古家要是還活著，絕對不會善罷甘休。他一定會控告妳傷害，讓妳吃不完兜著走。」

木京的口氣像在調侃，臉上卻毫無笑意。八名川不悅地皺眉應道：

「木京先生，難道你以爲是我殺了他？」

「人類也有可能模仿稀人的殺人手法。爲了避免事後遭到追究，乾脆殺他滅口。」

三雲瞪了木京一眼，大聲反駁：

「八名川姊不是會做這種事的人！」

「不用氣成這樣，妳才認識她沒幾天，對她這個人能夠瞭解多少？」

「聊過幾個小時，就能大致知道一個人的性格……而且你別忘了，古家社長把我的脖子掐成這樣，就算他還活著，也會怕我和信樂出面作證，不敢輕舉妄動。」

若是平常，遇上這種情況木京一定會繼續辯駁，但此時他只是露出一副看好戲的表情，沒有爭吵下去的意思。

「妳的意思是，她根本沒必要殺人滅口？也罷，這種事不重要，我也不是眞的認爲古家是死在人類的手裡……對了，信樂回到大廳的時候，大概是幾點？」

「差不多就是我們透過無線電通話器，討論完暗號的事情之後吧。」

八名川冷冷說完，便不再開口。信樂接著說：

「大概十點多吧。後來基本上我們都待在大廳……這段期間，我們唯一做過比較特別的事情，就是把一個簡易馬桶搬到休息室。」

當初是佑樹把簡易馬桶放置在公民館的廁所裡，此時聽信樂這麼說，忍不住問：

「爲什麼要這麼做？」

「昨晚待在公民館的人，全都不知道發電機怎麼用，只能仰賴立燈及手電筒來照明。走廊實在太暗，經過討論之後，我們決定把簡易馬桶搬到比較近的地方。」

佑樹略一沉吟，問道：

「……這麼說來，最後一個見到古家社長的是信樂？」

「我不是稀人！」

信樂連忙搖手，佑樹接著說：

「我並未懷疑你是稀人。不過，我認爲古家社長是死於稀人之手。信樂，昨晚你們幾個不是一直聚在一起嗎？那麼，你們應該沒有遭稀人擬態的機會……」

佑樹說到這裡，忽然察覺三人的臉色都有些尷尬。仔細回想他們剛剛的描述，佑樹才發現事實並非如此。至少以信樂而言，就有不少時間並未與其他兩人在一起。

「嗯，好像不能這麼說，其實你們……」

八名川重重點頭，應道：

「沒錯，我們幾個雖然大多數的時間都在一起，但各自行動的時間也不少。以我自己爲例，晚上十點過後，我到屋外運動了兩次。」

「跑到屋外，就只是爲了運動？」

「這不能怪我，是你自己說稀人應該在神域裡。」

佑樹再度啞口無言。八名川繼續道：

「到了屋外，我發現滿天星辰眞的很美，忍不住多待一會……第一次大概十五分鐘，第二次大概十分鐘，不過都只是在門口附近而已。」

「我也一樣，爲了做晚餐，我在外頭待了大概四十五分鐘。當然我一直都在公民館的旁邊，但從八名川姊她們所在的位置，可能看不見我……還有，我在小房間裡陪古家社長說話將近兩小時，應該也算是沒有和她們一起行動的時間吧。」

聽完兩人的描述，佑樹無奈到不知該說什麼才好。三雲彷彿要落井下石，接著說：

「還有，我們都去過廁所。我自己去了五次，他們兩個大概去了四次吧。時間最長的大概十分鐘，但不清楚確切的時間……對了，雖然我們都有獨自行動的時間，但我可以確定一件事。」

「什麼事？」

「信樂回到大廳的時候，古家社長一定還活著。因爲後來我要去廁所時，聽見社長的鼾聲。」

除了三雲之外，其他人也都聽見鼾聲。因此，幾乎可以斷定古家在十點多的時候還活著。

但要以這一點來證明信樂並非稀人，還是有些不足。佑樹輕輕搖頭，說道：

「除非我們能查出稀人進行擬態要花幾分鐘，否則實在很難推測誰有可能是稀人。」

從啃食屍體到完成擬態，是只要幾十分鐘，還是要花上幾小時？這個問題的答案，會影響判斷誰有可能遭到擬態。反過來說，這也意味著昨晚待在大廳的三人，都有可能是稀人。

木京取出香菸，不屑地說：

「這麼看來，我們是束手無策了。除非稀人在我們的面前表演一次擬態，否則我們怎會知道要花多久的時間？」

西城也同時低語：

「和歌暗號所指示的地點，會不會藏有這方面的資料？」

雖然懷抱希望很重要，但佑樹實在沒辦法如此樂觀。

「要確認這一點……只能實際走一遭了。」

就在眾人決定返回大廳的時候，佑樹察覺連接小房間與走廊的門板把手上沾著血跡。那扇門板有點走位，轉動不太靈活，開關需要握緊把手，顯然血跡是房內之人離開時沾上的。

「這是……掌印？」

由於摩擦的關係，指紋看不清楚，但看得出是右手拇指、食指及中指的痕跡。而且仔細查看，還能發現一小部分的掌紋。從顏色來看，應該不是從前的人留下的。

「剛發現遺體的時候，門把上就有那些血跡。我急著想出去告訴大家，突然注意到門把上有血，嚇得大叫一聲。」

信樂說道。八名川點頭附和：

「我立刻跑來查看，當時血跡都乾了。」

佑樹想起古家的手掌並未沾上鮮血，低聲呢喃：

「那麼，門把上的血跡就是稀人留下的。」

這時，不知何處傳來激烈的敲打聲。

房間裡的所有人嚇得渾身一僵。信樂戰戰兢兢地探頭往走廊看了一眼，驚恐地說：

「怎麼辦……有人在敲打後門。」

「喂！搞什麼，有沒有人啊？」

敲門聲越來越劇烈。

從聲音聽起來，後門外的人應該是茂手木。問題是……他是眞正的茂手木嗎？

佑樹走到門邊，說道：

「在我開門之前，請回答幾個問題。」

「聽這聲音，你是龍泉吧？我受傷了，能不能待會再問？」

「……請說出你的姓名。」

對方似乎屏住呼吸，佑樹感覺沉默持續了將近一分鐘。

「我叫茂手木伸次，在S大學任教，研究的是亞熱帶地區的生態系統。這次來到幽世島，是爲了在電視節目《世界的不可思議偵探團》裡擔任解說員……我是過世的海野的高中學長。」

全部正確無誤。信樂吐出一口氣，說道：

「太好了……其中有一些稀人不可能知道的資訊，看來他是眞正的茂手木教授。」

信樂正要伸手去拉門閂，八名川低聲制止：

「等等，這很難說！搞不好是稀人看了茂手木教授的身分證件，或這次出外景的企劃書。」

門外忽然傳來茂手木的笑聲。

「難怪你們會問這種莫名其妙的問題……你們發現那個生物有擬態成人類的能力嗎？」

反正這不是什麼需要隱瞞的事情，佑樹旋即答道：

「沒錯。」

「眞糟糕，看來我遭到懷疑了。」

茂手木的聲音聽起來並不特別驚慌。雖然這樣的反應有點古怪，但當初來到島上的時候，茂手木似乎就是一個怪人。

佑樹以手勢示意八名川退後，同時伸手抓住門閂。

「……眞的要讓他進來？」

「如果他是眞正的茂手木教授，不讓他進來，豈不是太可憐了嗎？」

「萬一他是稀人怎麼辦？」

「就算他是稀人，與其讓他到處亂跑，不如監視著他的一舉一動。所以，不管他是不是稀人，我們都應該開門。」

佑樹說完，伸手取下門閂。那門閂依然扣得相當緊，或許是爲了防止稀人入侵，才故意這麼設計吧。接著，佑樹轉動旋鈕，打開了門。

門外站著一臉慘白的茂手木。

只見他全身上下都是污泥，臉上有好幾處紅腫，疑似遭昆蟲叮咬。左腳自腳踝以下，從褲管到運動鞋都沾滿黑色血跡。他露出有氣無力的笑容，說道：

「我知道你們並沒有完全相信我，總之，謝謝你們讓我進來。」

「……教授，你遇上什麼事了？」

「那隻黑貓眞不是省油的燈。牠故布疑陣，假裝逃往神域，卻偷偷留在本島。雖然看破牠的詭計，接下來我卻吃了一個大虧。我追到島嶼的北邊，牠突然攻擊我，砍傷我的腳踝。」

茂手木一邊說，一邊指著自己的左腳。腳踝上綁著一條沾滿血的頭巾。他接著說：

「我昏厥了大概十二個小時，醒來時天快亮了……幸好沒有傷到動脈，失血量還不到讓我無法動彈的程度。我拿頭巾綁住腳踝止血，勉強走回來。」

或許是勉強走動的關係，茂手木的腳踝不斷滲出血，地面上的血跡從後門口延伸到島嶼的北方。

以這種出血量來看，腳踝的傷勢恐怕不輕。既然眼前的人可能是眞正的茂手木，還是應該先幫他治療才對。佑樹如此判斷。

「有沒有人會包紮傷口？」

佑樹問道。但除了佑樹之外，其他人都不願意靠近茂手木。大家都退到走廊的後方，默默看著兩人。

佑樹深深嘆了一口氣。

「好吧，請幫我拿醫藥箱，以及一瓶礦泉水過來。」

接著，佑樹要茂手木待在門口，朝著門外坐下，並脫下鞋襪。佑樹從醫藥箱裡取出拋棄式的橡膠手套戴上。

腳踝上的傷口長達五公分，而且很深，必須進行縫合。

……稀人不僅能夠擬態成人類，還會僞造傷口？

佑樹的心中產生這樣的疑問。如果腳踝上的傷及蚊蟲叮咬的紅腫是僞造出來的，表示稀人的擬態能力高得令人難以想像。

三雲遞來礦泉水，佑樹伸手接過，舉到茂手木的面前說道：

「我現在先用水洗淨傷口，接著會塗上消毒藥水。」

這是目前佑樹唯一能做的事。他將紗布按在傷口上，接著貼上醫療膠帶。正要包上繃帶的時候，三雲走過來幫忙。

傷口滲進不少塵土，雖然沖洗過，卻沒辦法完全清潔乾淨，佑樹擔心茂手木會感染破傷風。他似乎察覺佑樹的擔憂，出聲道：

「半年前我去南美時打過破傷風的疫苗，沒想到會在此刻派上用場。」

茂手木說這句話的時候，看起來有些昏昏沉沉。

如果他是眞正的茂手木，回到眾人身邊之後，可能會因爲心情鬆懈、過度疲累及傷勢影響，變得精神不濟，甚至昏睡。事實上，他的身體有些發燙，可能也是傷口造成的影響。

包紮完畢，佑樹將茂手木帶進大廳。青灰色帳篷裡有一個睡袋沒人使用，佑樹讓他坐在上頭。爲了避免發生脫水症狀，佑樹交給他一瓶運動飲料，以及一瓶礦泉水。

佑樹回到走廊上時，撞見木京正在扣上後門的門閂。他聳聳肩，問道：

「……接下來該怎麼辦？」

佑樹環顧在場的五人，每個人都睡眠不足、筋疲力盡，憔悴不堪。

「先吃早飯吧。不管怎樣，得先養足體力才行。」

稀人的獨白（一）

人類是一種個體能力差異很大的生物。

有些人類的運動能力特別優秀，有些人類的想像力特別豐富，有些人類的運氣特別好。當然，我的種族也有個體能力差異及性別差異，但並沒有依照性別的不同，改變第一人稱的習慣。

所以，直到現在我還是無法理解，爲什麼日語中的第一人稱和第三人稱，會因性別而有所不同。幸好，現今在使用上似乎不像從前那麼嚴謹。

「私」、「僕」、「俺」、「彼」、「彼女」（註）……雖然我具備這些知識，仍得時時提醒自己不能說錯。

人類稱我的種族爲「稀人」。

遭受我們侵略的生物，總是喜歡爲我們取名字。有的單純以「擬態生物」來稱呼我們，有的則依我們無限貪婪的特性，稱呼我們爲「無限生物」。

跟那些名稱比起來，「稀人」算是相當不錯。所以，在我襲擊人類的這段期間裡，就稱呼自己爲稀人吧。

註：這些都是日語中經常使用的第一人稱和第三人稱。由於第一人稱翻譯成中文都是「我」，此處保留原文。

我完全沒想到，穿過「裂縫」之後，竟來到這麼一個豐饒富足的世界，眞是一個意外之喜……我們原本待的世界資源早已枯竭，所有的稀人只能活活餓死。

起初，我在那個名爲「神域」的地方獨自徘徊，吃一些微不足道的小生物。那些小生物的智能和語言能力都很低，味道也很糟糕。在喝了人血之前，我甚至不知道那種小生物叫野鼠。

此刻，島上的人類都還不知道……稀人能夠藉由吸血的方式，獲得該生物的記憶及知識。這可說是進行擬態的必要能力。我們的祖先在演化的過程中，逐漸獲得這樣的能力。

因此，每當我看見人類企圖以「記憶的有無」來分辨稀人和人類時，總是忍不住暗自竊笑。若這些人類以爲用這樣的方式能夠找出稀人，實在是我們求之不得的事。

現下那幾個人類疑神疑鬼，各自準備著早餐。

當然，我也混在其中。老實說，那些食物根本引不起我的食慾。我沒辦法吸收人類的食物，但吃了也不會對身體有影響。我只能暫時囤積在肚子裡，再找機會吐掉。

吃早餐的時候，那幾個人類不停說話，我覺得很煩。

人類說話的音域，比我們稀人的音域要低得多，聽起來相當粗野。擬態之後，我們能發出跟人類一樣的聲音，不過陪著人類說那些沒水準的話，實在是一件苦差事。

我思考過，是否該拉攏人類成爲共犯……但我馬上捨棄這樣的念頭。人類僅僅是我們的食物，拉攏食物成爲執行計畫的重要成員，未免太愚蠢。因此，這個計畫只會由我們稀人進行。

回想起來，昨天幹得眞是不錯。

能不能順利把人類引誘進神域裡，對我來說也是一場賭注。爲了這場賭注，我不惜讓自己暴露在危險中，成果我十分滿意。人類滿心以為安全的本島出現犧牲者，受到相當大的打擊，如今他們的士氣依然非常低落。

照這樣下去，應該能夠把他們一個接著一個殺死，達成我的目的，最後離開這座島嶼。

……我相信自己一定做得到。

話說回來，那個姓龍泉的小子，他的想像力實在超乎我的預期。

我完全沒料到他會在我殺死海野的階段，就發現凶手是黑貓。我本來打算以同樣的手法多殺幾個人……現下只好改變計畫。

更令我感到害怕的是，龍泉居然能夠靠著蛛絲馬跡，推測出許多稀人的習性。

・身體的比重相當於重金屬。
・能夠讓身體的一部分變成武器。
・習慣以尖銳的武器貫穿獵物的心臟。
・擁有擬態的能力，前提是必須吃下獵物的皮和肉。
・四十五年前那起事件的凶手也是稀人。
・能夠以身體當工具，開啓鑰匙孔形式的鎖。
・沒辦法突破上了門閂的門。

龍泉說中以上七點。

不過，龍泉也有推測錯誤的部分。例如，他沒料到我的智能遠高於人類。

另外，沒想到這幾個人類當中，竟包含三雲英子的孫女。對我來說，實在相當倒楣。當初應該先下手殺死三雲繪千花才對……光是想到四十五年前的事，我就能肯定三雲家的人是我最大的威脅。

穿過「裂縫」之後，我才得知從前出現在神域的稀人都被人類殺死了。

理由我也不清楚，但似乎三雲家代代流傳著殺死稀人的方法。而且他們懂得計算我們出現的時間，打一開始就埋伏在暗處，要取我們的性命。那個三雲繪千花也一樣，聽她說出關於雷祭的事情時，我不禁心裡發毛。

……稀人掉到海裡就會死，這一點是事實。

在我們原本居住的世界裡，水是寶貴的資源。幾乎所有的水，都被儲存在生物的體內。正因我們生活在這樣的世界裡，所以我們喜歡吸食生物的體液。

稀人的身體能夠完美地適應幾乎沒有水的環境，因此，當大量的液體圍繞我們時，我們毫無因應能力。包含海水在內，沉入任何液體中，我們都會無法呼吸，立即溺死。

既然這一點被他們知道了，以後採取行動要更加謹慎小心才行。

第七章　本島　暗號解讀

二〇一九年十月十七日（四）〇八：三五

在吃早餐之前，曾前往神域的三人都換了衣服，並且以水或濕紙巾清潔身體。感覺稍微清爽之後，他們吃了不需要花時間調理的泡麵當早餐。

為大家泡提神的咖啡，是佑樹的工作。

十個一組的免洗紙杯，佑樹帶來好幾組。保險起見，他選用一組未開封的紙杯。

同一時間，三雲拿狗食餵塔拉。這些狗食都是古家帶來的。塔拉原本在寵物搬運袋裡睡覺，發現三雲靠近，立刻發出威嚇的低吼聲。塔拉的警戒心極強，就算拿食物給牠吃，牠也不領情。

佑樹泡完咖啡，開始尋找能夠給小瓦吃的食物。

昨晚沒有使用的肉、魚等食材都臭掉了，沒辦法再吃。人類吃的鯖魚罐頭對貓來說鹽分太高，會影響健康。至於柴魚乾，木京堅持一包也不肯再提供。

最後，佑樹沒有其他選擇，只好使用塔拉的狗食。當初古家帶來大量的狗食及狗點心，三天兩夜根本不可能吃得完。雖然狗食對小貓的健康也不太好，但總好過讓小瓦吃人類的食物。

小瓦在佑樹的背包裡睡得正熟，佑樹將牠抱了出來，先為牠包紮後腳的傷口。接著，佑樹拿來狗罐頭，放在睡得迷糊的小瓦面前。

幸好小瓦吃得津津有味，把整個罐頭舔得一乾二淨。畢竟是野貓，生命的韌性遠高於佑樹的預期。

小瓦填飽了肚子，在地板上東聞西嗅。佑樹小時候養的貓似乎也出現過類似的舉動，但他已不記得代表什麼意義……

佑樹正在努力回想，站在遠處的西城笑了出來。

「看來你的小貓想要上廁所了。」

佑樹趕緊抱起小瓦，請西城幫忙放下正門的門閂，帶著小瓦到建築物旁邊的沙地。小貓隨即上起廁所，佑樹仰頭對走出門外的西城說：

「西城哥對貓眞是瞭解。」

「以前我養過狗和貓……可惜，你這隻小貓好像很討厭我。」

小瓦上完廁所，竟對西城發出恫嚇的叫聲。或許原本是野貓的關係，不對佑樹以外的人類敞開心防。佑樹不禁苦笑，抓起小瓦，放進貼身背包內。

佑樹請屋裡的人幫忙拿掉門閂，回到多用途大廳之後，向眾人提議前往墓園。

「……但我們總不能將茂手木教授獨自留在公民館裡，不如分成兩組？」

經過簡短的討論，八名川和木京自願留在公民館。

八名川的理由是「既然一定要有人留下，那就我留下吧」。八名川的決定還能理解，沒想到木京居然也自願留下。

佑樹正感到詫異，木京說出他的理由：

「所有人當中，我、龍泉和西城不可能是稀人。因爲古家遭到殺害的時候，我們三個在神域裡，後來也一起行動。」

針對這一點，誰也沒有異議。接著，木京望向愣愣地拿著泡麵的茂手木，說道：

「這代表剩下的四人當中，必定有一個是稀人。教授從昨天傍晚就下落不明，直到今天才出現，他是稀人的可能性最高，對吧？」

手握免洗筷卻一直沒動筷的茂手木輕輕點頭：

「剛剛三雲小姐已把昨天發生的事告訴我……你們懷疑我是稀人，也是合情合理。」

木京揚起嘴角，說道：

「幸好你有自覺，省得我多費唇舌。」

他拿起大廳地板上的無線電通話器，接著說：

「雖然很在意墓園那邊的狀況，但這次我就接下這個吃力不討好的工作吧。我在這裡監視教授和八名川，只要任何一方有可疑的舉動，我會立刻以無線電通知龍泉……如何？」

佑樹聽了木京的提議，不由得沉吟起來。

假設茂手木是稀人，就算牠企圖逞凶，八名川與木京應該有辦法合力制伏。但如果八名川是稀人，受傷的茂手木無法參與戰鬥，木京一個人有辦法對付嗎？

佑樹猶豫不決，木京忽然翻開放置在大廳角落的工具箱，一邊哼著歌，一邊開始物色工具。

「……你在做什麼？」

佑樹問道。木京從箱內抽出一根鐵撬，拿在手裡揮舞。

「看不出來嗎？當然是在挑選合適的武器。」

木京的雙眸閃爍著異樣的神采，彷彿巴不得稀人趕快露出真面目。這種能夠打著正當防衛的名義對人型生物施暴的狀況，在他眼中就像是一場最有趣的遊戲。

……看起來應該是不用擔心。

於是，眾人決定將木京、八名川與茂手木留在公民館，剩下的人一同前往墓園。出發之前，佑樹分別從工具箱和道具箱內取出鐵鎚、塑膠繩及美工刀。

等墓園組的數人走出後門，八名川便扣上門閂。這麼一來，就不用擔心稀人自屋外入侵了。

一行人朝著公民館的後方前進，空氣中的焦臭味越來越濃。小瓦好像很討厭那個味道，躲在背包裡不肯探出頭。

登上遍布著灰燼的石階，來到高台上一看，佑樹不由得倒抽一口氣。

原本排列得整整齊齊的墓碑，跟周圍的竹林一起被燒得焦黑，一部分的墓碑甚至被推倒。那些淺色的墓碑，如今全變成煤灰色，周遭地面上滿是焦黑的灰燼。

一隻灰蝶停在墓園通道的地面磁磚上休息。銀色翅膀上有一塊黑色斑點。眾人一走近，灰蝶立即倉皇飛離。那隻灰蝶原本逗留的旁邊地面上，掉落一支打火機。打火機的上頭印著美國漫畫的角色圖案。

看見打火機，西城咕噥道：

「這不是海野導播愛用的打火機嗎？」

「沒錯，我看過他拿出來使用好幾次。」

想必是稀人從海野的遺體口袋裡取走打火機，來墓園縱火。

驀然間，佑樹發現三雲愣愣地站在一座墓碑的前方，一副失魂落魄的表情。

那焦黑的墓碑上，寫著「三雲英子之墓」。這正是昨天佑樹等人想要找出的墓碑。

佑樹與西城互看一眼，都不曉得該如何安慰她。唯獨不知道昨天那些事的信樂，一直專心查看著地上的焦痕。他對三人說道：

「墓碑周邊的泥土有挖掘過的痕跡，只是遭大火焚燒，看不太出來。」

如同信樂所說，地面上到處有著挖開後又填回泥土的痕跡。但因地面焦黑且覆滿灰燼，很難判斷挖掘的規模有多大。

西城摸了摸地面，點頭說道：

「一定是稀人在到處尋找暗號所指示的地點。」

「看來似乎是如此……不過，我們討論暗號時，稀人是怎麼竊聽的？」

佑樹咕噥著，陷入沉思。信樂愣了一下，眨了眨眼睛，回應：

「會不會是稀人也解開了暗號？」

「不，如果稀人解開暗號，挖掘的範圍會大幅縮小，不必到處亂挖，甚至放火焚燒墓碑。」

佑樹正苦苦思索，西城突然驚呼：

「等等……當初我們來到島上時，不是帶了三支無線電通話器嗎？」

目前通話器一支由佑樹保管，一支由木京保管，至於第三支……佑樹想到這裡，不禁暗罵自己太粗心大意。昨天滿腦子只想著如何把稀人困在神域裡，竟完全忘了通話器的事情。

三雲瞪大雙眼，問道：

「剩下的一支，就是掉在海野導播的遺體旁邊那支？」

「沒有回收那支通話器，實在是我的疏忽。那支通話器就留在發現遺體處的灌木旁邊，想必是被稀人拿走了。」

倘若眞是這樣，代表昨天雙方透過無線電交談的內容全被稀人聽見了……正因如此，稀人才會知道暗號指示的地點在墓園內。

佑樹想到昨天在無線電中說出那麼多推論，甚至公布一部分的暗號答案，不禁感到空虛不已。

一陣沉默之後，三雲將視線移回三雲英子的墓碑上。

「……那個暗號所指示的藏匿地點，就是我祖母的墓碑？」

「不，是完全不同的地點。」

佑樹說道。西城忍不住笑了出來：

「原來不是這裡！害我緊張得要命！」

然而，佑樹卻沒辦法那麼樂觀。

「乍看之下，我認爲是暗號解答的地點，似乎並未遭到挖掘……但裡面的東西可能早就被取走了。」

「這要看了才會知道。現在你可以說出暗號的解答了嗎？」

三雲問道。於是，佑樹從附近的樹叢折下一根樹枝，在泥土上寫下文字：

こがねむし　仲間はずれの　四枚は　その心臓に　眞理宿らん

（黃金蟲　遭到排擠的　那四枚　在其心臟處　蘊含著眞理）

「『こがねむし（黃金蟲）』只是爲了讓外來者察覺這是暗號，所以不用考慮……現在我們來思考『仲間はずれの四枚は（遭到排擠的那四枚）』的意思。」

西城思索片刻，點點頭，說道：

「照常理來推測，『四枚は』指的是『四枚翅膀』（註）吧？除了蚊子之類的少數例外，昆蟲應該都是四枚翅膀。」

「沒錯，但這裡不用把「は」轉換爲漢字的「翅膀」，只要按照字面解釋就行了……這句暗號其實非常簡單。」

三雲並未認眞聆聽佑樹的解釋，只顧著在墓園裡左右張望。半晌之後，她忽然露出微笑。

「啊，我大概猜到答案了。」

三雲一邊說，一邊指著墓園通道地面上的磁磚。

通道上鋪設著一排排的磁磚，每一枚磁磚皆是邊長約五公分的正方形。雖然地面蒙上不少灰燼，還是能勉強看出磁磚的顏色。磁磚的顏色想必經過刻意設計，絕大部分都是灰色，但每一枚磁磚有微妙差異，整個墓園裡的磁磚幾乎網羅所有不同色調的灰色。

信樂似乎想通了什麼，忽然蹲在地上，以雙掌擦拭其中一枚磁磚。經過一陣擦拭，那枚磁磚逐漸顯露出原本的顏色，並非灰色系，而是紅色系。

「是眞的！這枚磁磚是鮭紅色，不是灰色！」

大約兩公尺外，三雲發現了一枚紅梅色的磁磚。佑樹蹲了下來，抹去腳邊一塊磁磚上的灰燼。這第三枚磁磚也是鮭紅色。

見大家陸續找到非灰色的磁磚，西城瞇起眼睛，說道：

「這麼說來……『その心臟に眞理宿らん（在其心臟處蘊含著眞理）』的意思，就是東西藏在這四枚磁磚的中間？」

「我也這麼認爲……『心臟』代表這四枚磁磚是紅色系，另一方面也有中心部位的意思。」

「沒想到我的推理能力也不錯。」

兩人交談之際，信樂找到最後一枚磁磚。這四枚磁磚當中，兩枚爲鮭紅色，兩枚爲紅梅色。

佑樹低頭看著地面，想了一會，說道：

「如果把這四枚磁磚以直線連接起來，似乎會是個平行四邊形。」

這個平行四邊形的邊長，等於磁磚之間的距離，短邊約兩公尺，長邊約五公尺。由於距離並不近，靠計算磁磚的數量來找出中心點相當困難。

三雲一下就露出不耐煩的表情，佑樹忍不住笑了出來。

「不用算磁磚。我帶來一條塑膠繩，我們拉繩子就能找出中心點。」

四枚磁磚既然組成平行四邊形，只要找出對角線的交點，就是暗號所指定的地點。

信樂依照佑樹的指示拉出對角線，一邊不滿地說：

「這暗號會不會太簡單？我以爲暗號應該會更複雜難懂，這麼簡單反而讓人覺得有些掃興。」

註：日文中「は」可以代表斷定的副助詞，也可以代表「翅膀」。

佑樹不禁露出苦笑：

「我一開始也這麼認爲，但考量到島民這麼做的理由，暗號簡單一點其實很合理……畢竟這個暗號的目的，是希望外來者能夠解得出來。」

三雲拉著塑膠繩，喃喃說道：

「還有一種可能，就是我們解讀錯了。」

佑樹一聽，有些喪失自信。就在這時，對角線完成，西城站在中心點，把一顆尖銳的石頭放在地上當記號。

「就在這一帶。」

「好，在附近調查看看。」

佑樹說著，拿出鐵鎚，在中心點附近的磁磚上敲打。

敲了幾下，很快發現其中一枚磁磚的聲音不太一樣，顯然底下有個空洞。佑樹頓時緊張起來，手微微發抖。

佑樹用力將那枚磁磚敲破，底下露出一個細長的罐子。

那罐子鏽蝕情況並不嚴重，約莫是不鏽鋼材質。佑樹戰戰兢兢地打開蓋子，發現罐子裡又有一個小一點的罐子。西城眨了眨眼睛，說道：

「這是怎麼回事？俄羅斯娃娃的概念？」

「爲了長期保存，所以裝了兩層鐵罐。以重量來看，裡頭應該沒有鐵罐了。」

如同佑樹所說，小鐵罐裡裝的是一個有點風化的塑膠袋。佑樹小心翼翼地拿出，袋裡裝著一疊紙。

雖然這疊紙裝在密封的容器中，畢竟長年埋在亞熱帶地區的土壤裡，環境太過惡劣，許多內容因字跡暈染或發霉而無法判讀。

在眾人的圍觀下，佑樹攤開那疊破損嚴重的紙。

*

你能拿到這份筆記，代表你解開了暗號。我由衷希望你是眞正需要這份筆記的人。

如果你對稀人一無所知，不管我在筆記上寫得再多，或是再怎麼強調稀人的危險性，想必在你眼裡也只是一些玩笑話。

最幸福的狀況，是這份筆記永遠沒有被需要的一天。

有人需要這份筆記，代表幽世島的島民們都已被稀人殺光，一個也不剩。

雖然本島有一道圍牆封鎖住海道，但圍牆門的門閂可能會因某些意外狀況而脫落或被取下。我不願想像那是怎樣情況，不過，爲了因應最糟糕的情況，必須預先做好準備。

關於稀人的一切細節，原則上都是由島民們口耳相傳。三雲家原本有一些代代傳承的文獻資料，卻因戰禍而佚失。將來可能會有人需要知道關於稀人的事，以下將記錄我所知道的一切。

我叫三雲英子。首先，我想對正在閱讀本筆記的**你**提出一個請求。

那就是絕對不能讓稀人逃離幽世島。無論如何，請你一定要誅殺那個怪物。

一、什麼是稀人（使用深紅色墨水強調）

稀人的本體，是一種以金屬爲主要成分的球體，比貓還小一些，重量約二十公斤。根據我們傳承的知識，稀人爲有性生殖，因此有性別之分，但從外觀無法分辨。

本體具流動性，能夠隨著稀人的意志改變形狀。只要本體存在，稀人就能夠進行各種活動，而且本體能夠像人類的四肢一樣做出各種動作。在本體的中心，有一顆直徑約五公分的固體核心，所以稀人無法通過比核心更狹小（小於五公分）的縫隙，也沒辦法一分爲二各自採取行動。

稀人擁有極高的智商，只要從動物的身上吸食超過特定量的血液，就能夠獲得該動物的記憶與知識，再吃下皮和肉，就能將這些皮肉覆蓋於體外，達到擬態的效果。不過，稀人擬態的對象，不能比本體更小，因此最小大約是貓的程度。

稀人能夠讓身體變形成細針（細長的尖銳物），當成武器使用。攻擊動物時，大多會瞄準心臟。拔出細針後，稀人會以自己的身體覆蓋在傷口上，吸取動物的鮮血。此外，當稀人以細針刺入動物體內時，也能夠注入毒素，使動物進入假死狀態。

稀人的性格殘忍，尤其喜歡吸食人類的血。

二、關於真雷祭（使用深紅色墨水強調）

每隔四十五年，稀人就會出現在神域裡，而且每次只會出現一隻。上次出現是一九二九年，這次是一九七四年，下次是二〇一九年……就這麼持續下去。

如果沒有雲的日子，神域卻發生落雷現象，■字跡無法辨識■出現的徵兆。

但在這個階段，還沒有必要驚慌。只要關上海道前的圍牆門並且扣上門閂，稀人就無法入侵本島。

此外，不用擔心稀人會擬態成鳥類飛走。棲息在幽世島周邊的鳥類，就算是最大的鷲或鷺鷥，體重也不到兩公斤。相較之下，稀人擬態時體重至少超過二十公斤。即使找遍全日本，也找不到體重超過二十公斤仍能穩定飛行的鳥類。

建議在發生落雷的隔天，趁著白天乾潮時，以三人以上的人數組成一隊，再帶上狗，前往神域進行搜索。出發前，記得一定要帶上火把，而且要把圍牆的門重新關好。

稀人的擬態沒辦法騙過狗，狗會對著稀人吠叫。當稀人感受到危險時，會發出人類聽不見的聲音，但狗對這種聲音相當敏感。這就是爲什麼本島的島民特別喜歡養狗。

此外，在神域進行搜索時，務必謹慎小心，因爲稀人有可能擬態成其他動物。

過去曾有稀人爲了讓人類卸下心防，故意擬態成受傷的動物的例子。稀人的擬態能力高超，人類難以分辨，如果看見受傷的動物，千萬要格外小心。

當狗發現稀人之後，就要使用火把。稀人很怕火，只要承受數百度的高溫，便會現出原形，陷入昏厥狀態。

稀人現出原形之後，必須放入籠子裡，帶回本島。這是爲了證明稀人已擒獲，並未擬態成人類。

籠子的網格邊長必須在五公分以下，否則稀人醒來可能會逃走。

回到本島之後，必須在全體村人的見證下，將稀人從墓園旁的斷崖拋入海中。確認稀人溺死，就開始準備宴■字跡無法辨識■。

過去從來不曾發生稀人逃出幽世島的情況……雖然古代曾有稀人入侵本島，造成島民死傷，但這樣的情況已兩百年沒發生了。

三、幽世島與稀人的關係一（使用深紅色墨水強調）

沒有任何文獻記載稀人到底是從什麼時候開始出現，但根據島民們代代口耳相傳的說法，稀人出現在神域的歷史至少超過一千年。這段漫長的歲月裡，島民與稀人的對決從未中斷。根據口耳傳承，島民們的祖先大約在一千年前來到幽世島。

當時幽世島上住著一個男人，他是島嶼守護神的化身■字跡無法辨識■傳授島民各種知識，其中也包含關於稀人的知識。

據說守護神的化身在島上待了一百多年，確認島民們殺死稀人兩次，便進入海中，宛如溶化一般消失無蹤。

守護神的化身在消失之前，對島民們說過一句話：

「失敗必定會造成許多的犧牲。當失敗重複發生，就會遭致難以挽回的毀滅。」

島民們將這句話奉爲圭臬，爲了避免重複發生失敗，必須不斷執行眞雷祭。

四、幽世島與稀人的關係二（使用深紅色墨水強調）

我個人推測，稀人可能是一種異世界的生物。每隔四十五年出現一隻，是因爲時空以這個週期產生裂縫。

有時，我不禁會如此想像——

異世界與地球的時間流動速度並不相同，地球的四十五年，搞不好只是異世界的一瞬間。異世界可能有多達數百隻的稀人，排成長長的隊伍，依序鑽進時空的裂縫，侵略我們的地球。人類將稀人一隻隻殺死，耗費一千年，也只不過是消滅最前面的二十幾■字跡無法辨識■

傳說中一千年前出現在島上的守護神化身……那個將關於稀人的知識告訴島民，而且活了一百多年的男人，或許也是稀人。

牠可能是是稀人當中的叛徒，之所以幫助人類，是希望稀人這個種族滅絕。

雖然這只是我的幻想，但眞理或許■字跡無法辨識■

五、以稀人進行實驗的結果（使用深紅色墨水強調）

過去曾有一次，島民並未遵循眞雷祭的流程殺死稀人。

一九二九年，稀人出現時，我的父親捕捉到稀人後，沒有立刻殺■字跡無法辨識■關了長達半年的時間，重複進行實驗。除了證明口耳傳承的內容全部正確之外，還得知以下幾點。

A關於稀人的獵殺對象

這一點只是以實驗的方式，證明我們透過經驗得知的稀人特性。稀人對屍體不感興趣，只對存活狀態下的動物血液■字跡無法辨識■根據實驗的結果，屍體的血肉對稀人來說帶有毒性，因此稀人無法使用屍體的皮肉進行擬態。

B關於稀人的毒素特性

稀人進行擬態的時候，會透過細針將毒素打入獵物的體內。

這種毒素具有即效性，就算是受了致命傷的動物，一旦被注入毒素，也會停止大部分的生命活動，進入假死狀態。這是因爲稀人必須在獵物活著的狀態下進行擬態，如果遭受獵物抵抗，稀人將會非常危險，才會擁有這樣的能力。

但稀人的毒素不具治癒效果。因此，若獵物受了致命傷，會在毒素的效力消失的同時死亡。

C關於稀人的身體結構■字跡無法辨識■

稀人在擬態的狀況下，同樣能夠讓身體的一部分變成細針，當武器使用。不過，此時細針的長度無法超過五十公分。

這是因爲稀人的身體結構，除了核心之外，還分成包覆核心的「中間層」及「外層」。外層占據絕大部分的本體，在擬態時會與獵物的皮肉進行融合。

另一方面，中間層的強度較高，能夠變化爲武器，但礙於體積的關係，可延伸的距離有限■字跡無法辨識■

D關於擬態需要的時間

稀人會將自己的身體覆蓋在獵物的身體表面，一口氣啃食其皮肉。如果要擬態成大型動物，爲了增加體重，稀人會將泥土或石塊吸入體內■字跡無法辨識■擬態速度非常驚人，擬態成一隻貓只花兩分鐘，中型犬只花四分鐘，大型犬只花八分鐘。這會成爲人類的重大威脅。

經由反覆的實驗，我父親證明稀人擬態的身體大小與需要的時間成正比。由此可推估，擬態爲成年男性約需十五分鐘，成年女性約需十四分鐘。

E關於擬態的限制■字跡無法辨識■

從擬態恢復原形的時候，稀人會褪去所有包覆在身上的皮肉。此外，當稀人變成不同於擬

態動物的形狀，身上的皮肉一樣會褪落，恢復原貌。至於拋棄的皮肉，會融化成一團團黑色肉塊■字跡無法辨識■

經過多次實驗，我父親證明稀人沒辦法利用融化後的肉塊再度擬態。換句話說，一旦解除擬態，或是變成不同於擬態動物的形狀時，就沒辦法變回先前擬態的模樣。想要再次進行擬態，必須獲得其他動物的皮肉。

F稀■字跡無法辨識■

稀人擁有兩種視覺及嗅覺。一種用來觀察外界，類似我們人類的眼睛和鼻子■字跡無法辨識■

另一種則使用在消化行爲上，那是一種同時具備『視覺』、『觸覺』和『嗅覺』的器官，牠們能夠利用這種感覺器官，一邊消化進入體內的獵物皮肉，一邊徹底辨識其外觀的顏色、質感及氣味，運用在擬態行爲上，精細度遠遠超越人類的眼睛、皮膚、鼻子等感官■字跡無法辨識■

稀人使用在消化上的感覺器官，性能上大大超越觀察外界用的感覺器官，這是因爲擬態■以下兩頁字跡全部無法辨識■

*

佑樹一行人帶著英子的筆記回到公民館。剛要從後門進入館內，西城忽然停下腳步，說道：

「……既然稀人曾在墓園縱火，這些東西不要放在屋外比較好吧？」

佑樹一聽，登時嚇出一身冷汗。

發電機及攜帶型汽油罐就擺在後門的旁邊。昨天原本預定要在屋外使用，所以沒有搬進屋內，佑樹也忘得一乾二淨。

雖說稀人怕火，但人類也怕火。既然稀人擁有極高的智商，必然和人類一樣懂得用火。一旦汽油罐落入稀人的手中，稀人很可能會用來放火，那就防不勝防了。

佑樹趕緊蹲下檢查那些汽油罐。所幸三個汽油罐都是滿的，他打開瓶蓋看了看，並沒有什麼異狀。

「看來沒被動手腳……西城哥，幸好你及時察覺。」

聽佑樹這麼說，三雲輕輕嘆了一口氣：

「既然汽油罐沒收，放在正門口的料理用燃料應該也沒收吧？」

「啊！」

這次輪到信樂臉色大變。三雲接著說：

「雖然這是無人島，燃料的存放還是要謹慎小心……快收起來吧。」

佑樹慚愧得說不出話。信樂比佑樹更早重振精神，走向發電機。

「好吧，全部都先搬進去。」

信樂踢開發電機底下輪子的制動器，將發電機往前推。佑樹抱起三個汽油罐跟在後頭。

「發電機看起來小小一台，沒想到挺重。」

發電機的輪子卡在後門的台階上，一時推不動，信樂忍不住如此咕噥。

「是啊，還沒加入汽油，就超過五十公斤。」

最後，眾人決定將發電機及汽油罐放在古家的小房間裡。佑樹重新扣上輪子的制動器，接著將窗戶打開一道縫細，並且關緊紗窗。這是爲了避免揮發的油氣積在室內。

一同走進房間的西城，皺眉問道：

「打開窗戶不危險嗎？會不會讓稀人有機可乘？」

「玻璃窗和紗窗本來就擋不住稀人。稀人輕輕鬆鬆就能打破玻璃。」

佑樹說著，從窗框上移開手。西城瞪大眼睛，問道：

「咦？這麼說來，這棟建築物一點也不安全嘛。」

「倒也不見得，之前我提過，這棟公民館可以當成庇護所使用，你還記得嗎？」

「你說這棟建築物的出入口都有門閂。」

「沒錯，還有每一扇窗戶都裝設金屬網格，而且是非常細的網格。」

信樂走向窗戶，摸了摸上頭的網格，欽佩地說：

「眞的耶！格子的寬度大概只有四公分！按照筆記上的說法，稀人的核心沒辦法通過這種大小的縫隙。」

佑樹大大點頭，說道：

「因爲有這些金屬網格，稀人不可能從窗戶入侵建築物。」

接著，三人來到正門口，回收放置在門外的燃料，以及可當武器的調理器具。信樂帶到島上來的燃料，只有六個瓦斯罐及木炭、火種，放在大廳一點也不占空間。

所有人齊聚在多用途大廳裡，佑樹等人向其他人回報調查墓園的成果。此時是早上十點半左右。

他們將筆記交給木京、八名川及茂手木三人傳閱，同時簡單扼要地說明內容。

三雲從道具箱取出一支油性簽字筆，在外景企劃書的背面條列出稀人的特徵。小瓦趴在旁邊的一條浴巾上，好奇地仰望三雲。

不管是要抵禦來自稀人的攻擊，還是要分析出誰是擬態中的稀人，以下十四點特徵都非常重要。

・每隔四十五年，稀人便會出現在神域裡，每次只會出現一隻。
・稀人無法通過邊長五公分以下的網格。
・稀人無法突破上了門閂的門。
・稀人要進行擬態必須吃下對方的皮肉。
・稀人的體重約二十公斤，無法擬態成比貓更小的動物。
・無法利用死亡的動物的皮肉進行擬態。
・擬態成貓只需兩分鐘，擬態成人類大約十四～十五分鐘。
・擅長擬態成受傷的動物。
・如果變形成不同於擬態對象的外貌，擬態用的皮肉就會褪落，現出稀人的原形。
・解除擬態之後，無法再擬態成相同的外貌。
・除了觀察外界用的感覺器官之外，體內還有擬態專用的高性能感覺器官。

．稀人的刺針最長不超過五十公分。
．稀人能夠以刺針釋放毒素，注入動物的體內，讓動物呈現假死狀態。
．狗能夠分辨出稀人，而且會對著稀人吠叫。

八名川讀完筆記，按著太陽穴沉吟道：

「筆記裡每一章的標題都以紅字強調，後面無法判讀的那幾頁，似乎也有寫著紅字的部分……或許那些內容包含如何輕易分辨出稀人的技巧。」

三雲轉著筆，輕輕點頭：

「很有可能。」

此時，木京忽然站了起來，說道：

「對了，可以利用那隻狗。」

他轉身走向自己的小房間，不久之後，傳來塔拉的猛烈吠叫聲。不到一分鐘後，木京一臉無奈地走出來。

「唉，偏偏是一隻不管對誰都會叫的笨狗，沒辦法用來找出稀人……我明明不是稀人，牠仍對我叫個不停。」

佑樹聳聳肩，說道：

「這也是無可奈何的事，塔拉不願親近古家社長以外的人。更何況，牠剛失去主人，正陷入恐慌狀態。」

「我也沒好到哪裡去……平常我很少胃痛，現在卻覺得非常不舒服。」

佑樹的情況也大同小異。

最後，茂手木接過筆記，但他聲稱精神不濟，沒力氣讀完，直接還給佑樹。接著，他走向帳篷，在鋪好的睡袋裡躺下，呢喃道：

「看來，第一階段快結束了。」

所有人都轉頭望向茂手木，不知道他到底在講什麼。

根據八名川的說法，或許是受傷的關係，茂手木發燒到三十八度。精神不濟加上發燒，很可能導致他語無倫次。

茂手木接著說：

「『襲擊之謎』的第一階段已接近尾聲，我們掌握『大部分』的特殊規則。接下來要做的事，就是利用這些特殊規則找出誰是稀人。」

木京掏出香菸，捧腹笑道：

「最有可能是稀人的傢伙，居然在教我們怎麼找出稀人！」

「不，我不是稀人。如果我沒有受傷，腦袋依然清醒，一定能夠找出那個生物擬態成誰的模樣……」

說到後來，茂手木聲音越來越小，最後變成微弱的鼾聲，似乎是睡著了。木京露出掃興的表情，說道：

「這傢伙知道狀況對他不利，竟開始裝睡。」

八名川把玩著寶特瓶裝的茶，開口：

「不過，茂手木教授說的話，在某種程度上是正確的。」

西城點頭附和道：

「這份筆記帶給我們非常多的資訊……只要好好整理目前爲止知道的線索，應該能夠查出稀人到底擬態成誰吧？」

正在整理行李的三雲喃喃低語：

「不管怎麼分析，最可疑的還是茂手木教授吧？」

佑樹也這麼認爲，但又覺得不能武斷地認定茂手木就是稀人。

「……或許我們應該趁這段時間，從頭把事情整理一遍。」

聽佑樹這麼說，雖然三雲露出「這根本是浪費時間」的表情，還是率先開口：

「第一個犧牲者是海野導播，殺死他的是擬態成黑貓的稀人，這部分大家應該不反對吧？」

沒人出聲反駁。

「接下來，我們必須釐清兩件事。第一，稀人是以什麼姿態殺死古家社長。第二，稀人現在擬態成誰的模樣。」

聽三雲這麼說，木京提出一個新的疑問：

「不管當初稀人擬態成誰，如何確定他沒有轉換擬態的對象？」

「應該沒有轉換過才對。海野導播的遺體仍好好地躺在露兜樹的旁邊，這意味著路旁那具皮肉遭啃食的不明遺體，恐怕是我們七人當中的一個……假設我就是擬態中的稀人……」

三雲舉出一個令人震驚的比喻，接著說：

「這種情況下，一旦我解除擬態，三雲繪千花就會從這座島上消失。眞正的三雲繪千花，早已成了血肉模糊的屍體，而且稀人解除擬態後，就沒辦法恢復成先前的模樣。」

或許是對三雲的比喻感興趣，木京微微揚起嘴角。

「原來如此，既然七個人都還在大廳裡……代表稀人尚未解除最初的擬態。」

就在這時，原本一直看著稀人特徵列表的西城，提出一個新的疑問：

「稀人有沒有可能是以黑貓的姿態殺死古家社長？」

三雲與木京都無法回答。佑樹一邊整理思緒，一邊說道：

「以能力來說，當然辦得到……但我推測稀人殺害古家社長時，應該已擬態成人類。」

木京尖銳地質疑：

「何以見得？」

「首先，我們來看看稀人的能力……就算是黑貓的模樣，稀人還是能夠解開後門的鎖，並且轉動門把。畢竟稀人的細針最長可達五十公分，再加上稀人的智商遠高於一般的貓。」

木京咀嚼著佑樹這句話，半晌後點點頭：

「沒錯，貓抬起前腳直立，就能碰到鑰匙孔。而且只要跳到門把上，以前腳轉動門把並不難……既然如此，爲什麼你會認爲稀人殺死古家時，已擬態成人的模樣？」

「因爲連接小房間與走廊的那扇門上，有一個血掌印。」

佑樹從三雲的手中接過油性簽字筆，在企劃書的背面畫出公民館的平面圖。接著，他以筆尖在代表門板的記號上輕敲，小瓦受到這個動作吸引，腦袋跟著左右搖擺。

佑樹對著小瓦笑了笑，接著說：

「這個掌印的位置，是在房間內側的門把上。遺體被人發現的時候，掌印的血跡早就乾了，然而受害者古家社長的手上並無血跡……由此可推斷，這個掌印是稀人其他擬態成人類時，沾在門把上的。」

「這樣的推論太草率了。稀人是一種可以自由變形的生物，難道不用考慮牠在其他姿態下變出一隻人類的手的可能性嗎？」

面對木京的反駁，佑樹以簽字筆指著特徵列表上的一點。

・如果變形成不同於擬態對象的外貌，擬態用的皮肉就會褪落，現出稀人的原形。

「根據筆記上的描述，稀人沒辦法維持貓的外貌，又變出一隻人類的手。而且門把上的血掌印，可以看出掌紋，以精細的程度來研判，應該是擬態成人類時的手掌。」

「如果是這樣……牠到底擬態成誰？」

信樂忍不住問道。佑樹垂下頭，回答：

「很可惜，我也不知道。」

木京輕哼一聲，說道：

「雖然無法鎖定單一人物，但要縮小範圍並不難……之前提過，古家遭到殺害時，我、龍泉和西城都在神域裡，所以我們三個不可能是稀人。」

「沒錯。因此，稀人必定是三雲小姐、八名川姊、信樂及茂手木教授，這四人當中的一個。」

佑樹應道。木京舉起手中的鐵撬，指著列表上的一點。

・擬態成貓只需兩分鐘，擬態成人類大約十四～十五分鐘。

「……三雲，妳上次說過，妳單獨行動的時間每次不超過十分鐘？」

木京問道。三雲輕輕點頭。

「我每次單獨行動，都是去上廁所，很快就回來了。」

然而，信樂提出反駁：

「不，三雲小姐第一次上廁所時，大約十五分鐘之後才回來。」

八名川沒有否定這一點。三雲一聽，露出遲疑的表情。或許她所花的時間，比她的主觀認定還要長一些。

「這麼說來……第一次的時候我不知道簡易馬桶怎麼用，還參考說明書，可能多花了一些時間。」

「搞什麼，原來三雲單獨行動的時間也超過十五分鐘。」

木京發出訕笑聲。此時，佑樹提出疑問：

「但我們無法確定當時後門的門閂是否已被取下，不是嗎？如果門閂是扣著的狀態，稀人沒辦法入侵建築物，自然也就沒辦法攻擊三雲小姐。」

木京隨即反駁：

「那也不見得。或許是稀人在門外欺騙真正的三雲，叫她把門打開。我們不能認定三雲絕對沒有嫌疑。」

「……這麼說也有道理。」

三雲垂下頭，嘴裡如此呢喃。佑樹見狀，決定繼續評估其他兩人的嫌疑。

「爲了準備晚餐，信樂獨自在屋外待了四十五分鐘左右。而且他和古家社長相處的兩個小時，也沒人能夠證明。八名川姊也一樣，她在屋外運動的時間，較長的那次是十五分鐘左右。」

「嗯，我和信樂都有可能是擬態的稀人。」

八名川爽快地承認這一點。雖然有些於心不忍，佑樹仍繼續追究：

「那天晚上，除了殺人之外，稀人還做了三件事。第一，設法打開後門。第二，擬態之後，牠把擬態對象的屍體棄置在路旁。第三，牠在墓園裡到處亂挖，還放了火……八名川姊外出過兩次，趁著上廁所的時候也有可能偷偷從後門溜出去。如果她眞的是稀人，代表她偷偷打開後門的目的，是爲了讓大家誤以爲稀人是從屋外入侵……總之，她要做到這三件事，沒有任何難處。」

八名川露出苦笑：

「那套體操眞是把我害慘了，這輩子我絕對不會再做。」

接著，佑樹轉向信樂，說道：

「信樂的情況也一樣。準備晚餐的時候，或是從古家社長的小房間離開的時候，都有可能遭到擬態。根據之前的推測，晚上十點多，古家社長還活著，在那之後，信樂只要以上廁所的名義偷偷溜出去，要行凶並不困難。」

當天晚上信樂準備的「什錦炊飯」並沒有「炒」的步驟，先完成前置作業，再把食材放進鍋子裡煮，暫時離開一段時間也沒關係。

信樂沒有反駁，或許是心裡明白這一點。

「三雲小姐獨處的時間比較短……上廁所的次數卻多達五次。把一件事分成好幾次做，要完成前面說的那幾件事也不是不可能……對了，在發現墓園起火的時間點，有誰是單獨行動的狀態？」

佑樹問道。八名川瞇起眼睛，回答：

「那時我們三個都在大廳裡……啊，不過二十分鐘前，我到外頭做體操。」

至於其他兩人，在那段時間的前後都沒去上廁所。

「原來如此……這麼說來，只有八名川姊能夠在那個時間點直接跑到墓園放火。」

木京似乎頗不以爲然，忽然揚起嘴角，笑道：

「稀人也有可能安排一些機關，讓墓園在特定的時間起火。」

「……沒錯，所以其他兩人如果想要在墓園裡放火，也不是辦不到。」

眾人討論完三雲、八名川及信樂的嫌疑之後，不約而同地望向發出鼾聲的茂手木。西城代替眾人說出心聲：

「從昨天晚上到今天早上，茂手木教授一直都是單獨行動。不管是要殺人或是放火，他都有非常多的時間。」

木京輕撫著下巴，瞇眼說道：

「想來想去，茂手木最有可能是稀人……公民館裡的三人雖然有單獨行動的時間，但其他兩人隨時會走過來查看，在這種情況下，要殺死古家及破壞墓園而不被發現，實在太看運氣了。」

佑樹心想，木京的說法頗有道理。儘管三雲、八名川及信樂在時間上有犯案的可能，實際上成功執行的機率並不高。

木京接著說：

「相較之下，教授要做這些事，完全不用看運氣。稀人的特徵有一點是喜歡假扮成受傷的動物，連這一點也符合條件……乾脆趁他睡覺的時候，把他扔到海裡吧。」

木京露出殘酷的微笑，佑樹忍不住皺眉說道：

「那怎麼行！雖然茂手木教授的嫌疑最大，但既然其他人也可能犯案，我們不能武斷認定茂手木教授就是稀人。如果他是眞正的茂手木教授，這麼做等於是把一個受重傷的人推進海裡淹死！」

三雲、西城和八名川也認同佑樹的主張。或許知道一旦進行表決，自己絕對沒有勝算，木京興致索然地聳聳肩，沒再多說。

大家的結論是，持續嚴格監視茂手木。

接下來，大家又討論了將近一小時。

其中討論得最熱絡的部分，就是有沒有能快速判斷出誰是擬態的稀人的方法。雖說稀人對水、火都沒有抵抗力，總不能把島上的所有人都抓起來火烤。就算是撇除受傷的茂手木，也很難利用水來判斷其他人到底是人類還是稀人。

佑樹等人從墓園返回公民館的途中，曾繞到碼頭確認海面的狀況。大家認爲，即使幽世島周邊的海流湍急，碼頭附近的海面應該會比較平靜。沒想到，連碼頭附近的海面也是波濤洶湧，浪頭極高，恐怕是遠方有低氣壓通過的關係吧。儘管島上的天氣沒有受到太大的影響，但浪潮明顯增強，誰也沒辦法在這樣的海中游泳……當然也沒辦法靠這種方式來辨識誰是稀人。

況且，根據當初在船上聽到的天氣預報，這個低氣壓的前進速度非常緩慢，接下來可能還會造成數天的影響。在前來迎接的船抵達之前，海面恢復平靜的機率並不高。

大家討論許久，仍找不到更好的判斷方法，三雲自暴自棄地說：

「想要判斷是人類還是擬態的稀人，大概只剩下把手指或手腕切斷來確認剖面了。」

佑樹被三雲這句話嚇了一跳，連西城也難得語帶責備：

「這種時候不適合開這樣的玩笑。」

聽到西城這麼說，三雲才驚覺這句話代表的意義。只見她脹紅臉，垂下頭不再說話。一向喜歡興風作浪的木京，似乎也沒心情說三道四，只是一臉嚴肅地說道：

「大家忘掉剛剛那句話吧……總之，繼續討論下去也沒有什麼意義，不如休息一下？」

不知不覺中，已過十二點。

「遭遇神祕生物攻擊」這個莫名其妙的危機，害眾人從昨天就沒辦法好好睡覺。到了今天，情況並未好轉，反而益發惡化……同伴裡竟有一個是稀人假扮。

身處這樣的事態，沒有一分一秒能放鬆心情。眾人的精神持續磨耗，確實有些撐不下去了。

若不是有「復仇」這個目的，佑樹肯定無法以堅定的意志力做出各種判斷吧。搞不好他會是最早陷入恐慌的那一個，在樹林裡像無頭蒼蠅一樣亂逃，給其他人添麻煩。

……事實上，直到現在，佑樹依然沒有放棄復仇。

如今，復仇的目標只剩下木京一人。此時，木京正在感慨香菸僅餘七根，一邊吃著柴魚乾。

但佑樹心裡明白，眼下有太多現實因素，難以放手執行復仇計畫。

假如殺害木京的手法太過粗糙，其他人很可能會誤以爲佑樹就是稀人，把他抓起來，就此感到安心。這麼一來，等於是讓眞正的稀人漁翁得利。

最好的做法……是以稀人的手法殺掉木京，把罪行推到稀人的頭上，然後在迎接的船抵達之前，找出誰才是眞正的稀人。

佑樹撫摸著小瓦的脖子，一邊思索這些可怕的事情。

「喂，你們關心一下塔拉吧！」

佑樹抬頭一看，只見西城提著寵物搬運袋。

西城似乎是將一直被關在木京房間裡的塔拉帶了出來。他的另一手上拿著狗繩，或許是從古家的行李中翻出來的吧。

塔拉以驚人的氣勢叫個不停，西城隔著黑色網子望向塔拉，面露憂色。

「塔拉好像從昨天傍晚就沒有上廁所。」

「該不會是生病了吧？」

「不，大概是被調教成只能在散步的時候上廁所，我想帶牠到外面試試。」

「好，我跟你一起去。」

這次佑樹決定把小瓦留在大廳裡。因爲塔拉叫個不停，將小瓦帶在身邊只會讓牠更緊張。佑樹抱著寵物搬運袋，與西城合力爲塔拉扣上狗繩。塔拉算是體型較大的博美犬，但重量跟成貓差不多。佑樹有些手忙腳亂，但養過狗的西城動作相當熟稔。

兩人走出公民館，將塔拉放在地上。然而，塔拉吵鬧不休，拚命咬著西城的褲管，完全沒有要散步的意思。

佑樹與西城見狀，忍不住都笑了出來。

「沒辦法，只好把牠放在寵物搬運袋裡帶著走了。稍微走一段路，或許牠會恢復冷靜。」

確認屋內的人扣上門閂後，兩人沿著道路往聚落前進。此時剛過中午十二點半。

兩人曾考慮要往碼頭前進，但佑樹迫切地想要蒐集關於稀人的線索，最後自然而然地走向無皮屍。

塔拉的吠叫與低吼聲就像是背景音樂，兩人走到早上發現屍體的位置。西城一出公民館就開始抽菸，對氣味較不敏感，佑樹則是立刻聞到一股焦味。

「這裡距離墓園那麼遠，怎會有焦味？」

兩人先查看橫躺在路旁的那具血肉模糊的屍體，並未發現任何異狀。屍體維持著當初被木京移動後的姿勢，滾到一旁的頭顱仍在相同的位置。

佑樹確認過後，偏離道路，朝著露兜樹走去。

「喂，你要去哪裡？」

雖然聽見西城的呼喚，但佑樹懶得解釋，繼續往前走約五十公尺。

果不其然，露兜樹附近的灌木叢，遭人放火燒掉一大片。

遭到焚燒的灌木叢裡，有一具焦黑的屍體，頭顱及四肢都已分離。周圍瀰漫著濃厚的焦臭味，每走一步，地上都揚起不少灰燼。

過了一會，西城一手提著寵物搬運袋，踩著落葉走了過來。他驚呼一聲，問道：

「又是稀人幹的好事嗎？」

佑樹蹲了下來，輕輕觸摸焦黑的地面。一片寂靜中，隱約能聽見堆積在地上的灰燼發出沙沙聲響。

「幾乎是冷的……看來火熄滅很久了。」

一支無線電通話器掉落在距離灌木叢數公尺遠處，彷彿遭到拋棄。看見無線電通話器，西城皺起眉頭說：

「記得昨天傍晚的時候，無線電通話器是在灌木叢底下，現在換了位置，代表……」

「果然，稀人曾利用無線電通話器竊聽我們的對話。」

保險起見，佑樹決定回收這支無線電通話器。

接著，佑樹從地上撿起一根長度適中的樹枝，用來檢視屍體的手臂。整條手臂幾乎已碳化，萎縮得簡直像木乃伊。

「唔……看來，稀人把這具遺體燒得非常徹底。」

西城似乎不敢靠近屍體，只見他把寵物搬運袋放在地上，在露兜樹旁摀住嘴。

「燒成這副德性，連是不是海野導播都看不出來了。」

如同西城所說，這具屍體可能並非海野。

佑樹仔細查看屍體的頭顱及軀幹部位，但每個部位都化成焦炭，實在找不出任何能夠斷定身分的蛛絲馬跡。

佑樹思索片刻，喃喃自語：

「我們上次檢查海野導播的遺體，是在早上六點左右。所以，稀人在這裡放火並且分屍，一定是在六點之後……」

「現在剛過十二點半，以時間來看，約莫過了六小時又三十分鐘。」

西城看著手表說道。佑樹點點頭。

「這段期間，公民館裡的所有人基本上並沒有外出。唯一的例外是去墓園，但那時候是大家一起行動，沒有人可以偷偷放火。」

「這麼說來，有機會焚燒及毀損遺體的人……只剩下茂手木教授。」

茂手木回到眾人身邊，是在七點過後，有充分的時間行動。

「目前看來……這是唯一合理的解釋。」

突然間，塔拉發出與過去完全不同的低吼聲。佑樹與西城停止交談，互望一眼。

「牠該不會聞到稀人的氣息了吧？」

西城趕緊蹲在地上，打開寵物搬運袋的袋口。塔拉一邊吼叫，一邊衝出來。不過一眨眼工夫，就鑽到露兜樹的後方。

西城拉著狗繩，走向露兜樹，朝樹後瞥了一眼，登時像洩了氣的皮球。

「我們都誤會了……牠只是要上廁所而已。」

果然，過了大約十秒，塔拉就神清氣爽地跑回來，繼續朝著佑樹和西城發出低吼聲。

西城試圖將塔拉趕回寵物搬運袋裡，塔拉卻東鑽西逃，似乎想要多享受一下自由的時間。

佑樹苦笑著說：

「牠一直被關在袋子裡，不如暫時讓牠在外面透透氣吧。」

「也對，就用狗繩將牠牽回去吧。」

自從出來散步之後，塔拉變得稍微聽話了一點，但不管對誰都會吠叫的壞習慣還是沒改過來。西城以狗繩將塔拉牽回公民館的路上，塔拉一下對西城吠叫，一下對佑樹吠叫……即使回到多用途大廳，情況也大同小異。

佑樹和西城向眾人報告疑似海野的遺體遭到焚燒一事時，塔拉也叫個不停，幾乎掩蓋了兩人的聲音。由於稀人很可能在大廳裡，塔拉會持續吠叫似乎是合理的反應。

然而，塔拉的吠叫聲帶給小貓相當大的壓力。見小瓦不斷發出激動的恫嚇聲，西城決定強行將塔拉帶到大廳的另一側。他冒著差點就被咬到的風險，把塔拉趕回寵物搬運袋內。

寵物搬運袋放在地上時，可當狗窩使用，雖然有些心不甘情不願，塔拉仍面對袋子內側，蜷起身子。

塔拉的視線受到遮蔽之後，便不再吠叫，大廳終於恢復安靜。

眾人決議對茂手木進行更嚴格的監視。只要他有一點可疑的舉動，立刻斷定他是稀人，可用任何手段或方法將他打倒。

這是木京的提案，但這次沒人反對。主要的原因在於，除了茂手木之外，其他人沒有機會放火焚燒遺體。

奇妙的是，眾人做出決議之後，誰也沒露出「這下終於可以安心」的表情。

佑樹很清楚理由。因爲眾人曾被稀人騙得團團轉。如此簡單就能夠斷定茂手木的嫌疑最大，反而帶給大家強烈的不安。

或許這次稀人也是故意讓人類懷疑到茂手木的頭上，藉此實現詭計……就像先前讓人類誤以爲「黑貓逃進神域」一樣。

那個怪物散發出的詭譎氛圍，令所有人不由自主地抱持這樣的想法。

稀人的獨白（二）

沒想到三雲英子會以那樣的方式留下筆記。

至少就目前已知的部分……筆記裡關於我們的特徵幾乎全部正確。

但另一方面，我不得不說自己相當幸運。

事實上，有一種方法能輕易分辨出人類與稀人。一旦被人類知曉，我的處境會變得非常危險。幸好，筆記內關於這個部分的文字皆已無法辨識。

話說回來，我必須承認三雲英子是個直覺非常敏銳的人類。

她的想像絕大部分都是對的。第一，稀人確實是經由時空的裂縫來到這個世界。第二，我們原本存在的世界，與這個世界有著截然不同的時間流動速度。

三雲英子唯一說錯的是……稀人的數量。

她推測我們稀人約有數百人，事實上，異世界裡飢腸轆轆的稀人約有一萬人。這一萬名稀人排成長長的隊伍，等著來到幽世島。就算我失敗了，四十五年後還會再來一個稀人，九十年後又會再來一個……

人類的壽命只有我們的十分之一，打從一開始就不可能是我們的對手。

如果不是那個叛徒，在一千年前將殺死族人的方法告訴人類……我們一定能夠更輕而易舉地掌控這個豐饒的世界。

一千年前就應該實現的目標，如今終於要在我的手中實現，再也沒有人能夠阻止我。

第八章　本島　抵禦襲擊的對策

二〇一九年十月十七日（四）一三：四〇

佑樹的眼前擺著一碗調理包加熱的蛋粥。面對遲來的午餐，佑樹一點食慾也沒有。不知爲何，這碗蛋粥吃起來毫無味道，簡直像是發高燒的症狀。或許是睡眠不足，也或許是精神承受太大的壓力，今天一大早就有輕微的噁心感。

佑樹不經意地望向三雲，只見她面前的蛋粥一口都沒吃。她拿著藍色和黃色隨身藥盒，正在發愣。

「身體不舒服嗎？」

佑樹表達關心，三雲露出虛弱的微笑，說道：

「我沒事……我的體質容易引發逆流性食道炎，所以我在猶豫要不要先吃藥。」

黃色隨身藥盒上，以油性簽字筆寫著「胃藥」，裡頭是許多沒有包裝的白色藥錠。三雲低頭看著藥盒，深深嘆了一口氣。

「這種時候還在擔心逆流性食道炎，是不是很滑稽？」

「沒那回事。」

「你不用安慰我。」

三雲一臉悲傷地低喃，接著拿起藍色隨身藥盒。

「我原本有點失眠的症狀，所以帶著安眠藥……沒想到完全派不上用場。」

三雲從不久前就開始會說一些自暴自棄的話，如今這個傾向似乎益發明顯。不管是聲音或表情，都毫無生氣。

藍色隨身藥盒裡也有不少白色藥錠，盒上寫著「安眠藥」，同樣是手寫字跡。

此時，木京露出若有深意的微笑，佑樹心頭一驚。

佑樹也帶不少安眠藥到島上來，目的是爲了復仇。雖說三雲帶來的安眠藥與佑樹無關，但讓木京意識到安眠藥的存在實在不是一件好事。

幸好，木京感興趣的不是安眠藥，而是三雲的失眠症。

「妳應該要感謝失眠症，總好過在睡夢中被稀人殺死。」

「或許吧……」

儘管佑樹帶來一些僞裝成維他命的安眠藥，要順利使用恐怕不容易。

佑樹明確地意識到這一點，是因爲剛剛泡了咖啡要分給大家，木京卻拒不肯喝。

明知佑樹不可能是稀人，木京仍表現出極強的警戒心。吃早餐的時候也一樣，木京從頭到尾只吃未開封的食物。只要是別人接觸過的食物或飲料，他絕不碰。

當然，佑樹剛剛泡咖啡的時候並未加入安眠藥，那麼做沒有任何意義……但由木京的舉動看來，要讓他吃下安眠藥，想必極爲困難。

另一方面，三雲似乎下定決心不吃胃藥。

她將藥盒扔回公事包裡，然後將公事包粗魯地丟在帳篷旁邊。接著，她拿起湯匙，攪拌蛋粥。

佑樹沒有食慾，不再勉強進食，決定去看看茂手木的狀況。

自從被所有人認定涉有重嫌，茂手木一直很沮喪。蛋粥他幾乎一口也沒吃，體溫三十七度三……雖然退燒了，體溫還是偏高。保險起見，佑樹給他一包退燒鎮痛藥。

不一會，茂手木再度昏睡，其他五人望向他的帳篷的目光極度冰冷。

木京好幾次主張應該立刻把茂手木扔進海裡，每次都是佑樹勸大家不要衝動。佑樹認爲，目前沒辦法百分之百斷定茂手木就是稀人，實在不該把一個傷患殘忍地扔進海中。

何況，佑樹猜測，木京也不是眞心認定茂手木就是稀人，他大概只是覺得把一個活人扔進海裡很有意思。

茂手木的鼾聲在大廳裡迴響。三雲朝佑樹低聲問：

「接我們回去的船，差不多是在明天的這個時候會抵達嗎？」

「嗯，預定下午兩點抵達。不過，以那個船長的行事風格，或許會提早一點。」

佑樹盡可能使用開朗的口吻，八名川卻冷冷地說：

「但我們不能讓教授也一起上船吧？如果他是稀人就慘了。」

當迎接的船抵達時，到底該拿茂手木怎麼辦才好？明天中午之前，所有人必須討論出一個結果。

假如在那之前海面能夠恢復平穩，包含茂手木在內，所有人就能一起從碼頭跳進海裡，證明自身的清白。然而，低氣壓的前進速度緩慢，恐怕還會影響海流一段時間。在船抵達之前，很難指望風浪會變小。

正因如此，佑樹不打算被動地等待。

「我知道……在上船之前，我一定會找到不使用水或火的辨別方法。」

而且還要實現復仇計畫……佑樹暗暗想著。

＊

眾人經過討論，決定將茂手木的監視工作交給木京和八名川，其他人重新將公民館的所有房間查看一遍。當然，前門與後門都已上了門閂，但既然得知稀人的詳細特徵，保險起見，應該將整棟建築物重新檢查一次。

行李、帳篷底下、抽肥式馬桶裡……就連牆壁、天花板、發電機底下的縫隙及汽油罐裡都檢查過了，並未發現任何動物或是可疑的物品。

接著，爲了補充體力，眾人決定小睡四十分鐘。

除了茂手木以外的六人，只要採輪流的方式，就不用擔心在睡著的時候遇害。一個人睡四十分鐘，四小時可以讓所有人輪完一遍。這段期間，佑樹和西城再度前往碼頭，只見浪頭依然相當高。一如預期，這種狀態應該會持續好一陣子。

差不多輪到第五個人的時候，大廳漸漸變暗。於是，眾人在大廳的四個角落擺放ＬＥＤ立燈，準備迎接夜晚的到來。

最後輪到木京小睡，他卻突然告訴眾人：

「我根本不打算小睡，而且今天晚上我也不會睡在大廳，我會睡在小房間的帳篷裡。」

木京完全無視眾人的決議，大家一時都啞口無言。唯獨佑樹暗自竊喜，卻只能板著一張臉，不敢讓別人看出自己的心情。

從執行復仇計畫的角度來看，木京單獨行動，是求之不得的事情。不過，這樣的狀況有好有壞，雖然方便復仇，卻也給了稀人可趁之機。

還有一點，也讓佑樹感到疑惑，那就是木京這個舉動不符合他的行事風格。表面上木京是個容易激動的人，其實城府很深，能夠冷靜判斷局勢。像這樣的人，不可能毫無理由地做出此一決定。

佑樹正在推敲木京的用意，八名川犀利地問：

「大家一起監視茂手木教授，不是最安全嗎？」

「我也認爲教授多半就是稀人……但我們可能沒有注意到什麼環節，稀人搞不好擬態成別人，不是嗎？」

「就算稀人是別人，一個人待在小房間裡還是比較危險吧？」

八名川不死心地追問，木京望著她怪笑兩聲，說道：

「那是在敵人只有稀人的情況下。」

聽見木京話中帶刺，佑樹不禁有些緊張。不知爲何，木京竟轉頭朝佑樹瞥了一眼，接著說：

「不知道我在你們眼中是怎樣的人，不過我心裡很清楚，天底下恨我的人多得數不清。我隨時可能被殺，這句話一點也不誇張。」

任何一個J電視台的相關從業人員，都知道這是事實。

西城、八名川和信樂三人臉色僵硬，並未反駁，就是最好的證據。三雲或許聽過傳聞，她跟其他人一樣緊閉雙唇，一句話也沒說。

佑樹心知木京已對自己起疑，仍努力裝出平靜的表情，看著木京說：

「木京先生，即使你說的是事實，你應該也不是會在意這種事的人吧？」

木京一聽，忽然揚起眉毛，顯得有些吃驚，但馬上又笑了起來。

「這句話說得可眞酸。就算是我，也沒那麼厚臉皮。我擔心的是有人會『暗中對我下手，卻僞裝成稀人的犯行』。要是你們當中有兩、三個人私下勾結，我可是抵擋不了。」

站在木京面前的佑樹，正有著相同的想法。木京自知惡貫滿盈，在這種狀況下產生與他人截然不同的警戒心，也是合情合理。

如果最後存活下來的仇人是海野或古家，想必不會如此提防。可惜，活著的是最精明的木京，只能說佑樹的運氣太差。

不過，佑樹轉念又想，木京要求單獨行動，不見得是壞事。於是，他裝出退讓的表情，說道：

「既然你不信任我們，那就請自便吧。」

但木京果然不是省油的燈，他接著說：

「我當然會採取一些保護自己的措施。毫無準備地躲進小房間裡，只會落得跟古家一樣的下場。」

「保護自己的措施？」

「爲了確認是否跟你們隨時保持距離，同時提防遭稀人襲擊……我要裝設小型監視器及監視螢幕。」

八名川吃了一驚，皺起眉頭說：

「我們確實帶了一些觀察野生動物用的小型監視器……可是，你不是認眞的吧？」

「妳覺得我像在開玩笑嗎？我要在大廳和走廊上裝設小型監視器，監視你們的一舉一動。」

佑樹暗叫不妙。一旦裝上監視器，幾乎不可能在木京沒察覺的情況下靠近他。

八名川有些不悅地說：

「用我們帶來的纜線，確實能夠這麼布置……但監視螢幕要怎麼辦？」

「把監視螢幕放在小房間裡。」

「螢幕必須連接發電機。」

這次帶到島上來的發電機，可以連續運轉約二十個小時。螢幕和監視器消耗的電力不多，撐到明天早上綽綽有餘。只是，發電機在運轉過程中會產生一氧化碳，沒辦法在屋內使用。

「……發電機要放在哪裡？」

佑樹提出質疑。木京露出狡獪的微笑，回答：

「就放在正門外吧。如果你們當中有一個是稀人，朝發電機縱火也會害死自己。如果你們都不是稀人，真正的稀人在外面縱火，你們會先被燒死。我的小房間距離正門比較遠，有充分的時間逃走。」

雖然這個提案相當自私，但設置發電機對佑樹等人也有好處，至少可以在建築物內設置足夠的燈光。

佑樹等人經過討論之後，決定接受木京的要求。此時，三雲吐出驚人之語：

「等等……光靠監視器，要提防稀人入侵恐怕不夠。」

木京詫異地問：

「什麼意思？」

「稀人或許會對監視器動手腳。比起監視器，塔拉更值得信任。狗能看穿稀人的擬態，而且塔拉會對任何人吠叫，只要把塔拉放在走廊上，一旦有人進入走廊，所有人都會聽見塔拉的叫聲。」

這又是一個相當不妙的提案。

監視器搭配塔拉，確實能夠防範稀人或其他人做出危害木京的舉動。如何突破這兩道防線，成爲佑樹的一大難題。

木京轉頭望向放在大廳角落的寵物搬運袋。從袋口只能看見那條博美犬的背影。半晌之後，木京忽然揚起嘴角，說道：

「我突然想到，這條狗該不會是稀人吧？牠的身體比貓大了一些。」

關於這一點，倒是完全不用擔心。雖然不大情願，佑樹仍開口解釋：

「……不可能。帶出去散步的時候，我們曾將牠抱起來，牠的體重很輕。散步回來之後，稀人也沒有機會攻擊牠。」

散步的過程中，佑樹和西城一直跟在塔拉的旁邊。散步結束，塔拉一直和其他人一起待在大廳裡。

其實，從復仇的角度來看，佑樹很不想說出這些話。

如果木京放棄讓塔拉守衛走廊，執行復仇計畫會容易許多。但要是木京懷疑塔拉是稀人，可能會虐待塔拉，這樣塔拉太可憐了……何況，就算佑樹沒有說那些話，西城應該也會開口吧。

果不其然，西城旋即提出相同的看法。木京心滿意足地點點頭：

「既然如此，就把走廊的監視工作交給那條狗吧……不過，保險起見，還是要裝設監視器。」

小型監視器的架設及發電機的設置，是由西城及佑樹負責。

木京特別指派兩人，因爲「至少這兩人不會是稀人」。

有些小型監視器會將影像檔案記錄在監視器的內部，但木京聽了西城的說明之後，不希望使用這種內部記錄式的監視器。

「就算錄到關鍵畫面，凶手只要抽走記憶卡，或是破壞整台監視器，就能湮滅證據，根本一點意義也沒有。你們拍攝《來去鬧鬼飯店住一晚》那個單元時，不是把監視螢幕和記錄裝置都設在另一間房嗎？幫我布置成那個樣子。」

西城一臉無奈，還是照做。佑樹在一旁提供協助，木京從頭到尾監視著兩人，不給他們任何可趁之機。

爲了裝設監視器，兩人追加兩座LED立燈，但四周依舊陰暗，作業的速度緩慢。

首先，兩人在大廳的牆壁上裝設兩台監視器，接著在走廊的牆壁上裝設一台。這三台都不是內部記錄式的監視器。

纜線及連接線盡量拉到窗戶的外側。然而，走廊上的監視器沒辦法這麼做，只能讓這些線材從門板的縫隙穿過。

剛好連接古家的小房間與走廊的那扇門板有點走位，轉動不太靈活，門板右側與門框之間有一些縫隙。不過，那縫隙並不大，穿過線材之後，縫隙幾乎完全被塡滿。

設置監視器的過程中，佑樹和西城取來一條浴巾，蓋在古家的遺體上。畢竟兩人的意志力，並沒有強韌到可以在屍骸的注視下做事。

設置完監視器，發電機的部分基本上是由佑樹負責。

首先，佑樹將發電機與一罐汽油搬到門外，設置在門口的右側。將汽油倒入發電機的步驟最危險，特別需要集中注意力。

在一旁監督的木京彷彿等著這一刻，竟從口袋裡拿出一盒香菸。佑樹大吃一驚，趕緊勸阻：

「請不要抽菸！要是起火就糟了！」

「我不會點啦……嘖，菸剩下沒幾根，我的胃又開始痛了。」

監視器和發電機的裝設時間超過預期，木京的臉色越來越難看。或許是爲了安撫他的情緒，西城從口袋裡掏出一盒未開封的「Six Star」牌香菸。

「如果不嫌棄，這給你。」

木京伸手搶過，看了一眼後，說道：

「沒開封的？那我就收下了。」

約莫是多了一盒香菸的關係，木京的心情看起來好了些。

接著，佑樹等人移動到木京的小房間裡，著手安裝監視螢幕與記錄裝置。基於木京本人的要求，監視螢幕放在從帳篷裡也看得到的位置。

這段期間，木京持續監視著兩人的一舉一動，佑樹沒辦法動什麼手腳。佑樹無奈地往木京的帳篷內瞥了一眼，只見帳篷內的地上擺著五瓶葡萄酒。那些應該都是木京帶到島上的酒，全是未開瓶的狀態。木京喝酒的品味相當高，那些都是以美味著稱的知名紅葡萄酒。

接著，佑樹從正門走到屋外，拉動發電機上的拉柄。發電機發出鈍重的馬達運轉聲，開始供應電力。

靠著發電機提供的電力，大廳、走廊及木京的小房間都可以設置照明燈。這次出外景，佑樹準備兩座小型的作業用照明燈，現下分別設置在大廳和木京的房間裡。雖然好幾種電器必須共用一條電線，至少整棟公民館變亮許多。

最後，由西城在變得明亮的小房間裡，進行監視螢幕與記錄裝置的設定及調整作業。親自確認系統正常運作之後，木京喜孜孜地說：

「很好……完全沒有問題，差不多該吃飯了。」

時間已接近晚上八點。

由於適合當晚餐的調理包食品不夠，眾人決定從村公所事先準備的儲備糧食裡找一些出來吃。主要是不用加熱就可以吃的調理包咖哩，以及速食米飯的組合。除此之外，眾人也決定將那幾箱緊急用維生物資，全部搬到大廳。

就在大家各自準備咖哩飯時，木京竟泡起大量的咖啡。

不久前木京才拒絕喝佑樹泡的咖啡，此時他似乎終於壓抑不下想喝咖啡的心情。或許他認爲既然不能喝別人泡的咖啡，不如乾脆自己泡吧。

對佑樹來說，這是個絕佳的機會。

只要能夠讓木京喝下安眠藥，下手時就不會遭受抵抗。雖然如何躲過塔拉的監視仍是一個大問題，至少能夠降低復仇的困難度。

佑樹一直在等待下藥的機會，可惜木京的警戒心依然相當強。他同樣使用未開封的紙杯，而且泡咖啡的時候不讓任何人靠近。

到頭來，佑樹什麼也做不了，只能默默接下木京遞來的紙杯，成了一個單純喝咖啡的人。

佑樹懊惱地喝下那杯咖啡。大概是木京平常從不自己泡咖啡的關係，就算是以即溶咖啡的標準來看，依舊異常難喝。

八名川和西城約莫是需要咖啡提神，都喝了第二杯。不然就是他們剛好都是味覺白痴。

佑樹決定暫時忘掉安眠藥的事情，走過去查看茂手木的狀況。

茂手木的臉色稍微紅潤了些，晚餐也幾乎全部吃光。或許是退燒鎮痛藥發揮效果，體溫下降到三十七度。幫他換繃帶的時候，紗布上也沒有膿。

但畢竟茂手木受傷才過一天，接下來才是化膿的高風險時期……當然，假如茂手木就是稀人，這些都是不必要的擔憂。

接著，佑樹準備狗食給小瓦吃。

小瓦原本蜷著身子在毛巾上睡覺，一聞到狗食的氣味，立即醒過來。牠的食慾還是一樣旺盛。

至於塔拉，則是由三雲提供食物。塔拉對三雲表現出一副「我才不信任妳」的態度，咬著食物的容器，躲回當狗窩使用的寵物搬運袋內。就連用餐時間，牠都不打算出來。

所有人都喝完咖啡的時候，眾人逐漸產生睡意。雖然大家下午都曾小睡，疲勞畢竟是會累積的。

西城似乎是爲了甩掉睡意，起身說道：

「差不多該讓塔拉發揮實力了。」

西城爲寵物搬運袋裡的塔拉扣上狗繩，想辦法將牠拉出來。原本在袋裡相當安靜的塔拉，開始大聲吠叫，對著西城及上前幫忙的三雲齜牙咧嘴。

趁著塔拉的注意力被兩人吸引的時候，佑樹將狗繩的另一端綁在走廊牆壁的電燈架上。狗繩頗長，照理來說，塔拉應該不會感到不舒服，但牠似乎不喜歡這個地方，一邊大吵大鬧，一邊在原地繞圈子。

「……雖然很吵，不過値得信任。」

木京說著，來到走廊上。西城拉住塔拉的項圈，木京趁機步向走廊深處。走廊仍有些昏暗，木京的右手拿著立燈照亮地板，左手拿著原本放在大廳裡的無線電通話器。

有了無線電通話器，就可以從小房間直接聯絡大廳裡的人。雖然距離這麼近還使用無線電實在有些愚蠢……

木京帶著譏諷的表情，朝眾人揮揮手，走進小房間。

佑樹懷著複雜的心情目送木京進房之後，關上連接走廊與大廳的門。

塔拉被單獨留在走廊上，不久後便不再吠叫，在門邊坐了下來。爲什麼待在大廳裡的佑樹等人能夠知道塔拉的舉動？理由很簡單，因爲那扇門上嵌有一大片白色毛玻璃。

隔著毛玻璃沒辦法看清整個走廊的景象，緊貼在毛玻璃上的東西卻能看得一清二楚。此時，大家看到的是白色博美犬那毛茸茸的屁股。

信樂看著毛玻璃，忍不住笑了出來。

「其實牠也有可愛的一面。」

那偶爾會左右晃動的尾巴具有十足的療癒效果，因此，除了躺在門邊睡袋裡的茂手木之外，所有人都爲了看塔拉的屁股，在靠近大門處，面對毛玻璃門坐下。或許是感到寂寞，塔拉偶爾會轉過頭，前腳在門板下方挖個不停，那動作也相當可愛。

目前，整個大廳被兩台監視器照看著。一台在靠走廊側的門邊，另一台在大門的旁邊。

佑樹撫摸著跳到膝上的小瓦，看著門扉，陷入沉思。

依目前的狀況，不管是稀人或人類，都不可能神不知鬼不覺地入侵木京的小房間。若是擅自闖入，必定會遭到木京拚命抵抗。

看來，今天是沒辦法復仇了……但佑樹還有最後一招，就是在回程的船上，偷偷將木京推入海中。趁著木京沉浸於獲救的安心感時，將他推入絕望的深淵……這樣的復仇方式也不錯。

就算木京沒有溺水，也沒關係。反正木京是最後一個復仇對象。佑樹大可假裝要下海救他，再設法讓他溺死。只要能夠確實殺死木京，自己落得什麼下場都無所謂。

當然，在這麼做之前，佑樹有一個重要的任務，就是把稀人找出來。唯有做到這一點，才能彌補破壞衛星電話的罪過……這可說是佑樹肩上的最後一道責任。

回過神來，佑樹發現膝上的小貓觸感消失了。

低頭一看，小瓦拖著後腳，在大廳裡散步。雖然後腳的傷勢逐漸好轉，但現在是必須靜養的重要時期。

於是，佑樹抓起小瓦，放進事先鋪好寵物便溺紙巾及毛巾的貼身背包裡。

待在大廳裡的六人，起初還有一搭沒一搭地聊著無關緊要的事，但時間並沒有太長。每個人都身心俱疲，沒有多餘的精力閒聊。

大約過了三十分鐘，原本隔著毛玻璃可以看見尾巴的塔拉突然站了起來，大聲吠叫。

眾人嚇一大跳，急忙開門一看，頓時鬆了一口氣……原來是木京從小房間裡走出來。

木京一手提著立燈，一手握著葡萄酒瓶，溫吞地說：

「不用緊張，我只是上個廁所。」

眾人事先討論過，木京使用放置在公民館廁所內的簡易馬桶，大廳裡的人則使用放置在休息室內的簡易馬桶。由於大廳裡多達六人，簡易馬桶放了三座。

休息室與大廳可直接連通，佑樹等人要上廁所不必進入走廊，但木京每次上廁所都必須經過走廊，引來塔拉的吠叫……不過，這不全然是壞事，至少可以確認木京還活著。

而且，狗繩的長度並不足以讓塔拉跑到走廊的深處，因此木京半夜上廁所經過走廊時，不用擔心塔拉會撲上來。

佑樹等人一打開門，塔拉登時興高采烈地想要衝進大廳。由於狗繩似乎快要打結了，西城趕緊將叫個不停的塔拉趕回走廊，將門掩上。

雖然門已關上，眾人仍不由自主地凝神傾聽。數分鐘之後，忽然傳來咚一聲，似乎是細微的碰撞聲響，緊接著又傳來木京的咒罵聲。

幾乎就在同一時間，坐在白色毛玻璃另一側的塔拉又站起來，大聲吠叫。

「……木京先生，發生什麼事了嗎？」

由於隔著毛玻璃沒辦法看見走廊的狀況，佑樹揚聲問道。走廊上傳來回應：

「沒什麼，只是灑出一些葡萄酒……算了，反正帳篷裡還有一瓶，沒什麼大不了。」

聲音到後來變得有點模糊不清，接著傳來粗魯的關門聲。木京應該是回到房間了。最好的證據，就是塔拉又回到原本的位置，在毛玻璃的旁邊坐下來。

信樂取出智慧型手機看了一眼，深深嘆了一口氣：

「唉，才十點半。」

距離天亮還有一段漫長的時間。小瓦安安分分地待在佑樹的貼身背包中，幾乎沒有任何動作，約莫睡得正熟。

「你們最後發現的焦屍……那眞的是海野導播的遺體嗎？」

過了一會，八名川忽然拋出這個話題，大概是想藉由討論案情來趕走睡意吧。此時，茂手木難得醒著，平淡地回答：

「燒掉屍體的目的，通常是爲了隱瞞身分……分屍的做法也相當可疑。」

信樂與八名川各自瞪了茂手木一眼，露出「你別多嘴」的表情。他們似乎並不懷疑茂手木是稀人。

佑樹看著以右前腳撥弄毛玻璃的塔拉，說道：

「我們可以從另一個角度來想……假如那具遺體不是海野導播，又會是誰？對了，除了這次出外景的人之外，幽世島上應該不會有其他人吧？」

「嗯，一般人不能擅自登島。」

西城低聲回答。三雲接著開口：

「照理來說，這座島上應該只有我們這些人……如果不論生死，總共是九個人。」

或許是三雲這句話講得太可怕，大廳登時一片寂靜。佑樹苦笑著說：

「目前在這棟公民館裡，包含我在內，『表面上的倖存者』共有七人，但其中只有六人是『眞正的倖存者』，剩下的一人是擬態的稀人。」

「『眞正的倖存者』只有六人，代表已死三人。」

三雲應道，佑樹點點頭。

「沒錯，這三人分別是海野導播、古家社長，以及稀人爲了擬態而殺死的『某個人』。」

茂手木毫不在意眾人的白眼，繼續高談闊論起來。只能說不管他是稀人還是人類，心理強度都是最高的。

「如果稀人殺死第四個人，『表面上的倖存者』必定會只剩下六人。」

「沒錯，這時『眞正的倖存者』就會剩下五人，包含擬態的稀人只有六人。」佑樹說道。

隔著毛玻璃可看見塔拉那宛如棉花糖般的身體，牠慢條斯理地左右繞起圈子，或許是在追自己的尾巴吧。

八名川忽然抱頭呻吟：

「眞是複雜……既然在這裡的『表面上的倖存者』有七人，遺體也只有三具……那具焦屍一定是海野導播，不可能是其他人吧？」

「在拉監視器的纜線時，我們確認過古家社長的遺體還在。所以，在公民館外頭的遺體，應該是遭稀人擬態的『某個人』，以及海野導播。」佑樹說道。

「唔……把身分不明的遺體與海野導播的遺體互換，對稀人來說沒什麼好處吧？兩具遺體的距離很近，到頭來也只是變成兩具身分不明的遺體，我完全想不透稀人到底在打什麼主意。」

「我也這麼認爲。如果稀人不希望我們查出『某個人』的遺體，只要燒掉那具遺體就好了。如果兩具遺體都有不希望我們發現的祕密，也只要把兩具遺體都燒掉，不必互換。」

聽了佑樹這句話，西城問道：

「你的意思是，海野導播的遺體上有對稀人不利的證據，燒掉遺體是想湮滅證據？」

「以目前的狀況來看，這種可能性最高。」

結束這個話題之後，感覺時間過得更加緩慢了。

到頭來，大家只是想找一個跟案情有關的話題來聊而已。所有能夠討論的要素，都已討論完畢，依舊找不到任何足以釐清案情的線索。

在上廁所方面，眾人經過討論，訂下「輪流去」的規則。這是最能夠確保每個人安全的做法。唯一的例外是茂手木，他是稀人的可能性最大，又受了傷，必須由佑樹陪著一起去。除了監視之外，也能夠提供協助。

過了一段時間，信樂的身體出現狀況。

凌晨兩點多，信樂去廁所，卻一直沒回來。經過十分鐘，眾人忍不住擔心的時候，信樂才臉色蒼白地走回大廳。信樂發現每個人都在看著他，苦笑著解釋：

「抱歉，讓大家擔心了，我只是有點不舒服。我這個人的抗壓性不太好，有時候會發生這種狀況。」

幸好吐過之後，信樂的身體狀況逐漸好轉，又開始參與眾人的閒聊。

……到了四點，已有兩個人睡著。

信樂的身體狀況畢竟沒完全恢復，靠著牆壁睡著了。另一人則是茂手木，他在睡袋裡發出微弱的鼾聲。

剩下的四人繼續撐著，沒把那兩人叫醒。

在監視的過程中，佑樹發現西城每次上廁所都會趁機補充尼古丁。上完廁所回來，他的身上都帶著濃濃的菸味。

另外，不管是誰，都有一個現象……那就是上廁所的時間變長了。主要的原因，在於不習慣使用簡易馬桶。這種防災用的簡易馬桶，每次使用完都必須換掉塑膠袋，並且清掉衛生紙、濕紙巾等垃圾。

時間有如蛞蝓爬行一般，前進得非常緩慢。

這段期間，塔拉反而起了安撫人心的效果。那條白色博美犬一直待在門邊，有時伸舌頭在門上亂舔，有時將可愛的右腳抵在門上，怎麼看都不會膩。

佑樹看著塔拉，內心持續推敲著案情。

佑樹告訴眾人「殺死海野的凶手是黑貓（稀人）」，是在前天下午四點多。接下來有很長一段時間，他一直與西城在一起，可以互相證明對方不是擬態的稀人。

木京的情況也大同小異。他是當初前往神域的人之一，回到本島之後，雖然並非一直與佑樹待在一起，但身邊隨時都有兩個人以上，因此他應該也不是稀人。

至於剩下的四人，上次已分析過，都可能是擬態的稀人。

茂手木曾失蹤超過十四個小時，待在公民館內的三雲、八名川和信樂也各自有超過十五分鐘的獨處時間。從時間上來看，他們都有辦法殺害古家、將遺體搬到外頭丟棄，以及到墓園縱火。

唯一的差異在於，有沒有機會焚燒遺體……關於這個部分，佑樹總覺得一定有沒注意到的重要關鍵。

除了茂手木之外，其他人真的都不可能是稀人嗎？

*

剛過凌晨五點，塔拉忽然壓低身子，發出低吼聲。

由於塔拉整個晚上不曾做出這樣的動作，眾人有些不安，於是打開通往走廊的門。

然而，打開門的時候，塔拉已恢復原本的態度，對著佑樹吠叫。佑樹望向走廊的深處……發現廁所前方有一灘黑色水漬。

佑樹一看，臉色大變。

「那該不會是血跡吧？」

西城拉著塔拉的狗繩，佑樹與三雲急忙上前查看。八名川說要把信樂和茂手木叫醒，轉身奔回大廳。此時，走廊上依然有點陰暗，但勉強看得清地面。

佑樹來到廁所前方，小心翼翼地蹲下，避免踩到水漬。這一瞬間，佑樹聞到一股獨特的氣味。

「原來這不是血，是葡萄酒。」

佑樹鬆了一口氣。三雲瞇起雙眼，說道：

「我想起來了，木京先生昨晚上廁所的時候，曾說他灑了一些葡萄酒。」

「我也想起來了，那時候還發出『咚』的聲響，應該是葡萄酒瓶掉到地上了吧。」

公民館的走廊鋪設的是塑膠地板，一大灘紅葡萄酒在地面形成橢圓形，有點乾掉了。保險起見，佑樹打開手電筒，仔細查看地板，沒有任何踩踏葡萄酒後留下的足跡。

……這表示木京拿走了葡萄酒瓶，但並沒有踩踏到地面上那一灘葡萄酒。

佑樹確認完站起身，除了木京以外，所有人都已聚集在走廊上。

塔拉繞著圈子，一邊吠叫。對一群睡眠不足的人來說，那叫聲異常刺耳，眾人只好決定先將塔拉關進休息室。西城雖然承受著塔拉的猛烈吠叫，仍抓著塔拉的項圈勉強將牠帶進休息室，把狗繩綁在窗戶的金屬網格上。約莫是叫累了，塔拉變得安分了一些，坐倒在休息室的地板上。

走廊安靜下來，信樂不安地說：

「剛剛走廊吵成這樣……爲什麼木京先生毫無反應？」

這也是每個人內心的疑問。

佑樹走上前，敲了敲木京的房門，暗自祈禱他只是在睡覺。等了一會，房內還是沒有任何聲響。

一打開門，佑樹果然看見心中最害怕的景象。

首先映入眼簾的，是房間左邊地板上的兩隻空葡萄酒瓶，接著是監視螢幕及記錄裝置周圍的一大灘紅色水窪……在作業燈的照明下熠熠發亮。

但佑樹的視線並未停留在這些景象上，而是直盯著房間最深處的帳篷。

只見木京倒在地上，鮮血自胸口汩汩流出。

佑樹抱著最後一絲希望，確認木京的脈搏。可惜期待落空，木京的身體不僅沒有脈搏，而且已有些冰涼。

……又被捷足先登了。

這個打擊實在太大，佑樹一時茫然自失，幾乎站不起來。

當初佑樹來到幽世島，是爲了替菜穗子復仇。但他在島上到底做了什麼？整個復仇計畫中，唯一順利執行的步驟，只有毀掉衛星電話。然而，這個行爲害好幾個局外人被迫置身在危險中。

除此之外，佑樹從頭到尾都在想方設法，防止復仇對象遭稀人殺害……這是多麼愚蠢的事。最悲慘的是，連這些努力也全是徒勞。

西城察覺佑樹的表情不太對勁，不安地低頭看著他，問道：

「……你還好嗎？」

佑樹一句話都說不出口，只能勉強點頭，慢慢站起。

菜穗子從小就是一個擁有自我信念的人。許多外人眼中的奇特行徑，在菜穗子的心中必定有著合理的解釋。長大之後，菜穗子的性格沒有絲毫改變。沒想到，菜穗子最後竟死在那三人的手裡。

如果今天來到幽世島上的是菜穗子，遇上稀人，她會採取什麼行動？這個問題的答案非常明顯，她不會讓稀人逃離這座島嶼，不會讓島外出現新的犧牲者。爲了打倒稀人，她會不惜犧牲自己的生命。

佑樹明白這也是自己接下來該做的事。無論如何，不能再讓任何人死於稀人的手中……

佑樹再度環顧木京的小房間。

木京的遺體就橫躺在帳篷裡，周圍沒有任何抵抗的跡象。連衣著也相當整齊，不見絲毫紊亂。除了胸膛遭細針刺穿之外，身上沒有明顯的外傷。

接著，佑樹仔細查看帳篷的內側，有上次就看過的未開瓶葡萄酒、無線電通話器、鐵撬……以及一把切肉用的菜刀。

信樂發出一聲驚呼。

「那是舉辦烤肉大會用的菜刀……怎會在這個地方？」

「大概是木京先生私下取走，想當護身用的武器吧。」

西城說道。然而，佑樹總覺得事情沒那麼單純。

「以護身武器來說，這兩樣東西的攻擊性會不會太強？尤其是菜刀……」

「這麼說也有道理……」

「木京先生似乎是在睡夢中遭到攻擊，現場完全沒有抵抗的跡象。」

信樂一聽，露出不知該說是同情還是無奈的表情。

「這種危險時刻居然還睡得著……八成是喝了葡萄酒的關係。」

佑樹不禁點頭同意。木京酒量相當好，連喝數瓶葡萄酒也不會有絲毫醉意，但在這種身心俱疲的狀態下，對酒精的抵抗能力當然沒有那麼高。

接著，佑樹檢查木京的衣著。

自從昨天早上換過衣服之後，木京一直穿著深藍色的連帽上衣及黑色棉褲。由於顏色較深，不容易看出有沒有沾上血跡。

脫在帳篷旁的運動鞋看起來有點舊了。在佑樹的記憶裡，木京很愛穿這雙運動鞋，就算是進電視台也都穿著。鞋身是黑色，膠底是略帶粉紅色的灰色。

佑樹拿起運動鞋仔細查看。鞋底有點磨損，但十分乾淨，幾乎沒有一點髒污或泥土，簡直像是才剛清潔過。

佑樹指出這一點，接著確認木京的其他遺物。

從黑色棉褲的口袋裡，找到打火機及一盒被壓扁的「Six Star」牌香菸，裡頭只剩一根菸。胸前的口袋裡，則有一盒尚未拆封的香菸。

「西城哥，這盒新的『Six Star』牌香菸是你給他的嗎？」

西城點點頭。或許是想到昨晚的事，他的表情有些複雜。

「眞可憐，一根都還沒抽就被殺了。」

佑樹繼續在連帽上衣的口袋裡摸索，又找到一個意想不到的東西，連信樂也看得目瞪口呆。

「這不是三雲小姐的藥嗎？」

如同信樂所說，那是兩個有點眼熟的隨身藥盒。一個是黃色的藥盒，以簽字筆寫著「胃藥」，裡頭的藥錠似乎完全沒有減少。另一個是藍色的藥盒，裡頭的藥錠數量變得相當少。

看見藥盒，佑樹登時愣住，猜不透到底是怎麼回事。

西城似乎也在思考相同的問題，出聲道：

「對了，木京先生好像說過胃痛之類的話。」

「偷拿別人的胃藥還能理解，但爲什麼要偷安眠藥？而且爲什麼裡面的藥少了這麼多？」

面對信樂犀利的提問，西城不知該如何回答，毫無自信地應道：

「難道是木京先生把藥吃掉了？」

「說過『應該感謝失眠症』這種話的人，怎麼可能會吃安眠藥？」

「……有沒有可能是木京先生把安眠藥丟到馬桶裡了？」佑樹說道。

信樂與西城一聽，都露出驚訝的表情。佑樹接著說：

「木京先生不僅懷疑稀人會對他不利，也懷疑我們所有的人。由於擔心有人會對他下安眠藥，於是偷走安眠藥。他本來想把安眠藥全部丟掉，又想到或許有別的用途，所以留下幾顆。」

佑樹說到這裡，忽然察覺兩人目不轉睛地看著自己。

「我從以前就覺得，龍泉很有推理的才能。」

「眞的，他看起來就是一副偵探樣。」

見西城與信樂一臉認眞，佑樹不禁露出苦笑……事實上，佑樹也感到有些不可思議，爲什麼自己能夠在一瞬間吐出這樣的推論。

「請別開玩笑了。你們這樣捧我，可拿不到什麼好處。」

佑樹隨口敷衍，將裝著小瓦的貼身背包輕輕移開，把三雲的藥盒塞進牛仔褲的口袋裡。

接著，佑樹開始檢查窗戶。

雖然爲了讓監視器的線材通過，窗戶打開了一點縫隙，但網格與玻璃都沒有任何異狀。窗戶與帳篷之間的距離超過五十公分，與遺體之間的距離更遠，稀人絕對不可能從窗外以細針殺害木京。

「糟糕，看來這玩意沒救了。」

聽見背後有人這麼說，佑樹轉頭一看，八名川一臉憂鬱地看著監視螢幕及記錄裝置。佑樹走向記錄裝置，才發現損壞的狀況遠遠超出預期。稀人以細針在上頭刺了好幾下，還灑上葡萄酒。

八名川嘆了口氣，說道：

「如果拆開檢查，或許能找到沒有壞掉的部分……只是，憑我和西城的能耐，沒辦法修復裡頭的紀錄。就算是最專業的修理師，在這種無人島上也是束手無策。」

走廊上的茂手木聽見這句話，忽然說道：

「一定是小型監視器拍到稀人的行凶身影，爲了徹底消除影像資料，所以牠毀掉監視螢幕及記錄裝置。」

佑樹漫不經心地聽著，注意力放在地板上的兩隻空葡萄酒瓶上。那是相同牌子的紅葡萄酒，其中一隻酒瓶的標籤上沾著不少酒。

佑樹想起，昨晚木京上廁所不小心灑出葡萄酒時，確實說過「反正還有一瓶」。標籤沾上酒的那一瓶，可能就是掉落在走廊上的葡萄酒，木京撿回房間。至於另一瓶，可能是木京新開的……不然就是稀人爲了破壞記錄裝置而開的。

佑樹將整個房間看過一遍，回到走廊上。

依照茂手木的個性，應該說什麼也會參與命案現場的調查才對。然而，他一直沒踏進小房間，佑樹感到有些意外。

來到走廊上一看，只見茂手木坐在地上，背靠著牆壁。他一直待在走廊上，原來是因爲傷勢沒辦法久站。此時，他皺著臉，露出極度痛苦的表情。

三雲也在茂手木的身邊。她選擇不進小房間，或許是不忍心將受傷的茂手木單獨留在走廊上。

佑樹向三雲說道：

「對了，保險起見，我想重新檢查整棟建築物是否有可疑之處。三雲小姐、茂手木教授，請你們暫時待在這裡。」

說完這句話，佑樹、西城、八名川和信樂四人，便將公民館徹底查看一遍。

稀人幹過焚燒遺體的惡行，但這次沒對古家的遺體做出任何事。古家遺體的狀態，跟佑樹昨晚蓋上浴巾時一模一樣。佑樹將浴巾摺起，放在遺體的旁邊。房間裡的兩個汽油罐，看上去也沒有任何異狀。

四人查看所有的小房間，以及走廊、多用途大廳、休息室，確認沒有任何可疑的小動物或金屬材質的物體。

最後，只剩下廁所。佑樹等人繞過地上的葡萄酒，走進廁所。這裡也沒看到疑似稀人的生物。

就在這時，三雲從走廊上探頭進來，詢問四人的狀況。

圖1

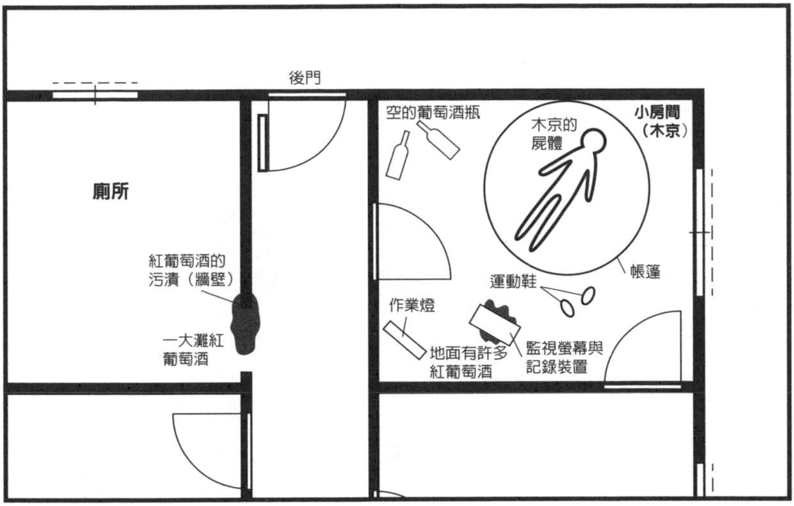

「發現什麼線索了嗎？」

佑樹正在查看廁所門口左側牆壁上的污漬。以手電筒一照，那似乎是少量的葡萄酒，灑在廁所內側的牆壁上（參見圖1）。

「大概是木京先生灑出葡萄酒時，有一些沾在牆壁上了。」

「應該沒錯……該看的都看完了，我們出去吧。」

來到走廊上，佑樹朝著聚集在眼前的五人說道：

「這次的殺人手法比前幾次高明……稀人能夠靠吸血獲得知識及記憶，牠現在很可能比剛開始的時候更聰明。」

八名川用力點頭，接著問：

「沒錯，稀人到底是怎麼進入木京先生房間的？走廊上有猛犬塔拉守著，稀人如何能夠不被發現？」

八名川說出了重點。狗不僅能夠看穿稀人的擬態，還會對著稀人吠叫。更何況，塔拉本來就是一隻會對任何人吠叫的狗。不管是稀人或人類，都不可能在不遭塔拉吠叫的情況下，進入木京的小房間。

而且，昨天晚上只要有人離開大廳去上廁所，其他人都會隔著毛玻璃確認塔拉的狀況。當然，這不是什麼大家事先講好的規則，而是一種心照不宣的默契。佑樹記得很清楚，昨天整個晚上，不曾發生塔拉在有人去上廁所的期間吠叫的情況。

關於這一點，唯獨信樂感到不以爲然。他不滿地說：

「可能只是那條狗剛好睡著了。」

八名川旋即反駁：

「應該不可能。昨晚我沒事可做，只好一直看著毛玻璃。塔拉從來沒有離開門邊，所以隔著毛玻璃能夠清楚看見牠的狀況……整個晚上牠不曾長時間靜止不動。」

整個晚上看著塔拉的人，似乎不止八名川一個。此時，西城點頭附和：

「我也看了一整晚，塔拉確實不曾離開門邊，也不曾睡著。」

事實上，爲了打發時間，佑樹也是整晚看著塔拉，所以完全認同兩人的說法。最後，他做出結論：

「既然這麼多人都親眼看見，應該能夠認定塔拉整晚都守在門邊，沒有睡著。」

同時，這也證明塔拉不可能是殺害木京的凶手。

「……這麼說來，這是一起眞正的不可能犯罪？」

三雲一臉無奈地咕噥道。佑樹輕輕點頭，說道：

「很可惜，似乎沒錯。總之……先確認木京先生回小房間之後，大家分別是在什麼時間離開大廳去上廁所吧。大家只有在上廁所的時候才會單獨行動，把每個人上廁所的時間和次數都列出來，或許能看出什麼端倪。」

於是，眾人各自憑著記憶及互相確認，列出每個人從昨天晚上到今天早上的上廁所時間。

木京　PM10：20前後（五分鐘左右）
龍泉　PM11：00前後（五分鐘左右）　AM03：20前後（五分鐘左右）
三雲　PM10：30前後（五分鐘多）　AM00：50前後（五分鐘多）
　　　AM04：40前後（五分鐘多）
西城　PM11：20前後（十分鐘左右）　AM03：50前後（十分鐘左右）
八名川　PM10：50前後（五分鐘多）　AM02：30前後（五分鐘多）
茂手木　不曾單獨行動
信樂　PM11：40前後（五分鐘左右）　AM02：05前後（十五分鐘左右）

茂手木的情況恰恰與過去相反，唯獨他完全不曾單獨行動。因爲每次他要上廁所，佑樹必定會陪同。

表格完成後，八名川看了一眼，無奈地說：

「教授完全沒有機會殺害木京先生，龍泉和西城則是不可能被稀人擬態……有嫌疑的人只剩三雲小姐、我和信樂。」

要刺殺熟睡中的木京，毀掉監視螢幕及記錄裝置，再灑上葡萄酒，只需要五分鐘。如果分成兩次執行，第一次殺害木京，第二次破壞儀器裝置，需要的時間更短。

……然而，彙整出來的這些細節，對案情沒有太大的幫助。

昨晚這起命案最大的重點，在於「稀人究竟是如何入侵木京的房間」？從這個表格無法看出關於犯案手法的蛛絲馬跡。

坐在浴巾上的茂手木開口：

「稀人一定是利用本身的能力及特質，也就是所謂的『特殊設定』，玩了某種詭計……看來『襲擊之謎』的第二階段也要進入重頭戲了。」

茂手木似乎又開始發燒，不僅面色潮紅，而且說起話來聲音虛浮、神情恍惚，但這瘋言瘋語卻帶給人莫名的恐懼。

距離迎接的船隻抵達幽世島，只剩下七個多小時。

麥斯達．賀勒向讀者們的挑戰

恕我僭越，我想在此向各位讀者提出一項挑戰。

所有的犧牲者當中，目前已知最初的犧牲者海野，是遭擬態成黑貓的稀人殺害。在此一前提下，請各位回答以下三個問題（須經過推理，而非憑藉直覺）。

①稀人殺害古家和木京時，擬態成什麼模樣？

②現在稀人擬態成什麼模樣？

③稀人如何犯下這一連串的罪行？

解開眞相所需的線索，都已呈現在各位讀者的面前。只要妥善分析及組合種種線索，必定能夠挖掘出眞相。

爲了增加公平性，我要給各位一點提示。第一，稀人此刻擬態成『登場人物』一覽表中的某個人。第二，故事中提到的三雲英子的筆記，以及稀人的獨白，內容皆完全正確，沒有半分虛假。第三，稀人沒有利用任何人類或動物作爲共犯。

不過，這是一個形式較特殊的故事，如同茂手木所說，要完全解開「襲擊之謎」的眞相，必須經過兩階段的推理。如果沒有先釐清一些前提，要推理出眞相恐怕不太容易。

因此，以下再次列出稀人最重要的十四個特徵。這些都是找出眞相的重要線索。

・每隔四十五年，稀人便會出現在神域裡，每次只會出現一隻。
・稀人無法通過邊長五公分以下的網格。
・稀人無法突破上了門閂的門。
・稀人要進行擬態必須吃下對方的皮肉。
・稀人的體重約二十公斤，無法擬態成比貓更小的動物。
・無法利用死亡的動物的皮肉進行擬態。
・擬態成貓只需兩分鐘，擬態成人類大約十四～十五分鐘。
・擅長擬態成受傷的動物。
・如果變形成不同於擬態對象的外貌，擬態用的皮肉就會褪落，現出稀人的原形。
・解除擬態之後，無法再擬態成相同的外貌。
・除了觀察外界用的感覺器官之外，體內還有擬態專用的高性能感覺器官。
・稀人的刺針長度無法超過五十公分。
・稀人能夠以刺針釋放出毒素，注入動物的體內，讓動物呈現假死狀態。
・狗能夠分辨出稀人，而且會對著稀人吠叫。

最後，我向各位保證，這次的故事與時空旅行無關。

那麼，期待各位讀者的表現了。

第九章　本島　推理解謎

二〇一九年十月十八日（五）〇六：五五

「接下來，依照各位的期望……進入『襲擊之謎』的第二階段吧。」

佑樹一邊說，一邊環視走廊上的眾人。連最早提出這種說法的茂手木，都有些目瞪口呆，彷彿將疼痛忘得一乾二淨。

「難道……你已曉得稀人擬態成誰？」

西城吃驚地問。佑樹輕輕點頭，回答：

「從前天傍晚開始，稀人到底做過哪些事，以及如何殺害木京先生，我都能提出合理的解釋。」

八名川露出半信半疑的表情，說道：

「不管怎麼想，在大廳裡的人都不可能殺害木京先生，稀人到底是怎麼辦到的？」

「沒錯，我們都無法在不被塔拉發現的情況下通過走廊。這個問題的答案其實很單純……大廳裡的所有人都不是稀人，真正的稀人躲在其他地方。」

「唯一不在大廳裡的，只有塔拉。但你說過，稀人沒有機會擬態成塔拉，不是嗎？」

面對八名川有如連珠炮般的質問，佑樹不由得縮起肩膀。

如同八名川所說，佑樹和西城帶塔拉出去散步的時候，確認過塔拉的體重。散步的過程中，塔拉一直與兩人在一起。散步回來之後，直到擔任監視的工作之前，塔拉都與其他人一同待在大廳裡。

此時，西城再度開口：

「而且，昨晚塔拉始終沒有離開毛玻璃旁邊。就算牠是稀人，能夠當作武器的細針也只有五十公分，要怎麼殺害待在小房間裡的木京先生？」

「沒錯，而且稀人變形成其他模樣，擬態就會解除，所以牠不可能讓身體徹底變形，並將身體的一部分伸入小房間裡。換句話說，塔拉不可能殺害木京先生……事實上，塔拉根本不是稀人，這些疑慮都是多餘的。」佑樹說道。

「不然誰才是稀人？」

八名川繼續逼問，佑樹故意賣起關子。

「昨天，稀人把疑似海野導播的遺體燒掉了。爲了更加容易理解來龍去脈，我建議從稀人這麼做的理由開始思考。」

八名川不再說話，表情帶著些許不滿。此時，三雲點頭附和：

「我也覺得稀人那個行爲很可疑。我曾想過，或許稀人的目的是要讓我們更加懷疑缺乏不在場證明的茂手木教授，但稀人實在不太可能單純爲了這個理由而燒掉遺體。」

「沒錯……事實上，稀人燒掉那具遺體，的確是爲了將別人的遺體，僞裝成海野導播的遺體。」

在場的所有人聽佑樹這麼說，都露出不以爲然的表情。西城彷彿要代替所有人發聲，提出質疑：

「等等，龍泉……你說過那個時候島上的遺體只有三具。從現實面來看，能夠用來掉包的遺體，只有那具沒有皮的遺體……但那具遺體本來就放在海野導播的遺體附近，就算燒毀之後兩者掉包，又有什麼意義？」

「你說得有道理……這代表我們用來進行推理的前提，從一開始就是錯的。」

「你的意思是，當時島上還有另一具遺體？」

西城露出驚愕的表情，佑樹苦笑著說：

「問題沒有那麼單純，等等你們就會知道那具遺體的身分……總之，請大家先認定『島上還有一具可以拿來掉包的遺體』吧。」

聽佑樹這麼說，大家雖然有些不滿，也只能暫時接受這個假設。此時，三雲開口問：

「就算接受這個假設，疑點還是沒有解開。稀人為什麼要將海野導播的遺體，與其他人的遺體掉包？眞正的海野導播遺體在哪裡？」

「既然要特地準備一具假的海野導播遺體，代表眞正的海野導播遺體『那個時候已不存在』，或是『變成不能讓我們看見的狀態』。實際上，眞相是『以上皆對』。」

茂手木與三雲一聽，臉上同時微微變色。他們似乎已聽出佑樹想要表達的意思。

佑樹接著說：

「我先告訴大家答案吧！答案就是，海野導播遺體的皮肉都被稀人吃掉了。」

「咦，這麼說來，稀人擬態成海野導播？」

信樂發出驚呼。

「……我、西城哥和木京先生結束海中碎石路的監視工作，在回程的路上看見一具『失去皮肉的遺體』。當時，我們認定那具遺體不是茂手木教授，就是公民館四人中的一個……」

佑樹稍稍停頓，喘了口氣之後，犀利地說道：

「其實，那具『失去皮肉的遺體』才是眞正的海野導播遺體。」

西城忍不住咕噥：

「咦？這麼說來，最初那具『胸口遭刺穿的海野導播遺體』難道是……」

「沒錯，那是稀人假扮的。稀人擅長假扮受傷的動物，要僞裝成胸口遭刺穿的海野導播自然不難……何況，當時我們已確認海野導播死亡，也知道凶手是黑貓，因此稀人推測我們不會再詳細查看海野導播的遺體。」

佑樹的說明似乎無法讓眾人信服，八名川皺眉反駁：

「但在前天下午，稀人還擬態成黑貓，表示當時那具『胸口遭刺穿的海野導播遺體』應該是眞的……稀人不是沒辦法利用死亡動物的皮肉進行擬態嗎？就算牠後來甩開茂手木教授的追蹤，回到海野導播遺體的旁邊，也無法利用海野導播的遺體進行擬態吧。」

佑樹望向遠方，搖頭說道：

「最初在灌木叢處發現海野導播的時候……其實他還沒死。」

「咦？」

「稀人會在預定擬態的動物體內注入毒素。海野導播只是被注入毒素，呈現假死狀態，生命活動大幅降低而已。」

英子的筆記裡，提到「就算是受了致命傷的動物，一旦遭注入毒素，也會（中略）進入假死狀態」。海野雖然心臟遭到刺穿，仍符合假死狀態的條件。

佑樹接著說：

「當時我摸過海野導播的脈搏，感覺不到任何跳動。海野導播身上的傷口，怎麼看都是致命傷……所以，我只把手指放在海野導播的脖子上五秒左右。」

三雲皺起眉頭，沉聲聞：

「『眞正的海野導播』只是陷入假死狀態，脈搏變得非常微弱，所以你沒有察覺？」

「沒錯，就是這麼回事。」

「抱歉，我還是無法理解。稀人從前天的傍晚起，到底做過什麼事？」

西城問道。於是，佑樹深吸一口氣，回答：

「前天下午四點多，黑貓從我們的面前逃走。牠假裝逃往神域，其實一直留在本島。我、西城哥和木京先生遭到欺騙，在神域浪費十二個小時。」

「……只有我沒有被騙，繼續在本島追蹤稀人，卻遭遇埋伏。」

茂手木喃喃低語。他似乎又發起燒來，不住喘氣。三雲拿了一個睡袋給他，或許是畏寒，他立刻將睡袋攤開，蓋在膝上。

這段時間，佑樹繼續說明：

「茂手木教授遭稀人砍傷，昏厥大約十二個小時。如果純粹是遭到砍傷，昏厥時間未免太長……因此，我猜測稀人爲了讓茂手木教授動彈不得，故意在他的身上注入毒素，使他陷入假死狀態。」

「既然注入毒素，爲什麼沒擬態成茂手木教授？」

八名川提出質疑。

「約莫是稀人故意安排一個長時間單獨行動的人物。我們都中了牠的計謀，一直懷疑茂手木教授就是稀人。」

聽佑樹這麼說，八名川似乎無法反駁。於是，佑樹接著說：

「稀人甩開茂手木教授的追蹤後，回到那棵露兜樹附近，一邊利用無線電通話器確認我們的動向，一邊對呈現假死狀態的海野導播進行擬態。」

稀人解除黑貓的擬態之後，應該就在樹林深處做了這件事。

本島大部分的地區都被亞熱帶樹林覆蓋。稀人知道人類能夠掌握的區域，只有少部分的道路沿線、建築物及墓園的周邊一帶。

「稀人擬態成海野導播，只需十五分鐘左右。以下就將擬態成海野導播的稀人，稱為『假海野』吧。」

決定稱呼之後，佑樹繼續道：

「擬態完畢，露兜樹旁只剩下『假海野』，以及一具『失去皮肉的神祕遺體』，也就是眞正的海野導播遺體。首先，假海野將『失去皮肉的神祕遺體』搬運至從道路可以很容易發現的地點……接下來，假海野做了兩件事。第一件是在墓園亂挖及縱火，第二件是殺害古家社長。」

所有人都聽得入神。佑樹說到有些缺氧，腦袋昏沉，連忙深吸一口氣，才接著說：

「把墓園搞得天翻地覆，是因為牠透過無線電通話器，得知關於和歌暗號的事。以時間來看，應該是前天晚上的十點之後。」

假海野聽到和歌暗號的事，想必相當緊張，說什麼也要阻止對自己不利的資料落入人類的手中。

「假海野在墓園裡到處亂挖，試圖找出和歌暗號所指的地點，最後還是沒有解讀出暗號。牠在墓園裡一無所獲，決定放火把墓園燒了。」

三雲沉吟半晌，開口：

「墓園起火的時間，是在昨天的凌晨四點左右。在那之前，假海野一直在墓園裡到處亂挖？」

這個問題包含目前佑樹難以回答的部分，他只給了個模糊的答案：

「或許假海野前往墓園尋找資料好幾次，到了凌晨四點多，才決定放火……我能夠明白牠在那個時間點決定放火的心情。」

「怎樣的心情？」

「因爲被困在神域的我們三人快回來了。等到天一亮，我們一定會去墓園尋找資料。在那之前，牠一定要把隱藏在墓園裡的資料燒掉才行。」

「到頭來，假海野還是失敗了。」

三雲低喃。佑樹點點頭，接著說：

「我們的運氣不錯，藏匿資料的地點距離墓碑很遠……除了亂挖墓園之外，假海野應該也持續監視著公民館。」

聽到這裡，信樂突然打了個哆嗦。

「太可怕了……意思是，假海野很有可能就躲在多用途大廳的旁邊？在我、三雲小姐和八名川姊吃晚飯的時候，牠就在窗外偷看？」

這確實是很有可能發生的狀況。假海野或許會躲在窗外，偷聽三人的對話。當時佑樹被困在神域裡，光是想像那場面有多危險，就令人背脊發涼。

「幸好，你們三人大多數的時間都聚在一起，所以假海野放棄對你們下手，轉而把目標鎖定爲獨自躲在小房間裡的古家社長。」

當時古家喝白葡萄酒喝得爛醉如泥，成爲稀人的絕佳獵物。

「拿掉後門門閂的人，應該就是古家社長自己吧。可能是他在半夜醒來，打開後門走出去，也可能是在喝得爛醉之前，他到屋外呼吸新鮮空氣，回來卻忘記扣上門閂。」

「只能說一切都是命中注定。」

八名川感慨地說道。

「……沒錯，因爲後門的門閂沒扣上，假海野只要解開門鎖，就能進入公民館。」

稀人入侵公民館後，不費吹灰之力就進入古家的小房間。古家喝醉了，睡得正熟，稀人刺穿他的心臟，吸取他的鮮血，獲得他的知識及記憶。

「古家社長遭到刺殺，必定是在信樂離開小房間之後……所以是在前天晚上十點之後，到昨天凌晨五點半發現遺體的這段時間內。」

八名川雙手交抱在胸前，深深點頭：

「墓園是在凌晨四點起火，當時古家社長應該已遭殺害。畢竟得知發生火災，我們可能會前往墓園查看狀況，那時候發現古家社長的遺體也不奇怪。」

「沒錯……假海野在墓園放火之後，隨即回到露兜樹的旁邊，扮演起『胸口遭刺穿的海野導播遺體』。」

「我們三人從神域歸來，發現『失去皮肉的神祕遺體』，因此誤以爲又有人被殺了？」

西城有些失魂落魄地問道。

「對，其實那是被吃掉皮肉的海野導播遺體，我們都被騙了……後來我們還查看『胸口遭刺穿的海野導播遺體』，卻沒發現那是稀人假扮的。」
或許是佑樹的口氣過於陰鬱，西城露出了帶著些許暖意的苦笑，說道：
「龍泉，這不是你的責任。在那個當下，沒人能夠想到這種事情。」
「不，我應該更早察覺『不對勁』……故意把擬態後的遺體放置在我們能夠輕易發現的地點，按常理來想，這對稀人來說是有害無利的事情。」
「為什麼是有害無利？」
「稀人想要擬態成我們當中的某個人，最好的做法應該是神不知鬼不覺地攻擊某個人，把『失去皮肉的遺體』藏在樹林深處。這麼一來，我們甚至不會察覺有同伴遭到擬態。」
「確實有道理。」
「稀人故意向我們強調『牠擬態成人類』，目的就是要讓我們誤以為受害者增加了……不知不覺中，我們產生『稀人為了離開幽世島，一定擬態成活人』的先入為主想法，完全沒有考慮到稀人也可以擬態成遺體。」
三雲懊惱地搔頭，說道：
「比起偽裝成活人，其實偽裝成遺體更能獲得自由行動的時間……但我們都沒有想通這一點。」
「沒錯，這是一個盲點。」
八名川從剛剛就一邊思索一邊喃喃自語，此時忽然大聲說：
「就算稀人擬態成海野導播，情況還是沒有改變！木京先生的遺體距離窗戶超過五十公分，假海野不可能從窗外將細針伸進來殺死木京先生……我還是不明白他是怎麼死的。」

信樂也不滿地說：

「而且，剛剛龍泉哥說的『島上還有一具可以拿來掉包的遺體』的假設，到現在都沒有給一個交代。那具焦屍到底是怎麼來的？」

承受兩人懷疑的目光，佑樹苦笑著說：

「再等一下，馬上就會提到。」

「眞的嗎？」

「請相信我……對了，聽了我剛剛的推理，大家應該已猜到稀人殺害木京先生時，擬態成誰的模樣吧？」

八名川與信樂面面相覷，似乎不明白佑樹的意思。此時，三雲開口：

「難道也是……僞裝成別的遺體？」

佑樹揚起嘴角，說道：

「沒錯，就是這麼回事。」

「這麼說來……是古家社長的遺體？」

除了佑樹、三雲，及因發高燒而神情恍惚的茂手木之外的三人，霎時臉色大變，轉頭瞪著右側的小房間。「古家的遺體」應該還躺在那裡。

三人表現出一副立刻就想衝進小房間抓住稀人的態度，但佑樹認爲這不是一個好主意，趕緊制止：

「冷靜一點。雖然不確定稀人能不能聽見我們的對話，不過，只要我們守住兩個小房間的門，就能將牠困在裡面。」

「要是牠開門衝出來怎麼辦？」

信樂直盯著門板問道。

「這裡有六個人，牠很清楚如果輕舉妄動，一定會被我們圍毆……先繼續推理吧。」

「好吧，你說的也不一定正確，沒必要現在就行動。」

八名川依然對佑樹的推理抱持懷疑的態度。至於西城，則是從剛剛就瞇著雙眼，一副百思不解的表情。此時，他開口說道：

「我和八名川姊一樣，覺得龍泉的推理好像有點問題。我們是在昨天早上六點左右查看『胸口遭刺穿的海野導播遺體』，你說那是稀人偽裝的，對吧？但差不多就在同一時間，三雲小姐他們也在公民館裡發現古家社長的遺體，不是嗎？」

「沒錯，那個時候在小房間裡的遺體，是眞正的古家社長遺體。」

「嗯？如果沒記錯……我們回到公民館之前，三雲小姐他們一直在古家社長的小房間裡。我們回來之後，那個小房間裡還是一直有人，不是嗎？」

「沒錯，我們檢查後門的門閂時，八名川姊與信樂一直在小房間裡交談。」

佑樹維持著從容的語氣，反而是西城或許不想過於咄咄逼人，聲音越來越小。

「後來我們不是分頭把整棟公民館檢查一遍，確認沒有任何動物或可疑物品嗎？至少在那個階段，稀人應該沒躲藏在公民館裡。」

「對，那個時候稀人並不在這棟建築物內。」佑樹說道。

「那不是很奇怪嗎？之後我們確實扣上前門與後門的門閂，只在有人進出的時候才會拿掉門閂，而且建築物內隨時有人留守。直到現在這一刻，稀人應該都沒機會入侵公民館。換句話說，稀人根本沒機會擬態成古家社長！」

其他人紛紛同意西城的主張，佑樹費了好大一番工夫才讓大家安靜下來。

「總之，請先聽我說……稀人在化為假海野的狀態下，確實沒辦法潛入公民館。但如果只有本體，困難度就會大幅下降。畢竟只要有大於五公分的縫隙，稀人就鑽得進去。」

三雲似乎終於按捺不住，揚起眉毛反駁：

「怎麼可能？門閂隨時都扣著，窗戶也裝有金屬網格。就算是稀人的本體，要怎麼潛入這棟建築物？」

「當然有可能……或者應該說，是我們把牠搬進來。」

「什麼？」

「三雲小姐，妳應該也親眼目睹。我們從墓園回來的時候，不是把發電機和汽油罐搬進公民館嗎？就是在那個時候，我們把稀人也搬了進來。」

信樂是當時親手搬運發電機的人。聽到佑樹這句話，他不由得打了一個哆嗦。

「稀人躲在哪裡？」

「發電機有四個輪胎，機體與地面之間多少有些縫隙，稀人恐怕是躲在機體底下，等待我們把發電機搬進公民館。」

「天啊！難道我親手把稀人搬了進來……？」

信樂錯愕地如此呢喃。佑樹垂下頭，流露些許遺憾的神情。事實上，對於古家與木京的死，佑樹絲毫不感到心痛。

三雲旋即提出質疑：

「牠怎麼能夠預測到，只要躲在發電機底下，就會被搬進來？通常發電機都是放在屋外，不是嗎？」

「未必無法預測。」

「怎麼說？」

「稀人放火燒墓園，我們看見發生火災，遲早會注意到把汽油罐放在屋外很危險。發電機與汽油罐必須一起使用，我們不會只把汽油罐搬進屋內……雖然不確定這是不是稀人放火的理由之一，但稀人要預測我們的行動應該不難。」

聽到佑樹的論述，已不再有人提出反駁。於是，佑樹繼續說著非說不可的話。

「稀人僞裝成『胸口遭刺穿的海野導播遺體』，騙過我們之後，就在樹林裡恢復成本體姿態，找機會躲進發電機底下。我們從墓園回到公民館，差不多是在昨天上午十點半。在此之前，稀人一直在發電機的下方躲著不動。」

眾人將發電機搬進古家的小房間之後，就聚集在大廳裡，討論英子的筆記。

「直到中午十二點半左右，我們帶塔拉出去散步之前，沒有人離開大廳。換句話說，稀人有兩個小時可以自由行動。」

三雲嘆了一口氣，問道：

「稀人就是在這段期間裡，擬態爲古家社長？」

「沒錯，跟海野導播一樣，古家社長原本只是被注入毒素，呈現假死狀態。稀人進入小房間之後，就對古家社長進行擬態。」

「又是爲了僞裝成遺體？」

圖2

	公民館小房間		屋外灌木叢		屋外道路旁	
10月17日 AM6：00左右						
	狀態	胸部刺穿	狀態	胸部刺穿	狀態	全身皮膚損傷
	誤	古家（遺體）	誤	海野（遺體）	誤	某個存活者（遺體）
	正	古家（假死）	正	假海野（稀人）	正	海野（遺體）
	公民館小房間		屋外灌木叢		屋外道路旁	
10月17日 PM0：30左右						
	狀態	胸部刺穿	狀態	焦屍（損壞）	狀態	全身皮膚損傷
	誤	古家（遺體）	誤	海野（遺體）	誤	某個存活者（遺體）
	正	假古家（稀人）	正	古家（遺體）	正	海野（遺體）

西城以低沉的聲音說道。

「擬態過程大概十五分鐘就結束了。接著，假古家把『失去皮肉的遺體』，也就是眞正的古家社長遺體搬到露兜樹附近，連同灌木叢一起燒掉……這就是我們誤以爲是海野導播遺體的那具焦屍的眞正身分。」

八名川伸出手指按摩眉心，似乎聽得頭痛。

「有兩個小時，確實能做到這些事……但眞的很抱歉，你說的狀況實在太複雜，我的腦袋被搞糊塗了。」

佑樹從大廳取來油性簽字筆和企劃書，將上述的內容製作成表格，並畫上簡單的示意圖（參見圖2）。

「簡單來說就是這樣……到了十二點半，我們帶塔拉出去散步的時候，稀人已在小房間裡僞裝成古家社長的遺體，而眞正的古家社長遺體則在灌木叢裡變成焦屍。」

信樂看著圖表，有氣無力地說：

「唉……既然稀人在古家社長的小房間裡，我們昨晚的努力根本沒有任何意義。」

如他所說，木京的小房間與古家的小房間有一扇門直接連通，稀人不用進入走廊，就能殺害木京。所以，不管是讓塔拉監視走廊，還是在走廊上設置小型監視器，都沒有任何意義。

佑樹也有著白費力氣的無奈感，但仍繼續說明：

「昨晚木京先生一個人回到小房間裡，不久之後就睡著了。躲在隔壁的假古家，也就是稀人，當然察覺到了這一點。於是牠抓住這個機會，刺死木京，同時破壞監視螢幕及記憶裝置。」

西城恍然大悟，用力點頭說道：

「稀人破壞影像資料，並不是因爲監視器拍到『稀人經由走廊進入小房間的影像』，而是因爲『稀人根本沒有進入走廊』，牠想要隱瞞這一點。」

「沒錯，一旦我們看了影像資料，就會猜到凶手必定還在兩個小房間中的某處。」

發著高燒的茂手木，聲音依然有些虛弱：

「可是我不懂……稀人僞裝成古家社長的遺體，接下來到底有什麼企圖？」

佑樹的心情有些複雜。

茂手木受傷之前，說出許多荒唐可笑的推理。如今他因發高燒而意識不清，卻能做出一針見血的犀利分析，只能說是一種非常稀有的個人特質吧。

聽他這麼說，八名川雙手交抱在胸口，質疑道：

「這一點的確很古怪，牠僞裝成遺體，可是沒辦法上船的！」

這句話指出重點。

前來迎接的船抵達時，佑樹等人首先會做的第一件事，就是以船上的無線電通報警方。不管警方有何回應，既然茂手木受傷是事實，船一定會航向T港，將茂手木送往最近的醫院。此時，佑樹等倖存者會以各種理由登船，盡快逃離這座島。然而，船不太可能連遺體也一起載走。

佑樹略一思索，應道：

「可以想到的情況有很多種……其中對稀人來說最安全的做法，就是把我們全部殺死。」在場所有人全都臉色慘白，說不出話。佑樹輕描淡寫地繼續道：

「依照過去的行動模式，發現木京先生的遺體之後，我們會聚集在多用途大廳裡。每當我們需要長時間討論某件事時，通常都會使用大廳。」

八名川的身體微微一顫。

「沒錯……在船抵達之前，我們可能會一直待在大廳裡討論案情。」

「這麼一來，稀人就能獲得許多自由行動的時間。或許……接下來牠會擬態成木京先生。」

三雲皺眉問道：

「爲什麼你會這麼認爲？」

「在我們所有人當中，木京先生擁有最強大的人脈。從擬態生物的心態來判斷，當然會比較想要擬態成有權有勢的人類。木京先生雖然胸口遭刺穿，但或許只是呈現假死狀態。」

所有人都默默轉頭望向木京的小房間。

就算木京目前因毒素的效果而呈現假死狀態，也不可能再活過來。一旦毒素的效果消失，胸口的致命傷還是會爲他帶來死亡。

「……原來稀人從頭到尾都不是擬態成活人，而是擬態成死人來欺騙我們。」

三雲以幾乎聽不見的微弱聲音說道。佑樹露出苦笑：

「最後的『擬態成木京先生』只是我的猜測而已……當我們聚集在大廳裡討論案情的時候，稀人能夠做的事情非常多，例如牠可以從後門走出屋外，灑上汽油，把整棟公民館燒了。只要事先堵住後門及正門，我們全都逃不出去。」

西城皺眉說道：

「牠打算把所有具備稀人相關知識的人類都殺了，獨自搭上前來迎接的船？」

「沒錯，牠可以吸船長的血，獲取開船的知識，自行開船逃離幽世島。」

說完這句話，佑樹不再開口，微微低下頭。現階段能說的話都說完了。苦悶的沉默籠罩整個空間。

「謝謝你爲我們揭開眞相。」

聽見三雲的呢喃，佑樹抬起頭。不知爲何，她露出泫然欲泣的表情。

她優雅地打開古家小房間的門。古家的遺體依然躺在裡頭，與佑樹等人上次查看時毫無不同。

三雲苦笑著說：

「你還想繼續僞裝成遺體？還是……六對一對你太不利，所以躺著不敢動？」

三雲緩緩走進房內。她的眼神中流露出強大的決心，佑樹受到震懾，一時不知該如何反應。八名川等人的情況似乎也大同小異。

三雲走向汽油罐，打開蓋子。

「……妳要做什麼？」

八名川問道。三雲沒有回答，只是靜靜看著古家的遺體。

三雲將汽油罐的蓋子拋向房間角落，接著一步步後退，退回到房門口，高高舉起右手。她的手上竟握著打火機。打火機的上頭印著美國漫畫的角色圖案，正是海野生前愛用之物。

昨天佑樹等人調查完墓園，就把打火機留在墓園的通道上。沒想到，三雲暗中撿起打火機，一直帶在身上。

信樂看見打火機，驚慌地大喊：

「三雲小姐，妳該不會想要……」

「……妳要燒掉這具遺體？」

佑樹接著問，三雲一臉哀戚地點點頭。

「稀人很怕火，只要在牠逃出去之前，放火把這裡燒了，牠應該會解除擬態並且昏厥……你們快離開這棟建築物，讓我結束這一切。」

信樂率先朝著大廳的方向一步步後退。只見三雲表情猙獰，似乎隨時可能點火。

佑樹清楚感受到三雲是認真的，絕對不是虛張聲勢或是做做樣子。她是真的爲了打倒稀人而賭上性命……如同四十五年前的三雲英子。

佑樹轉頭望向留在走廊上的西城與八名川。茂手木就坐在他們的旁邊，露出茫然的神情。

「你們先帶著茂手木教授從正門離開吧。」佑樹說道。

西城攙扶起茂手木，同時不安地看著佑樹。

「可是……龍泉……」

「別擔心，我會說服三雲小姐。」

佑樹一邊說，一邊取下貼身背包。小瓦在裡面大吵大鬧，佑樹沒有理會，默默將背包交給西城。

西城略一遲疑，朝佑樹重重點了個頭，帶著茂手木與八名川走向多用途大廳。

目送三人離去之後，佑樹轉頭朝門後的汽油罐瞥了一眼。

小房間裡總共放有二十公升的備用汽油。汽油是一種非常容易揮發的氣體，三雲一打開蓋子，整個房間頓時瀰漫大量油氣。

佑樹緩緩朝她伸出右手。

「請把打火機交給我……妳應該知道汽油有多可怕。一旦點火，妳也無法平安離開。」

「無所謂，打從一開始我就想要這麼做。」

三雲的口氣還是一樣強硬，聲音中卻多了一股溫柔。

相較之下，佑樹的聲音卻劇烈顫抖，連自己也感到不可思議。

「想要殺死稀人，有很多方法……請妳先將打火機交給我。」

好不容易有機會殺死稀人，同時讓所有人平安離開這座島，無論如何不能讓三雲死在這種地方。這根本不是什麼自我犧牲，只是白白拋棄自己的生命……對於這一點，佑樹的體會比任何人都深。

佑樹拚命想要說服三雲，三雲卻充耳不聞。

她瞧也不瞧佑樹一眼，目不轉睛地凝視著古家的遺體，彷彿一旦望向佑樹，好不容易下定的決心會產生動搖。

三雲的眼底，熊熊燃燒著一股極度陰鬱的黑暗火焰。

「這是最好的結果。我必須爲這一連串事情負起責任。如果我相信父親的話，將稀人的事好好告訴你們，就不會造成這些慘劇。」

「不，這不是三雲小姐的錯！眞的……」

佑樹忍不住想要把一切眞相都說出口。當初是他破壞衛星電話，他來到這座島上的眞正目的，其實是爲了復仇。但佑樹還來不及說明，三雲已露出淒美的微笑。

「不用再說了。龍泉，謝謝你。」

「三雲小姐！」

「其他人就麻煩你照顧了。等建築物燃燒殆盡之後，請你們找出稀人的本體，拋進海裡。」

接著，三雲朝大廳瞥了一眼，似乎是在確認茂手木等人都已順利逃出屋外。

趁著這個機會，佑樹迅速向前奔出。然而，佑樹的手還沒碰到三雲，她已將點著的打火機扔出去。

可怕的爆炸聲中，佑樹感覺到一股熱風自頭頂上吹襲而過。

小房間的門板似乎也被炸飛了。狂暴而駭人的巨響此起彼落，大量的木材碎片散落四周。

佑樹只能伏倒在地板上，忍受著劇烈的耳鳴和頭痛。等到熱風的氣勢稍微減緩，佑樹才抬起頭。

火舌似乎瞬間蔓延至天花板及牆壁上，但周圍瀰漫著大量的黑色濃煙，視野變得模糊不清。就連地板附近，也籠罩著薄薄的煙霧，佑樹的眼睛和喉嚨都刺痛不已。

見三雲躺在身旁，佑樹趕緊拍拍她的肩膀。

「妳不要緊吧？」

三雲眼神呆滯地看著佑樹，似乎不敢相信自己還活著。

剛剛那一瞬間，佑樹放棄從她手中奪下打火機，改為拉著她的手向外逃。

這個正確的判斷，在千鈞一髮之際發揮效果。當整個小房間徹底爆炸，紅色火光幾乎覆蓋整棟建築物的時候，兩人已逃到大廳。

後來佑樹不記得自己做了什麼事，好像是刻意帶著三雲往地上撲倒，又好像是剛好被地板上的寶特瓶絆倒……總之，正因兩人都倒在地上，避開了向外噴發的火焰。

三雲的背部衣物並未著火，頭髮也沒有燒焦。見三雲平安無事，佑樹不禁鬆了一口氣。他的身上或許有些燒傷，但此刻沒有時間慢慢檢視。

「在火勢擴散之前，我們快逃出去！」

佑樹朝三雲說道，但三雲依然是一副眼神渙散的模樣。佑樹只好拉著她，努力地爬向發出光亮的大門口。

幸好窗戶玻璃都被爆炸的風壓震破了，大部分濃煙都快速飄向窗外，同時流進少許新鮮空氣。

不知爬了多久，隔著煙霧隱約可看見門外的景色。西城、八名川和信樂都站在那裡。

就在三人試著將佑樹和三雲拉出公民館之際，眾人忽然聽見一陣詭異的聲響。聽起來像是哀號，也像是毀損的小提琴發出的刺耳嗓音。

佑樹戰戰兢兢地回頭一看……走廊深處似乎有一樣東西，搖搖擺擺地朝著大門前進。那東西的動作有些遲鈍，似乎是受了傷。

那東西的表面不斷冒出熊熊燃燒的橙色火舌，即使隔著濃煙，仍能清楚看見。體型比貓小了一點，但似乎相當沉重，每次彈跳都會在木頭地板上撞出咚咚聲響。

那東西不斷發出刺耳的叫聲，動作越來越緩慢，終於不再發出聲音，成為一顆在地面滾動的球狀物。滾到大門口時，球面上的火焰已消失。

球狀物的表面看起來像金屬材質，散發出介於金、銀之間的奇妙光澤。

佑樹不由得與三雲互望一眼。此刻，三雲終於恢復神智，瞪大雙眼，露出驚愕的表情。

那肯定就是在烈焰中現出原形的稀人吧。

＊

佑樹等人俯瞰著清澈的美麗海面。雖然浪頭頗高，但跟昨天比起來，海面平穩許多。

稀人被一件連帽上衣包裹著，每個人各拉著上衣的一角。那球體異常沉重，確實如同英子的筆記所述，重達二十公斤。

因發燒而全身無力的茂手木，由西城攙扶著跟在眾人的身邊。就連小瓦，也從佑樹的貼身背包中探出頭。現場唯獨不見塔拉……因為爆炸的時候，塔拉被關在休息室裡，來不及逃走。

西城與八名川都很後悔，逃走的時候忘了把塔拉一起帶走。
但佑樹明白這是無可避免的結果。何況，當生命遭受威脅時，沒人能夠做出冷靜的判斷。
公民館不斷冒出濃濃的黑煙，即使站在碼頭也能看得一清二楚。眾人離開的時候，公民館正熊熊燃燒。依照這樣的火勢，最後大概只會剩下斷垣殘壁吧。
眾人當初帶來的行李全部付之一炬，唯一沒有被燒毀的是發電機。
直到整棟建築物爆炸的前一刻，發電機都擺在門口的右側。八名川逃出門外的時候，機靈地把發電機移開了。
如果發電機一直放在門口附近，裡頭的汽油很可能也會起火，引發更激烈的爆炸。萬一發生這種情況，在大廳裡的佑樹和三雲絕對無法逃出火海。
佑樹對八名川充滿感激。正因如此，佑樹不希望八名川因塔拉的事情而感到自責。
六人緊緊握住包裹稀人的連帽上衣，互望一眼。
此時不需要任何言語。
他們將那球體像鐘擺一樣來回擺盪數次，接著奮力拋向海面。稀人就這麼沒入美麗的大海中，發出清脆的水花聲響。
球體完全被海水包覆的前一刻，再度發出吱吱嘎嘎的慘叫聲。或許在那一瞬間，稀人恢復了意識。
然而，那球體完全沒有抵抗的能力，沉入海底之後稍微滾動，撞在一顆岩石上……從此歸於寂靜。稀人的身體冒出幾顆氣泡，但那些氣泡旋即消失在海面上。

第十章　船上　事件終結

二〇一九年十月十八日（五）一四：二五

佑樹站在甲板上，眺望著逐漸遠去的幽世島。

前來迎接眾人的船，在下午一點四十分抵達。所幸當時風浪已變小，船勉強可以停靠碼頭。還沒抵達幽世島時，船長便發現島上冒出濃濃黑煙，通報消防署。船抵達後，眾人又請船長報警。數小時內，警署與消防署的人員應該會陸續抵達幽世島吧。

六名倖存者都以受傷必須前往醫院治療的名義，登上返航的船。

茂手木的體溫確實忽高忽低，情況並不樂觀，必須盡快送往醫院。除此之外，佑樹和三雲都因公民館爆炸的關係，手臂有輕微灼傷……至於其他三人，或多或少都被爆炸時飛出的玻璃碎片劃傷了。

完成緊急包紮，佑樹邀請船長以外的五個人到甲板上。

信樂來到甲板，似乎想起暈船的痛苦，臉色慘白。

「怎麼向警察說明的事，不是討論完了嗎？」

事實上，在迎接的船到來之前，六人一直在討論「如何向警察說明這一連串事件」。

想當然耳，不能對警察直接說出眞相。如果告訴警察「凶手是稀人」，恐怕會被認定是遭受太大的打擊，神智不清。更慘的情況，搞不好會被列入嫌犯的名單中。

怎麼隱瞞那些不能告訴警察的環節，以及讓誰代替稀人成爲凶手，眾人經過一番徹底的討論。

最後，眾人決定讓木京當凶手。

畢竟木京是最後一名犧牲者，由他揹下殺害海野、古家及放火燒毀公民館的罪責，最為自然。或許是大家平日對他積怨已深，沒人提出反對意見，也沒人幫木京說話。

不管是海野遇害的地點，還是其他兩人遇害的公民館，全被大火燒得一乾二淨，現場應該找不到任何可以用來釐清案情的證據。除了相信佑樹等人的供詞之外，警方沒有其他選擇。

八名川也因過度疲累，喪失原本的氣勢。

「我贊成信樂說的……可以討論的細節都已討論過，沒有必要再談了吧？」

此時船長待在操舵室內，聽不見眾人的說話聲。確認這一點之後，佑樹壓低聲音說道：

「很可惜……這起事件還沒結束。」

「什麼意思？」

眾人當中，最震驚的是三雲。她露出從未有過的倉皇神情。

「對不起，我欺騙了大家。我在公民館內的那些推論，並不是真相。」佑樹說道。

西城眨了眨眼睛，困惑地問：

「當時你的推論，在我聽來沒有任何不合理之處啊。你突然想到有什麼地方推論錯誤嗎？」

「不，並不是突然想到。」

甲板上的所有人都啞口無言。這也是理所當然的事，誰也猜不到佑樹究竟打算說什麼。

「在公民館的時候，我就知道那並非真相。只是礙於局勢，當時一定要那麼說才行。」

茂手木露出微笑。此時，他坐在向船長借來的座墊上。

「就算不是眞相，又有什麼關係？重要的是我們打倒了稀人，而且平安離開幽世島。」

佑樹微微點頭，給出一個模稜兩可的回應。

「話是沒錯……但我還是認爲，大家應該要知道眞相。我也希望能夠告訴大家，爲什麼我會故意說出錯誤的推論。」

五個人同時凝視著佑樹，流露驚疑、不安與恐懼的表情。

佑樹轉頭望向海平面上的幽世島，緩緩說道：

「接下來我要說明的眞相，有些部分與我在公民館說的內容相同……例如，稀人擬態爲海野導播，殺害古家先生，到這邊爲止都是相同的。不過殺害木京先生的方式，與我當初說的完全不一樣。」

在公民館的那場推理，找出兇手的關鍵線索就在於「殺害木京的手法」。島上發生的殺人事件中，唯有這一起事件看上去像是「不可能犯罪」。然而，正是因爲這種不可能性，讓稀人無所遁形。

三雲詫異地問：

「就算行兇手法不同，但稀人躲在其中一個小房間裡，這一點是確定的吧？」

「不，殺害木京先生的兇手，其實和我們一起待在大廳裡。」

佑樹吐出驚人之語，卻沒有引來任何質疑，反而讓他有些驚訝。

或許是佑樹說出「眞相完全不同」的時候，大家已隱約猜到眞相會朝這個方向發展。當然也有可能是大家身心俱疲，沒有力氣再提出質疑。

佑樹的視線輪流掃過五個人的臉，緩緩說道：

「凶手殺害木京先生的手法，跟我們原本想的一樣，是經由走廊進入小房間。」

「怎麼做到的？」

西城勉強擠出這個問題。

「先把稀人和特殊規則拋出腦外吧。以更單純的角度來思考，有時反而容易看出眞相。如此一來，我們會發現在這一起命案裡……最有可能的情況是，塔拉與凶手是共犯關係。」

聽到佑樹這番話，茂手木忽然喜孜孜地發表意見。他還是一樣因發燒而處於神情恍惚的狀態。

「原來如此……運用的是推理小說中相當有名的『那個陷阱』。我永遠忘不了，第一次閱讀那部作品時，內心有多震驚。那部經典名作就是……」

佑樹急忙打斷茂手木的話：

「請不要再說了！這樣會提前破哏！」

聽著兩人的對話，三雲有些不悅地瞪了佑樹一眼，說道：

「如果能夠讓塔拉乖乖配合，確實可以在走廊上自由來去，但這樣的假設是不成立的……這起事件就是與稀人這種特殊生物有關，排除這一點實在太沒道理。」

「爲什麼？」

「照你這樣的說法，稀人與狗就成了共犯。難道你覺得我祖母在筆記中寫的內容是假的？」

三雲似乎有些思緒混亂，佑樹輕輕搖頭說道：

「我並沒有懷疑英子女士的筆記。狗能看穿稀人的擬態，而且會對稀人吠叫，這一點應該沒錯。尤其塔拉是一隻會對任何人吠叫的狗，除了飼主之外，牠不會與任何人親近。」

「如果是這樣，唯一的可能，只剩下塔拉是假的，稀人擬態成塔拉。難道……你認爲稀人與我們當中的某個人是共犯關係？」

「這也不可能。在稀人的眼裡，我們人類只是食物。就像我們人類在策劃重大犯罪的時候，不會找秋刀魚或南瓜當共犯。」

三雲一時啞口無言，其他四人也聽得張口結舌，不知該說什麼才好。佑樹很清楚大家爲什麼會有這樣的反應。因爲這幾句話，等於推翻所有推理的前提。

八名川像是忽然回過神，甩了甩腦袋，說道：

「這沒道理啊！除非島上有兩隻稀人，牠們互相幫助。」

佑樹笑著說：

「沒錯，正是這麼一回事。稀人其實有**兩隻**。」

「……不可能。過去神域每次只會出現一隻稀人，難不成你要說這次出現兩隻？」

三雲一邊提出質疑，一邊從風衣的口袋中取出英子的筆記。

每隔四十五年，稀人就會出現在神域裡，每次只會出現一隻。不僅三雲的父親是如此告訴她，筆記裡也寫得清清楚楚。

「不，我並不打算推翻這個規則。這次出現的稀人同樣只有一隻……至於另一隻稀人，則是四十五年前『幽世島野獸事件』中的那一隻。」

「什麼？」

西城忍不住大叫。他一副摸不著頭緒的表情，說道：

「龍泉，前天晚上在神域裡，你說四十五年前的稀人一定被英子女士殺死了……啊，聽見這些話的人，只剩下我而已……」

於是，佑樹將前天晚上對西城和木京說過的話，在眾人的面前重複一遍。

簡單來說，倘若四十五年前的稀人沒被殺死，當祖谷開船來到幽世島時，稀人一定會攻擊他，設法奪船，並立刻開船逃走。這是離開幽世島最快的方法。

但現實中，祖谷先通報警察，而且在警察抵達之前，一直留在島上。稀人沒理由採取這樣的行動……由此可知，祖谷並非稀人，這也意味著稀人在祖谷到達幽世島之前已被殺死。

然而，如今佑樹知道自己當初的推論是錯的。

佑樹取出勉強殘留一點電力的智慧型手機，點開檔案夾裡的月刊《懸案》報導的ＰＤＦ檔案，將其中一張照片放大。

○黑白照片：案發後不久的永利庵丸號（由警方的船拖至Ｔ港的永利庵丸號）

三雲看著照片，皺起眉：

「照片有什麼不對勁嗎？」

「最大的問題，就在於祖谷的船是由警方拖至Ｔ港。」

信樂取出自己的智慧型手機，點開相同的檔案，看了一會後，突然發出一聲驚呼。

「永利庵丸號是被拖回去的……這麼說來，這艘船故障了？」

「沒錯，假如祖谷抵達幽世島的時候，永利庵丸號已因某種理由故障，前面這些推論都必須推翻。」

佑樹停頓了一下，凝視著檔案中的那張照片，接著說：

「倘若『永利庵丸號故障』的前提成立，等待救援就是離開幽世島的唯一方法。換句話說，不管祖谷是稀人或人類，都必須報警，等待警察抵達。」

信樂顫抖著問：

「這麼說來……當年稀人是利用警察的船離開幽世島？」

「沒錯，就是這麼回事。從死亡推定時間來判斷，警方不可能懷疑祖谷是殺害島民的凶手，當然也不可能將祖谷逮捕。稀人早已猜到這一點，於是擬態爲祖谷。後來事態的發展，果然完全如同假祖谷的預料。」

佑樹一邊說，一邊在手機螢幕上滑動。

「根據報導，祖谷在案發的兩個月後跳海自殺。其實這只是掩人耳目的手法，稀人約莫是找到新的犧牲者，改變了擬態的外貌。」

五人之中，最無法接受這個推論的是三雲。她直接反駁：

「不，祖谷絕對不會是擬態的稀人。」

「如何能夠斷定？」

「是遺體的問題。假如稀人擬態成祖谷，必定會留下一具『沒有皮的遺體』。就算稀人把遺體拋入海中……但沒有船可以用，稀人只能從島上將遺體推入海中。這種情況下，遺體不見得會漂到外海，有可能會卡在附近的岩礁上，甚至是漂回島嶼的岸邊。」

「沒錯，確實如此。而且，當時警方仔細搜索過整座島嶼及附近的海域，就算稀人想讓遺體沉入海裡，除非手法夠巧妙，否則還是很有可能會被發現。」

「你倒是說說看，稀人要怎麼藏匿祖谷的遺體？」

三雲問得相當犀利，佑樹並未正面回答，而是從另一個角度切入。

「在四十五年前的那起事件裡，稀人巧妙地藏匿祖谷『沒有皮的遺體』。大家發現了嗎？四十五年後的這起事件，同樣有著關於遺體的疑點沒有解開……或者應該說，我們原本以為解開了，事實上並沒有。」

三雲的氣勢稍微受挫，但她馬上領會佑樹的言下之意。

「假如稀人有兩隻，一隻擬態成塔拉，殺害木京的另一隻在大廳裡……這代表小房間裡的古家社長遺體，是眞正的遺體？」

「沒錯，根據我原本的推論，在露兜樹的附近被燒成焦屍的是古家社長的遺體……但既然小房間裡的遺體，是眞正的古家社長遺體，那露兜樹附近的焦屍又是誰的遺體？」

西城從剛剛就是一頭霧水的表情，喃喃低語：

「這麼說來，島上還有另一具遺體，只是我們沒發現？」

佑樹誇張地搖頭，說道：

「一具？不不不，島上的遺體多到數不清。」

「咦？這……這句話是什麼意思？」

信樂倒抽了一口氣，對著佑樹大喊。三雲瞪大眼睛，結結巴巴地說：

「難道你指的是……墓園？」

「沒錯，墓園埋著許多遺體，這是理所當然的事。」

信樂一聽，露出啼笑皆非的表情。

「佑樹哥，你在說什麼傻話？埋在墓園裡的遺體，都是一些骨灰和碎骨頭。」

「若是一般的墓園，當然是如此。但在離島上，可就另當別論了。二戰結束之後，幽世島上的居民一直是採用焚燒棺桶的簡易火葬。」

這一點不僅《懸案》有記述，佑樹也曾在墓園裡向三雲和西城提及。爆發「幽世島野獸事件」的一九七四年，幽世島上沒有火葬場，島民都是將薪柴鋪在野外的地上，將棺桶放在上頭直接焚燒。

「……在野外焚燒棺桶，沒辦法達到足夠的溫度。埋葬的時候，遺體很可能還維持一定程度的人形。」

「龍泉說得沒錯。仔細回想，墓園確實有遭到挖掘的痕跡。」

西城有些嚇傻了，佑樹朝他點點頭，說道：

「原先我們以爲稀人只是在尋找和歌暗號所指示的地點，事實上稀人有另一個目的，就是挖出埋藏在墓園裡的遺體……我們看見的那具焦屍，不僅嚴重碳化，還萎縮得像木乃伊一樣。如果以一般的方式焚燒，照理來說不會燒成那樣的狀態。那具焦屍是將埋葬超過四十五年的遺體挖出來重新焚燒，才會變成那樣（參見圖3）。」

佑樹一口氣說完這一大段話，有些上氣不接下氣，稍微停頓了一下，才接著道：

「焦屍的頭顱及四肢都已分離，也不是稀人刻意切斷的。當年焚燒後將遺體放入墳墓中時，可能就分離了。」

原本似乎快要睡著的茂手木，此時忽然夢囈似地說道：

「那麼……稀人故意在墓園裡縱火，是爲了掩蓋這件事？」

圖3

		公民館小房間	屋外灌木叢	屋外道路旁
10月17日 AM6：00左右				
	狀態	胸部刺穿	胸部刺穿	全身皮膚損傷
	誤1	古家（遺體）	海野（遺體）	某個存活者（遺體）
	誤2	古家（假死）	假海野（稀人）	海野（遺體）
	真相	古家（遺體）	同上	同上
		公民館小房間	屋外灌木叢	屋外道路旁
10月17日 PM0：30左右				
	狀態	胸部刺穿	焦屍（損壞）	全身皮膚損傷
	誤1	古家（遺體）	海野（遺體）	某個存活者（遺體）
	誤2	假古家（稀人）	古家（遺體）	海野（遺體）
	真相	古家（遺體）	墓園裡的遺體	同上

「沒錯。當然，燒掉英子女士的筆記，也是目的之一。但最主要的目的，是想藉由焚燒，讓我們搞不清楚墓園遭到挖掘的規模。」佑樹應道。

茂手木忽然面露微笑。

「原來如此，我明白了……四十五年前祖谷的遺體憑空消失，同樣是利用墓園玩出來的把戲吧？」

「沒錯，正是這麼回……」

佑樹一句話還沒說完，茂手木已發出鼾聲。佑樹只好對著其他四人說：

「四十五年前，稀人曾挖掘墓園，把一具老舊的遺體從棺桶中拿出來，然後把焚燒過的祖谷遺體放進空的棺桶裡，再埋回地底下。」

四十五年前的那起事件裡，島上的墓園也有遭人挖掘的痕跡。

當時，警察推測是笹倉博士想要盜取墳墓內的黃金陪葬品，所以在墓園內亂挖，可說是錯得離譜。

想必警方並沒有把所有的墳墓都挖開來看，因此沒發現墳墓裡混入祖谷的燒焦屍體。不過，這也無可厚非。畢竟警方沒有這麼做的理由。

發現稀人棄置在洞穴裡的那具老舊遺體，警方認定與「幽世島野獸事件」無關。

「……四十五年前的稀人，徹底僞裝成遭英子女士殺死。這麼細心安排，恐怕是擔心島外可能會有人類知道稀人的事情。」

事實上，當時的報紙新聞記載著令人起疑的環節。

祖谷五日就抵達幽世島，卻直到隔天早上才以無線電聯絡警察。他對警察說的是「曾一度昏厥」之類的藉口……實際上，多半是稀人需要花一些時間挖掘墳墓，以及將眞正的祖谷遺體埋入墳墓內。等到這些事情都處理完畢，稀人才通報警察。

佑樹接著說：

「稀人逃離幽世島之後，躲躲藏藏了四十五年。」

西城似乎還無法完全接受佑樹的推論，搖頭說道：

「這不合理吧？稀人不是天性殘忍，而且喜歡喝人血嗎？如果有人遭受攻擊，爲什麼新聞媒體沒有報出來？」

「……不會吧？」

「新聞媒體報出來了，只是沒人知道那是稀人的犯行。」

「例如，東京這五年來不是發生多起遊民傷害案件嗎？《懸案》還有報導推測這些傷害案件的凶手，很有可能就是五年前在關西地區鬧得沸沸揚揚的隨機殺人魔，引發不少話題……這個凶手，或許就是稀人。」

甲板上一片寂靜。迎面拂來的海風明明頗為溫熱，佑樹卻感受到一股莫名的寒意。即使如此，佑樹仍堅持說明下去。

「現在，把話題拉回我們遇到的事件上吧。」

此時，八名川的臉上毫無血色。從未見過她如此緊張。

「我們之中到底誰是稀人？」她問道。

「要找出這個問題的答案，有三個關鍵線索，分別是『木京的運動鞋』、『木京掉落的葡萄酒瓶』，以及『英子女士留下的暗號』。」

西城搖搖頭，說道：

「你在說什麼啊？靠這些真的有辦法查出稀人是誰嗎？」

「當然可以，我們先思考『木京的運動鞋』的問題吧。那雙黑色運動鞋，確實是木京先生生前愛穿的運動鞋。然而，那粉灰色的鞋底卻異常乾淨，沒有一點髒污。」

三雲聽到這裡，皺起眉頭說：

「確實有些古怪。木京先生到了島上之後，幾乎橫越整座島，還跑到神域，鞋底應該多少會有點髒污才對。」

「是啊，但那雙運動鞋的鞋底，乾淨得像剛拿布擦拭過，引起我的懷疑。」

「不過，可能是木京先生恰好擦拭過鞋子……『木京掉落的葡萄酒瓶』又是怎麼回事？」

「三雲小姐，當時妳也看見了。廁所門口的左側牆壁上有污漬，妳還記得嗎？」

「我記得，那看起來是葡萄酒的痕跡，不就是木京先生灑出了葡萄酒嗎？」

佑樹聽她說還記得，鬆了口氣，犀利地繼續道：

「我也認爲那是木京先生灑出來的葡萄酒。只是，污漬是在廁所的內側牆壁上（參見第二七九頁圖1），這表示木京先生的葡萄酒瓶是不小心撞到廁所的內側牆壁，才掉落在地上。」

「應該是吧……」

三雲口頭上認同，卻是一副不怎麼在意的態度。

「依常理來想，木京先生約莫是左手拿著葡萄酒瓶，要離開廁所的時候，葡萄酒瓶撞在牆壁上。在這樣的狀況下落地，葡萄酒幾乎百分之百會灑在木京先生的腳上。」

八名川點點頭，說道：

「有道理。既然是從廁所出來時酒瓶掉在地上，鞋子不可能沒沾上。何況，廁所的門口地上灑了一大灘。」

「然而，走廊上卻找不到踩踏葡萄酒之後留下的足跡。木京先生的運動鞋及棉褲都是黑色，不容易看出有無沾附葡萄酒，粉灰色的鞋底卻被擦拭得乾乾淨淨……根據這幾點，我推測有人將走廊上的葡萄酒足跡擦掉，接著又擦掉鞋底的葡萄酒痕跡。」

佑樹停頓了一下，低頭看著甲板，接著說：

「事實上，想通這一點之前，我一直深信稀人只有一隻……但既然有人能夠進入走廊，擦掉葡萄酒足跡，這意味著塔拉跟這個人必定是共犯關係。由於這樣的推論，我才察覺原來稀人有兩隻。」

八名川呻吟似地說：

「可是……這還是說不通。爲什麼稀人要擦掉木京先生的足跡，還把鞋底擦拭乾淨？葡萄酒並沒未擴散到整個走廊地板，稀人要進入小房間，大可避開地上的葡萄酒和足跡。」

「這就關係到『英子女士留下的暗號』了。信樂，你曾說和歌的暗號實在是太簡單，對吧？沒錯，和歌的暗號對人類來說相當簡單。但你們有沒有想過……稀人或許絕對無法解開這個暗號？」

三雲詫異地問：

「這是什麼意思？」

「設計出暗號的英子女士，想必會擔心筆記遭稀人挖走。英子女士是個做事謹慎小心的人，在暗號的設計上當然會極力避免發生這樣的狀況。」

信樂歪著腦袋問道：

「可是……那首和歌的內容，我們所有人都知道。唯一需要做的事情，只是在墓園裡找出顏色接近紅色的磁磚。」

「或許稀人的眼睛無法分辨紅色，也就是只能看得出明度，卻無法分辨色相。」

所有人都驚訝得忘了呼吸，佑樹平淡地繼續道：

「英子女士的筆記裡，提到稀人有兩種感覺器官，而且強調在體內進行消化及擬態時使用的感覺器官，比觀察外界使用的感覺器官更具備高度的性能。筆記中的一部分文字無法辨識……我相信裡頭一定包含『稀人用來觀察外界的感覺器官無法辨識紅色』這樣的訊息。」

八名川身為攝影師，自然具備關於色彩的各種知識。她抱著頭低喃：

「原來如此，只能分辨明度，卻無法分辨色相，紅色看起來會像黑色，粉紅色看起來會像灰色。」

「沒錯。墓園裡的磁磚包含各種深淺濃淡的灰色，不會有哪塊磁磚的顏色完全相同……在這樣的狀況下，稀人絕對無法找出鮭紅色和紅梅色的磁磚。」

「你的意思是……我祖母在設計暗號的時候，早就考量到這一點？」

三雲瞪大了眼睛問道。佑樹朝她點點頭：

「是的……多虧有那個暗號，讓我們得知分辨稀人的最佳方法。」

「原來如此。」

茂手木忽然低聲呢喃。佑樹以爲他早就睡著了，沒想到他一直在聽。接著，他又在嘴裡碎碎念：

「這次的事件爲『襲擊之謎』，必須經過兩階段的推理才能找出眞相……如今第一階段的推理終於完全結束，找出了所有的特殊規則。」

茂手木的發言還是如此接近胡言亂語。佑樹帶著苦笑，說道：

「從某些角度來看，茂手木教授的主張並沒有錯……總之，這就是稀人必須將走廊上的所有足跡都擦掉的理由。那道走廊鋪的是灰色塑膠地板，對稀人來說，實在很難看出附著在上頭的葡萄酒足跡。」

三雲思索片刻，開口道：

「但葡萄酒與地板的灰色不見得會是相同的明度，就算稀人無法辨別紅色，還是能看出兩者的差異吧？」

「沒錯，稀人應該能夠分辨出那一大灘葡萄酒與地板明度的差異，不過，一些比較淡的足跡就沒辦法分辨出來了。在稀人的眼裡，都是相同的灰色。」

「換句話說……稀人自知無法完全避開木京先生留下的足跡。為了避免在木京先生的足跡上留下自己的足跡，把所有可能沾上葡萄酒的地方全擦了一遍？」

「沒錯，就是這麼回事。簡易馬桶的旁邊備有衛生紙、濕紙巾及塑膠袋，只要把使用過的濕紙巾和其他廁所垃圾混在一起，就不用擔心被人發現。」

「可是，地上那一灘葡萄酒雖然形狀有點歪斜，卻是完整的橢圓形。如果木京先生曾踩在上面，形狀不是應該會潰散嗎？」

「那一灘葡萄酒，是稀人重新倒出來的。」

三雲瞪大眼睛，反問：

「重新倒出來的？」

「小房間的地上有兩隻相同品牌的空葡萄酒瓶。其中一隻，就是木京先生在廁所裡掉落的葡萄酒瓶。另一隻則是稀人後來打開的，目的是為了讓地上的葡萄酒漬形狀恢復平整，以及用來毀掉監視螢幕與記錄裝置。」

「這麼說來，運動鞋的鞋底被擦得乾乾淨淨，也是因為……？」

「那雙運動鞋的鞋底是略帶粉紅的灰色，原本就算沾上葡萄酒也看不出來，但在稀人的眼裡，那就只是普通的灰色……稀人無法確認上頭到底沾有多少葡萄酒，乾脆從廁所取來濕紙巾，把鞋底擦拭乾淨。」

佑樹說完這些話，環視甲板上的五人。

「最後一個問題，稀人到底是誰？」

佑樹依序指著五人，逐一說明：

「首先，茂手木教授從昨天晚上到今天早上不曾單獨行動。可以確定他整個晚上都不曾進入走廊，所以他不會是稀人……在墓園裡尋找磁磚的時候，信樂比其他人更快找到鮭紅色的磁磚，證明他能夠辨別紅色，所以他不是稀人。同樣的道理，三雲小姐自行找出紅梅色的磁磚，所以她不是稀人。八名川姊在看英子女士的筆記時，提到上頭以紅字強調的標題，所以她也不是稀人。」

佑樹停頓了一下，轉身面對剩下的最後一人。

「西城哥，稀人就是你。」

聽佑樹這麼說，西城只是默默低頭看著甲板地面，既不肯定也不否認。

「……仔細回想這幾天跟你的相處情形，你在墓園裡並沒有和其他人一起尋找磁磚，當初在大廳設置帳篷的時候，你搞錯紅紫色與青灰色帳篷的擺放位置，可見你無法分辨出紅色。」

此時，小瓦從貼身背包裡探出頭。照理來說，牠不可能聽懂佑樹的話，但牠一看見西城，立即發出恫嚇聲。

那有著西城外貌的傢伙看到小瓦的反應，噗哧一笑：

「從一開始，這隻小貓就看穿我的底細。每次見到我就叫個不停。」

接著他抬起頭，目不轉睛地看著佑樹，說道：

「明明知道眞相，你卻在公民館裡說出那一大串假的推理……目的是爲了降低我的戒心，把我騙到船上？」

「沒錯，只要上了船，你就無處可逃。原本以爲能順利逃走，瞬間墜入絕望的深淵……這才是最適合你的結局。」

佑樹以嚴峻的口吻回應。

佑樹原本打算在回程的船上，將木京推入海中。如今這個心願已無法實現，只好改以稀人爲目標。

那有著西城外貌的稀人依然顯得從容不迫，甚至開始竊笑。

「這裡四面八方都是海，要是從船上掉下去，確實會沒命。」

佑樹終於忍不住皺起眉頭，問道：

「眞正的西城哥……在哪裡？」

「被我吃了。剩下的殘渣大概埋在某一座山裡，我記不得了。」

雖然早就猜到眞正的西城已死去，聽稀人親口說出來，佑樹還是感覺到有如傷口遭挖開一般疼痛。

或許是看穿佑樹的心思，稀人面帶微笑，說道：

「我吸收了西城的記憶，所以很清楚……西城一直把你當成工作上的好夥伴。他不僅是你的職場前輩，也是你的好朋友，每次看你反抗木京和海野，他都很爲你擔心……我這個西城應該演得不錯吧？到了島上之後，我們一直相處融洽。」

佑樹再也按捺不住，狠狠地瞪了稀人一眼。稀人移開視線，不耐煩地說：

「你再怎麼激動，也於事無補……西城早就死了。」

稀人走向甲板的邊緣，倚靠在扶手上。牠的表情充滿自信，彷彿就算一次對抗五個人，也有信心獲勝。

「旅程還很長，難得有這樣的機會，不如我就跟你們聊聊，自從來到這個世界後，我做過哪些事情吧。」

稀人凝視著佑樹，接著說：

「四十五年前，我一出現在神域裡，差一點就被島民殺了。幸好，當時來了一個叫笹倉的島外人，幫我把擋住海中碎石路的圍牆門打開。笹倉相信神域裡藏有大量的寶藏。」

「所以你攻擊笹倉，擬態成他的模樣？」

「沒錯，因為他是我第一個遇上的人類。後來我陸續攻擊島民，吸他們的血，得知這座島上所有的祕密……我才明白，原來人類是比我們更可怕、更貪婪的生物。人類不僅在殘殺我們稀人之後，會舉行慶祝祭典，還會充分利用我們的遺體，滿足自己的慾望。」

「你殺了我的祖母？」

三雲氣得聲音微微顫抖。

「三雲英子是個難纏的對手。她破壞所有的船，把我困在島上，還拿獵槍攻擊我。最後，她發現不是我的敵手，快要被我殺死的時候，竟從懸崖上跳海自殺。她這麼做，大概是不希望我吸她的血，從中獲取關於和歌暗號及筆記的記憶。如果當時我能取得英子的記憶，就不會有後來的許多麻煩……」

稀人無奈地說完這幾句話，繼續道：

「接下來發生的事，跟龍泉說的一模一樣。祖谷來到幽世島之後，永利庵丸號居然故障了。迫於無奈，我只好將島上布置得像是稀人死了，接著通報警察。」

「你挖開墳墓，把祖谷的遺體埋在裡面？」

「沒錯，保險起見，我把墳墓裡的黃金陪葬品都拿了出來，讓警察把注意力放在寶藏傳說上。整件事情進行得非常順利，我逃離幽世島。後來，我安排祖谷『自殺』，躲了起來。」

此時，稀人忽然像是想起什麼，微笑著說：

「你猜得沒錯，關西地區的隨機殺人案，以及東京的遊民連續傷害案，凶手都是我。我很驚訝，《懸案》那篇報導的作者竟會發現這兩起事件的凶手是同一人。」

「這次出外景的不久前……你殺害西城哥，擬態成他的模樣？」

「大概是出發的五天前吧？我得知你們要到幽世島拍攝外景的消息，當然不會放過這麼好的機會。兩天之後，我就攻擊西城。從時間上算起來，下一個稀人就快要出現，無論如何我一定要回到島上……看見擬態成黑貓的那傢伙，我高興得不得了。畢竟我好多年沒跟同伴說話了。」

佑樹聽到這裡，不禁皺起眉頭。

「跟同伴說話？說到這個，我一直很好奇，從來不曾看你和黑貓交頭接耳，爲什麼你們能配合得天衣無縫？」

「英子的筆記不是也寫了嗎？稀人能夠發出人類聽不見的聲音。我們以一般人類聽不見的高音域進行對話……就是你們說的超音波。就算我們當著你們人類的面不停說話，你們也聽不見。」

「……沒想到你們居然有這種能力。」

佑樹全身無力似地說道。稀人一副理所當然的表情，接著說：

「那傢伙一再要求想早點吃人，我拿他沒轍，只好同意，沒想到卻是失策……牠一吃掉海野，就被龍泉看出殺害海野的凶手是黑貓。唉，那傢伙做事太魯莽，只能怪牠自己……後來我故意讓牠逃走，自行前往神域。」

「爲了製造出完美的不在場證明？」

稀人露出狡獪的微笑。

「沒錯，只要一直跟著龍泉行動，就能證明『我是人類』。雖然過程中必須跑過快要沉沒的海中碎石路，但我認爲冒這個險是值得的……那傢伙則依照事先說好的計畫，擬態成海野。對了，在公民館裡，要以什麼方式攻擊誰，都是那傢伙決定的。最後，牠決定要攻擊一個人待在小房間裡的古家，喝下古家的血。」

佑樹一邊思索，一邊問道：

「我還有一些細節不明白……你們挖掘墓園，是因爲聽到和歌暗號的事情嗎？還是，在那之前就決定要挖掘墓園？」

「在那之前就決定了。打從一開始，我就指示他到墓園挖一具老舊的屍體出來。我知道剛好有一具屍體相當合用。」

佑樹不禁瞪大雙眼。

「難道是……四十五年前被你埋進墓園裡的祖谷？」

「最後牠選的是祖谷的屍體，還是其他屍體，事實上我並不清楚。牠丟在灌木叢的屍體，確實有可能是祖谷……怎麼了？看你氣色不太好，是身體不舒服嗎？」

稀人瞇起雙眼，調侃一句，接著說：

「後來，我們很幸運，從你的口中得知關於和歌暗號的事。這麼一來，挖掘及焚燒墓園的舉動就不會遭到懷疑。」

「但到頭來，英子女士還是技高一籌。」

稀人一聽，露出苦笑。

「三雲英子實在是個棘手的人物。我眞的沒想到，她會把資料放在稀人不可能發現的地點……當龍泉、我和木京從神域回來的時候，另一個稀人正僞裝成海野。那時候我們也是以超音波稍微討論接下來的計畫才分開。」

「假海野看時機成熟，便取出從墓園挖出來的老舊遺體，連同灌木叢一起燒毀，讓我們以爲那是海野導播的遺體？」

「沒錯……接下來那傢伙要做的事，只有擬態成塔拉。本來以爲很簡單，沒想到比想像中困難許多。那條狗相當機警，我們只要一靠近，牠就會大吼大叫。」

「出去散步之前，塔拉的體重還很輕……塔拉遭到擬態，應該是在散步的時候？」

「當然。我帶塔拉出去散步，正是爲了讓同伴有機會擬態成塔拉。而且我早猜到你會跟來……所以，我故意讓你發現那具焦屍。當你把所有心思都放在焦屍和現場的狀況上，就不會察覺我或塔拉的不尋常之處。」

佑樹一聽，不禁慚愧地垂下頭。

「我太大意了。仔細回想，檢查那具焦屍的時候，確實有一段時間相當安靜。原本吵鬧不休的塔拉，突然不再吠叫。」

「趁你專心看著焦屍的時候，我把塔拉從寵物袋裡放出來，讓同伴吃掉牠。塔拉雖然是一條狗，但體型跟貓差不多，擬態只需兩分鐘。在你還沒查看完現場狀況之前，擬態就已結束，我們還有時間做其他事情呢。」

佑樹沒理會稀人的挑釁，接著問：

「你們怎麼處理塔拉的屍體？」

「扔進樹叢裡了。就算被你們發現，你們也看不出那是什麼動物的屍骸……但擬態之後，我沒辦法將牠放進寵物袋裡帶著走。稀人光是本體就有二十公斤，寵物袋會壞掉。所以，我只好改成以狗繩牽著牠。」

佑樹忍不住咕噥：

「後來你自願擔任假塔拉的照顧者，就算是牽狗繩，也不交給別人，原來是怕我們發現塔拉的體重改變？」

「沒錯，就是這麼回事。接下來我那同伴只要持續扮演一條笨狗就行了……所有人都躲在公民館裡的時候，木京和三雲的提議實在太可笑，讓我們不禁想要笑出來。那樣的提議，簡直就像是拜託我們動手殺人，我當然不會放過這麼好的機會。」

「你故意讓假塔拉一直待在門邊，我們以為稀人絕對沒有下手的機會，你卻趁著上廁所的時候進入走廊，前往木京先生的小房間？」

西城去了兩次廁所，每次約十分鐘，合計二十分鐘，要殺死木京並布置現場，可說是綽綽有餘。

稀人輕輕點頭。

「那種情況下，只要沒人察覺稀人有共犯，你們就會認為塔拉和我都不可能是凶手……但我實在沒料到，木京竟不小心在地上倒出一灘葡萄酒，還踩出了腳印。龍泉，你的推論沒錯，我當時逼不得已，只好仔細擦拭走廊和木京的鞋底……沒想到就是這個舉動，讓你發現我是稀人。」

「你破壞監視螢幕及記錄裝置，是爲了消除走廊上監視器的影像資料？」

「當然。不過有一件事情，讓我嚇了一跳。我送給木京的那包香菸，他一根都沒抽。那包香菸乍看沒有開封，其實菸草裡下了安眠藥。」

佑樹吃了一驚，「咦，那包『Six Star』牌香菸裡下了安眠藥？」

「我猜想或許有機會派上用場，事先準備了那玩意……以他抽菸的速度，應該早就抽完那包香菸，在小房間裡睡得不省人事。不料，當我進房間要殺他的時候，那包香菸居然還沒開封。幸好他睡著了，只能說我運氣不錯。一想到他當時有可能埋伏在房間裡，對我發動反擊，我就感到背脊發涼。」

稀人聳聳肩，接著說：

「既然待在大廳裡的所有人都不可能是凶手，唯一的解釋只剩下『稀人擬態成古家的遺體』。所以，打從一開始，我就期待有人會說出這樣可笑的推理。」

「但你的計畫還是有破綻……就算我們一開始相信了錯誤的推理，但在親眼看見稀人的屍體之前，我們絕對不會停止尋找稀人，這一點你應該很清楚吧？」

三雲提出犀利的質疑，佑樹點頭附和：

「沒錯……難道你從一開始就打算犧牲同伴，讓我們相信稀人死了？」

稀人露出令人毛骨悚然的微笑，說道：

「那還用說嗎？爲了讓擬態成塔拉的那傢伙能夠百分之百犧牲，將牠推進休息室的時候，我還故意讓牠受了點傷。」

回想起來，塔拉被推進休息室之後，確實趴倒在地上，變得相當安分。佑樹憶起當時的情況，一時啞口無言。稀人繼續道：

「在我原本的計畫裡，如果沒人說出『稀人擬態成古家的遺體』這個推論，我就會自己說出來，接著我會親手在公民館裡放火。那傢伙受了傷，動作變得遲鈍，絕對來不及逃走。」

八名川皺起眉頭，問道：

「爲什麼你要害牠？你們不是同伴嗎？」

「因爲牠已沒有利用價値，我便把牠送給你們。只要將牠拋入海裡，你們就會感到安心，認爲事情終於結束……對我們來說，聚集在一起的人類相當難對付。與其冒險殺死所有人類，不如僞裝成人類的同伴，才能更加安全且有效率地離開那座島。」

聽稀人這麼說，佑樹還是有些納悶。

稀人特地擬態爲西城，冒著風險回到幽世島，只爲迎接出現在神域的另一個稀人。好不容易遇上了，卻又認爲對方沒有利用價値？

驀地，佑樹想到一種可能，不禁打了個寒顫。

「英子女士的筆記裡提到『稀人爲有性生殖，因此有性別之分』……難道你們……」

有著西城外貌的稀人，發出略帶吃驚的笑聲。

「龍泉，你居然能夠察覺這一點，實在是個有趣的人類。果然人類是一種個體差異很大的生物……我雖然擬態成人類中的男性，但以稀人而言，我屬於可以懷孕的性別。趁你專心研究焦屍的時候，我們已完成生殖行爲……在地球這個豐饒的世界裡，我心愛的孩子們可以安心長大。爲了保護我身體裡的五百個新生命，犧牲那傢伙也沒什麼大不了。」

佑樹聽到這裡，恍然大悟。

根據英子筆記中的記載，幽世島上流傳著這麼一句話：

「失敗必定會帶來相當多的犧牲。當失敗重複發生，就會遭致難以挽回的毀滅。」

這句話眞正的含意是，如果讓一隻稀人逃離幽世島，只會造成許多人的犧牲……但如果讓第二隻稀人也逃離幽世島，兩隻稀人出現生殖行爲，稀人的數量就會暴增，爲這個世界帶來難以挽回的毀滅。

就算讓眼前這個稀人多活一秒，也是一件極度危險的事情。

佑樹一步步走向仰靠著扶手的稀人……打算一口氣將牠推入海中。

然而，佑樹的行動在稀人的意料之中。稀人早已猜到，一旦說出那些話，佑樹等人就會立即動手。

稀人顯得不慌不忙，左手輕輕鬆鬆就抓住佑樹的脖子，露出微笑：

「我擬態成人類的日子很長，十分清楚人類的弱點，也知道如何以這樣的身體做出最有效率的動作……就算是五對一，我也不見得會輸。」

稀人的手指緊緊按住佑樹的頸動脈。明明能夠呼吸，佑樹卻感覺意識逐漸模糊。

除了茂手木以外的三人不敢抵抗，是因爲佑樹成了人質。明知這一點，佑樹卻連掙扎也辦不到。

就在佑樹即將失去意識的瞬間，眼前突然跳出一團灰色的物體。

「啊！」

伴隨著一聲驚呼，佑樹感覺脖子不再受到束縛，意識也恢復清晰。

抬頭一看，小瓦竟撲到稀人的臉上，以尖銳的爪子猛抓。

幾乎就在同一時間，佑樹上前一步，八名川疾奔過來。稀人什麼也看不見，被兩人這麼一撞，身體登時越過扶手，以倒栽蔥的方式墜落。

海面濺起大量的水花，有著西城外貌的稀人一落海，瞬間遭海水吞沒。下一秒，佑樹翻越扶手。

「你要做什麼？」

三雲大喊。

「我要把小瓦救上來！」

說完這句話，佑樹跳入海中。

終章　在船上

二〇一九年十月十八日（五）一七：一〇

佑樹站在不斷搖晃的船上，愣愣地凝視著海平面。今天雖然海風不強，但天空烏雲不少，海面看起來灰濛濛一片。

下方傳來「喵」的一聲。低頭一看，包在毛巾裡的小瓦也正抬頭看著他。

大家都說貓不會游泳，幸好小瓦是一隻野貓，運動神經優於一般的家貓。當佑樹游到稀人墜海的位置時，小瓦勉強以笨拙的狗爬式浮在水面上。

豈料，小瓦一看見佑樹，竟拚命想爬到他的頭上，一副「發現陸地」的態度，讓他一時有些不知所措。佑樹趕緊以右手將小貓抬出水面，在波浪中踩水立泳。就在這個時候，身旁突然掉下一個救生圈。

——原來是船長掉頭回來了。

回到船上之後，佑樹以寶特瓶裝的礦泉水沖洗身體，但感覺頭髮還是因海水的鹽分而黏在頭皮上。小瓦當然也以礦泉水仔細沖洗過，卻依然在身上舔個不停，彷彿沖了比沒沖更髒。

「差不多再一個小時就到T港了。」

一身風衣搭配牛仔褲的三雲就站在旁邊。佑樹穿的則是向船長借來的T恤和牛仔褲。

「回去之後要怎麼應付警察，恐怕是個大難題。」

針對有著西城外貌的稀人爲何墜海，眾人向船長解釋「西城跳海自殺，八名川和佑樹想要上前阻止卻來不及，佑樹跳入海中但已找不到西城」。目前看來，船長似乎沒起疑心。

佑樹望向船艙，露出苦笑：

「話說回來，怎麼又變成這種情況？」

船艙裡的三人都癱倒在毛毯上。茂手木因受傷導致精神不濟，睡得正熟。至於八名川和信樂，則都暈船了，不停痛苦呻吟著。

三雲嘆了口氣，笑著說：

「暈船藥好像還是沒效。」

自從發生墜海事件之後，船長再三警告眾人不得靠近甲板的扶手，佑樹等人只能遵從。此時，船長在操舵室忙得不可開交，似乎是港務人員、警方及醫院不時會打電話來詢問狀況。

佑樹注視操舵室半晌，轉頭對三雲說：

「其實……這次的事件，到現在還是有一些疑點沒解開。」

三雲看著空中的海鷗，問道：

「什麼疑點？」

「三雲小姐……稀人殺死古家社長和木京先生，應該是受到妳的誘導吧？」

＊

繪千花霎時僵在原地。

身旁的龍泉說出這句話時，並不帶絲毫威脅或恫嚇之意，只是靜靜等著她的回應。這讓繪千花更摸不著頭緒，不明白龍泉爲何突然這麼說。

「你爲什麼會這麼想？」

繪千花勉強擠出這個問題，龍泉淡淡地說：

「第一件讓我起疑的事情，是古家社長遇害的那天晚上，後門的門閂被拿掉了。三雲小姐，那門閂是妳拿掉的吧？」

「你不能隨便誣賴人。」

「我實際使用過後門的門閂，所以相當清楚。那個門閂非常緊，古家社長的右手和左腳都受傷了，應該沒辦法拿掉門閂。」

「為什麼你不懷疑八名川姊，或是信樂？」

兩者的可能性當然也很高，龍泉卻無視繪千花的質疑，接著說：

「三雲小姐，當初說明封鎖海中碎石路的圍牆門時，妳提過那扇門平常『會扣上鋼鐵製的門閂』……一般只會說平時『會上鎖』，妳卻刻意強調用的是鋼鐵門閂，可見妳早就知道『稀人無法打開有門閂的門』了吧？」

繪千花露出若有似無的微笑，應道：

「我只是隱約記得父親說過類似的話……但到底是不是這樣，我也記不清楚了。」

這當然是謊言。事實上，繪千花小時候太害怕稀人，曾央求父親在房門上加裝小小的門閂……因為她知道稀人無法進入上了門閂的門。

「以下只是一些假設的情境……妳可以當成是我的幻想。」

龍泉頓了一下，接著說：

「先假設妳『知道稀人無法進入上了門閂的門』。如果這個假設成立……妳拿掉後門的門閂，可以合理懷疑妳是刻意想讓稀人進入公民館，甚至是刻意讓獨自窩在小房間內的古家社長遭到攻擊。」

繪千花皺眉反駁：

「怎麼可能？那時候我一心以爲黑貓逃到神域裡了。」

「是嗎？不見得吧？當時妳已知稀人能夠擬態成人類，也知道稀人的智商相當高。或許妳早就猜到稀人故布疑陣，其實留在本島。」

繪千花垂下頭，並未否定龍泉的推論，只是反問：

「你認爲我和稀人是共犯？」

「不，稀人並不認爲自己受到妳的誘導，牠從頭到尾都認爲是基於自我意志決定殺死古家……換句話說，**稀人與人類並非共犯，而是人類單方面利用稀人。**」

「我不認爲誘導稀人有那麼容易。」

「稀人會不會進入公民館，確實很難控制。但如果稀人眞的進入公民館，牠接下來會採取什麼行動，就很好預測了。」

「怎麼說？」

「三雲小姐，那時候你們三人基本上都聚在一起，攻擊你們對稀人來說風險太高。畢竟遭到攻擊的人大叫，馬上就會把其他人引來。而且，妳應該是等信樂離開古家的小房間，回到大廳之後，才把後門的門閂拿掉吧？還有，將簡易馬桶搬到休息室，也是妳的建議。這麼一來，稀人更不容易襲擊你們三人……但獨自在小房間裡呼呼大睡的古家社長，情況就完全不同了。他是稀人唯一可以安全攻擊的對象。」

繪千花聽了只是微微聳肩，說道：

「但不管怎麼說，這樣的誘導方式會讓我自己、八名川姊和信樂陷入一定程度的危險，對吧？」

「沒錯，所以我絕對不會這樣做，可是妳卻做了。」

兩人互相瞪著對方。半晌之後，繪千花低頭看著甲板，問道：

「那木京遇害的時候，我又做了什麼？」

「……那完全是木京自作自受。」

繪千花一聽，整個人愣住了。看來，她做過什麼事，全在龍泉的掌握中。她突然有種強烈的無力感。龍泉接著說：

「其實，妳比我更早想到，稀人可能先後擬態成海野導播的遺體和古家社長的遺體。」

「那又怎樣？」

「首先，妳假裝情緒激動地說了一句『想要判斷是人類還是擬態的稀人，大概只剩下切斷手指或手腕來確認剖面了』……向來以虐待爲樂的木京先生，當然會對妳這句話產生興趣。」

繪千花說出這句話的時候，木京一副絲毫不感興趣的態度。但繪千花心裡很清楚，那個男人一定會上鉤。

「接著，妳故意在眾人面前拿出裝著胃藥的藥盒，以及裝著安眠藥的藥盒。妳早就預料到，只要以那句話引誘木京先生，他一定會設法偷走藥盒……對了，妳的兩個藥盒，我都在木京先生的身上找到了。」

龍泉一邊說，一邊拿出黃色和藍色兩個藥盒，上頭分別寫著「胃藥」和「安眠藥」。

「木京先生爲什麼要偷我的藥盒？」

「為了下藥讓我們睡著……那天吃晚餐的時候，木京泡給大家喝的咖啡，正是加入大量的『安眠藥』，怪不得那麼難喝。」

龍泉輕輕搖晃寫著「安眠藥」的藍色藥盒，裡頭剩下的藥錠寥寥無幾。

「怎麼可能有這種事？那時候所有人都喝了咖啡，也沒特別想睡。」

龍泉忽然笑了出來。

「三雲小姐對木京下的這個圈套真是有效，嗯……可惜我想不到，不然我也想這麼做。」

「什麼意思？」

「沒什麼，我在自言自語，請不用在意……對了，沒人變得想睡也是理所當然，因為我們喝下的其實是胃藥。三雲小姐，妳把藥盒拿出來給我們看的時候，其實裡面的藥早就掉包了。黃色的『胃藥』盒子裡裝的是安眠藥，藍色的『安眠藥』盒子裡裝的是胃藥。」

明知龍泉早已看穿一切，繪千花仍裝傻：

「你的意思是，我把胃藥和安眠藥掉包，木京先生想在咖啡裡下安眠藥，卻放入胃藥？」

「沒錯，木京先生在事件發生之後，好幾次抱怨胃不舒服，所以妳早就猜到他會把兩個藥盒都偷走。果然如妳所料，木京先生回到小房間，就吃了黃色盒子裡的『胃藥』，其實那是安眠藥。」

龍泉說到這裡，不知為何又笑了出來。

「如今回想起來，木京先生在廁所門口摔落葡萄酒瓶，應該是吃了安眠藥的關係。他的腦袋昏昏沉沉，甚至沒發現自己不太對勁……由於妳下的安眠藥先發揮效果，稀人那盒摻有安眠藥的『Six Star』牌香菸反而沒派上用場。」

當初聽到稀人在香菸裡下安眠藥一事，繪千花吃了一驚，原來自己和稀人都對木京下了安眠藥，看來他注定要被迷昏。

繪千花的雙手交抱在胸前，接著問：

「這還是不合理，爲什麼木京先生要對我們下安眠藥，躲進小房間？」

「對我們下藥，是爲了確認誰是人類、誰是稀人……他打算照妳說的，砍斷我們的手指，從剖面來進行確認。木京先生是個虐待狂，最喜歡虐待和傷害人或動物。對了，我在他的帳篷裡發現了菜刀。」

繪千花微微打了個哆嗦，搖搖頭：

「怎麼可能眞的會有人做那種事？更何況，安眠藥不見得對稀人有效。」

「假如沒效，也可依此斷定沒睡著的就是稀人。」

「看其他人都睡著了，稀人也可能會假裝睡著，等到木京先生接近的時候，再突然偷襲。」

「木京先生或許有自信，即使遇到這樣的情況，也能夠打倒稀人……畢竟那個人一直表現出一副巴不得稀人趕快現身的態度。要不然，就是他單純懷著『想揍稀人一頓』的念頭。」

繪千花很清楚木京是個虐待狂。即使如此，她仍不放棄最後的抵抗。

「就算是這樣，也不能解釋木京先生爲什麼要躲進小房間。如果他是這麼心狠手辣的人，他大可留在大廳裡，親眼看著我們睡著，不用躲在小房間，透過監視器觀察我們。」

「關於這一點，我也想了很久……理由應該是……」

龍泉難得露出不安的表情，旋即下定決心似地說：

「事實上，木京先生做過壞事，他以安眠藥迷昏兩名女性。當時其中一名女性因爲藥效發作得較慢，激烈抵抗……這次要以安眠藥同時迷昏六個人，根據從前的經驗，木京先生知道每個人藥效發作的時間會有誤差。他擔心藥效還沒發作的人，會發現他在咖啡裡下藥，合力攻擊他……」

「你的意思是，他怕我們在藥效發作之前激烈反抗，所以躲進容易自衛的小房間裡？」

繪千花冷笑道。相較之下，龍泉卻流露困惑的神色。

「從這個方向來推論，打從一開始，妳就預期木京先生會躲進小房間裡。然而，妳會這樣預測，代表妳知道木京先生在外國的犯罪行爲……三雲小姐，請問妳是不是認識名叫續木菜穗子的女孩？」

聽到這個名字的瞬間，繪千花吃驚的程度遠遠超越自己的罪行遭到揭發。

「你怎會知道這個名字？」

繪千花勉強擠出這個問題。龍泉一聽，露出些許安心的表情。

「果然我猜得沒錯。妳和菜穗子都是ＫＯ大學的畢業生，年紀也很接近，所以我才這麼猜想……菜穗子過世之前，寫了一封遺書，交給一位值得信任的大學學姊。她拜託那位學姊，如果自己有什麼三長兩短，就把遺書寄出去。三雲小姐，那位學姊應該就是妳吧？」

繪千花倒抽一口氣，腦袋一團混亂。

「你……怎麼知道遺書的事？」

「三雲小姐，既然妳看過菜穗子的遺書，想必很清楚木京先生幹過什麼壞事……那封遺書的最後，不是提到一個叫『阿樹』的人物嗎？那就是我。菜穗子和我是青梅竹馬，她的父親將遺書拿給我看了。」

龍泉的語氣極爲悲傷，繪千花頓時癱坐在地上。

「菜穗子過世之前，一直有些怪怪的。得知她因車禍而過世，我立刻猜到背後有隱情……所以我打破約定，把信拆開來看……」

「讀完信，妳得知那三人的惡行惡狀。」

「沒錯，後來我依照菜穗子的遺願，把信寄出去，沒想到過了不久，菜穗子的父親就死於原因不明的火災。當時我心想，我是唯一能爲菜穗子復仇的人。」

繪千花決定將一切和盤托出，不再有所隱瞞。

「當初是我向那三人提議……到幽世島拍外景。爲了將木京先生和古家社長騙到島上，我一再向他們強調幽世島是有如天堂樂園般的南洋島嶼。只要他們三個都來到島上，我就能同時將他們三個殺死，爲菜穗子報仇。」

「可是島上有稀人。」龍泉說道。

繪千花點點頭，五官因難過而皺成一團。

「起先，我是眞的不相信父親從前說的那些話，所以……我完全沒想到會害你們這些局外人差一點送命。」

龍泉突然露出苦笑。

「呃，我不是局外人。我也擬定計畫，打算在幽世島上向那三人復仇。其實該道歉的是我，是我毀掉衛星電話。」

「咦？」

繪千花整個人傻住了。龍泉露出戲謔的笑容，說道：

「三雲小姐，看來我們是同路人……只不過我堅持要親手復仇，所以打算先殺死稀人，再進行復仇計畫。」

「原來如此，你保護木京他們，是因爲不希望被稀人捷足先登？」

「沒錯……但事實證明，我不太適合當復仇者。」

「當偵探倒是當得有聲有色。」

「看來，我天生是當偵探的料。唉……三雲小姐，妳後來改變計畫，決定利用稀人來報仇嗎？」

「沒錯……最初海野導播遭稀人殺害，我雖然十分吃驚，但很快就發現稀人可能擬態成海野導播的遺體。所以，我才設法誘導稀人殺死古家社長。」

龍泉靠自己蒐集各種線索，推測出稀人的特徵及生態，繪千花則有來自父親的知識。所以，打從一開始，繪千花的立場就比龍泉有利。

「稀人殺死木京的那一晚……我預料到木京先生對我們下了『安眠藥』之後，會因害怕遭受攻擊而躲進小房間。雖然猜對了，但我滿心以爲稀人擬態成古家社長的遺體，才會提議讓塔拉在走廊上監視。」

「妳以爲這樣稀人就會被困在小房間內？」

「沒錯，我以爲只要這麼做，稀人就只能攻擊木京先生，其他人會很安全……到了隔天，確認木京先生死亡，便剩下最後一件事。」

「將公民館連同稀人一起燒掉？」

龍泉悲戚地說道。繪千花閉著眼睛輕輕點頭。

「雖說是爲了復仇，但我害死兩個人。我沒有相信父親說的話，輕易把大家帶到幽世島來，讓大家遭遇危險，還讓茂手木教授受了重傷。我沒有活下去的資格。既然要死……我希望能夠與稀人同歸於盡。」

「三雲小姐……」

龍泉的聲音微弱到幾乎聽不見。繪千花睜開雙眼，露出微笑。

「可是……你救了我。」

「那是當然的，畢竟妳是因爲相信我說的那些假的推理，才會萌生死意。雖然我猜到妳可能也想對古家社長和木京先生復仇，卻沒料到會演變成那樣的結果。」

「眞的很謝謝你……多虧有你，我才知道自己大錯特錯。我對木京先生設下的陷阱，反而遭稀人利用。更重要的是……因爲有你的幫助，我們才能殺死所有的稀人。」

此時，龍泉抱在腰際的毛巾裡傳出「喵」的叫聲。原本以爲睡得正熟的小瓦，抬頭凝視著繪千花。

「仔細想想，幽世島上共有三個復仇者。」

繪千花吃了一驚，問道：

「三個？」

「妳、我，還有小瓦……牠的母親和兄弟姊妹都被稀人殺害。要不是小瓦在緊要關頭撲向稀人，我們也沒辦法把稀人推下海。」

明明聽不懂人話，小瓦卻露出驕傲的表情，繪千花忍不住笑了出來。

龍泉低頭看了一眼手裡的兩個藥盒。

「得湮滅證據才行。」

他先將所剩無幾的「安眠藥」拋入海中，接著將「胃藥」撒向海面。黃色藥盒越過扶手，後面緊跟著藍色藥盒。

繪千花瞪大眼睛，看著那些東西一一被海浪吞噬。半晌之後，她戲謔地說：

「之後你該不會拿這個來威脅我吧？」

「我又不缺錢。」

龍泉說得輕描淡寫。不可思議的是，這句話從他口中說出來，一點也不帶譏諷之意。

「我想也是……」

「不過，等回到東京，安頓下來之後……我可以跟妳聯絡嗎？」

繪千花並不反對這個提議，但什麼話也沒說。不知爲何，她就是不想立刻答應。龍泉在旁邊碎碎念個不停。

「我的意思是，關於四十五年後還會再出現的稀人，我們總得討論個對策。」

繪千花忍不住笑了出來。

兩個人和一隻貓，就這麼凝視著海面。

船艙裡，茂手木睡得正熟，八名川與信樂依然躺在地上哀聲連連。船長則在操舵室忙個不停。

「我忽然想到一件事。」

「什麼事?」

「我們幾乎解開了關於幽世島的所有祕密……唯一沒解開的，就是寶藏傳說。你不覺得這是個讓人躍躍欲試的夢想?」

「妳希望保留這個夢想，還是要聽聽我的推測?」

繪千花毫不猶豫地應道：

「你說吧。」

「妳的決定下得眞快。」

「我的個性就是這樣。」

「妳還記得稀人說過的一句話嗎?牠說『原來人類是比我們更可怕、更貪婪的生物。人類……會充分利用我們的遺體，滿足自己的慾望』。」

「啊，我想起來了，牠確實這麼說過。不過，『充分利用遺體』是什麼意思?就算是眞雷祭，也沒有類似的行爲。」

龍泉揚起嘴角。

「提示就是，稀人的本體是一顆以金屬爲主要成分的球狀物，重達二十公斤，相當於重金屬。」

繪千花輕呼一聲。

「原來這就是寶藏傳說的眞相……黃金工藝品的材料，根本不是什麼基德船長的金幣……?」

繪千花興奮得大叫，龍泉只是一副好笑的表情，什麼話也沒說。

不知何時，海平面上出現一片巨大的島影，載著兩人的船朝著T港不斷前進。

（全文完）

解說

《孤島的來訪者》解說——來訪者與來訪者的推理對決

（本文涉及故事謎底，請斟酌閱讀）

冒業

方丈貴惠的「龍泉家一族系列」第二部《孤島的來訪者》延續了上作《時空旅人的沙漏》的風格，前半刻意設計出彷彿要復興日本戰後第一波本格浪潮的開場，但案情很快就往意想不到的方向衝刺，徹底破壞原本的認知框架，讓人耳目一新。這種先立後破的敘事策略在過去近十多年的普及文化（pop culture）作品中頗爲流行，由虛淵玄擔任編劇的《魔法少女小圓》和今村昌弘的《屍人莊殺人事件》均是知名例子。

《孤島的來訪者》開首令人聯想起橫溝正史的《獄門島》和有栖川有栖的《孤島之謎》。位於鹿兒島縣的幽世島住著管理祕祭「雷祭」的望族三雲家。幽世島旁邊連接著一座被稱爲「神島」的潮汐島，該島上的「神域」正是雷祭的舉辦地。四十五年前，島上十二名居民及一名民俗學教授全員死亡，就連發現屍體的報案者事後也投海自盡，這場大屠殺被後世稱爲「幽世島野獸事件」。

四十五年後，電視台特別節目《世界的不可思議偵探團》的製作團隊共九人來到幽世島回顧「野獸事件」的案情，更特地請來三雲家後裔兼歌手三雲繪千花擔當節目主持人。主角龍泉佑樹是團隊中的電視台助理導播（AD），但他潛入電視台工作其實另有目的：裡面有三個他想要殺害的仇人——電視台製作人木京、經紀公司社長古家和導播海野。這三人令青梅竹馬茱穗子生前苦不堪言，後來更於車禍中身亡。三人剛好都參與了該節目的製作，於幽世島聚首一堂。於是佑樹決定在島上執行他的殺人計畫，爲此更準備好一套「假的眞相」誤導調查，沒想到——

目標之一的海野突然死亡。更甚者，殺死他的凶手不是人類，而是一種可以隨意改變外形、名叫「稀人」的高智慧生物。

稀人是三雲家自古以來用雷祭對付的異世界侵略者，但四十五年前稀人成功屠殺三雲家，消滅了最大威脅。現在，餘下八人被困在島上，接連遭到稀人殺害。爲了活下去和不被稀人妨礙到復仇計畫，佑樹被迫當起偵探來，揪出潛藏於島上的異形怪物。

稀人（マレビト）最早是一九二九年在日本學者折口信夫的文章〈国文学の発生（第三稿）〉中被提及。折口是日本民俗學之父柳田國男的學生，而稀人是他的「古代研究」一個重要關鍵詞。折口認爲，稀人是偶爾以人類形態從「常世」（永恆的世界，也稱母之國〔妣が国〕）到訪日本列島的神明，這些「客神」後來分化出日本山神、地主神以至鬼等傳統信仰對象，甚至是日本藝能的起源。稀人只在時間或空間的交界處舉行的祭典中才會顯現眞身，可見折口的學說正是三雲家的雷祭，以及稀人每四十五年會在神域現身的規律的設定基礎。

直至稀人現身之前，《孤島的來訪者》的情節都是極爲典型的本格推理模式：與世隔絕的孤島、來到島上的一行人、對他人懷有殺意的參加者，還有多年前的懸案。比較特別的是主角佑樹本人正是潛在殺人凶手，令人不禁期待這部作品會不會是「凶手視角」型推理小說。有別於《時空旅人的沙漏》冬馬加茂的「拯救」，佑樹的行動原理是截然相反的「復仇」。但當稀人正式登場，更搶在佑樹前面殺死其中一名仇人，佑樹爲了奪回被稀人搶占的「凶手」角色位置而成爲「偵探」角色，本作驟然變成「想成爲凶手的偵探視角」型推理小說，非常有趣。

雖然近年「特殊設定推理」已廣爲流行，但如不事先把規則一一交代清楚，讀者仍是「無理可推」。於是乎，《孤島的來訪者》安排海野之死在短短幾頁內破案：眾人腳邊的黑貓就是凶手，而牠正是稀人假扮的，藉此作爲從「一般本格推理」過渡至「特殊設定本格推理」的分水嶺。自這個時候開始，書名便不再只是指涉拜訪幽世島的九人，出現了第二重意義：除了「到訪孤島的來訪者（人）」之外，還有「在孤島現身的來訪者（稀人）」。

當然，假如讀過《時空旅人的沙漏》，也許就不會對《孤島的來訪者》中特殊設定的鋪排感到意外。縱是如此，《孤島的來訪者》仍有兩點不同於前作的突出之處。其中一點是故事中直接提及「特殊設定推理小說」。《世界的不可思議偵探團》的另一主持人茂手木教授既是生物研究者也是推理小說迷。當眾人知道稀人是眞實存在的異界生物，他馬上祭出這個推理小說術語，並提倡要努力整理出稀人的生態習性，即作品的特殊規則，他稱此爲「第一階段推理」。至於稀人的犯案手法，即在不同的時間點，稀人在哪裡、僞裝成什麼（人、動物或屍體〉、用什麼方法殺人等，則是留待知道所有特殊規則之後才進行的「第二階段推理」。

茂手木教授的推理小說迷式解說固然為本作增添了後設性的趣味，但同時亦令其他角色很快進入狀況，知道接下來要專注於摸索稀人的特殊規則。由於加入了虛構法則，特殊設定推理往往比新本格推理更加脫離現實。可是茂手木教授這號人物恰恰反映出，接受特殊設定推理作品薰陶的人在面對超出常識的事件時，可能比一般人更能保持冷靜並採取適當行動。在現實世界，會吃人的稀人忽然冒出來的機率確實很低，但難免會有其他意料不到的黑天鵝事件。多讀描寫「另一現實」的特殊設定推理作品，說不定有助訓練遭遇預想外事件時的應變能力。

本作的第二點突出之處，在於雖然保留前作由超時空觀測者麥斯達・賀勒撰寫的〈序文〉和〈向讀者的挑戰書〉，卻在兩文中一再重申謎團與時空旅行無關。這道追加聲明乍看之下似乎多此一舉，但細心一想便會發現極其重要。假如稀人還借助了麥斯達・賀勒或黑暗卡西奧畢亞的力量穿越時空，犯案手法的可能解釋會一下子暴增，甚至連除去主角佑樹以外的八人、動物和屍體，全是從不同時間點穿越過來的稀人假扮的誇張解答都能夠成立，嚴重影響公平性。

推理作家法月綸太郎在〈早期昆恩論〉（初期クイーン論）中提到，〈向讀者的挑戰書〉最重要的功能是為作品增加一個超然的「後設層」（メタ・レベル），以「神諭」確保發生案件的「物件層」（オブジェクト・レベル）的線索齊全可靠，令讀者能從中推理出唯一正確的解答。換言之，〈向讀者的挑戰書〉（後設層）除了決定哪些線索可靠，也決定哪些線索與謎團無關。只不過，以往甚少特殊設定推理小說會加入〈向讀者的挑戰書〉，它們更不是系列

作。因此，透過取消同系列作品的特殊設定（時空旅行）來確保本作特殊設定（稀人）謎團公平性的手法幾乎不曾出現。這也反過來令人好奇，「龍泉家一族系列」將來會不會有一部同時具備時空旅行和稀人兩種特殊設定，但仍能寫得精彩的推理小說呢？

有別於《時空旅人的沙漏》加入愛情和奇蹟等溫暖人心的元素，《孤島的來訪者》是更純粹的本格推理，連基德船長的寶藏傳說這個小謎團也不願放過，直到最後一段都仍在解謎。結尾不單揭露稀人原來有兩名，企圖殺害三人的潛在復仇者都有兩名（佑樹和繪千花），兩者漂亮地形成對稱結構。從系列作來講，《孤島的來訪者》和《時空旅人的沙漏》只有部分背景人物有關聯，兩者的故事基本上獨立，有如彼此的外傳作品。據說今年出版的第三部《爲名偵探獻上甜蜜的死亡》（名探偵に甘美なる死を）以虛擬實境遊戲爲主題，需要同時解決現實世界和虛擬世界發生的命案，而加茂和佑樹均有登場。兩位性格截然不同的偵探主角會擦出怎樣的火花，實在教人期待。

作者簡介

冒業

香港科幻、推理評論人及作家，第十九屆台灣推理作家協會徵文獎首獎得主，經營評論部落格「我思空間」，近作有〈東方之珠謀殺案〉（收錄於《偵探冰室．疫》）、〈千年後的安魂曲〉（收錄於《鐵皮屋裡的螢火蟲（第十九屆台灣推理作家協會徵文獎作品集）》）和《千禧黑夜》（刊登於鏡文學）。

E FICTION 48／孤島的來訪者

原著書名／孤島の来訪者
作　　者／方丈貴恵
原出版者／東京創元社
翻　　譯／李彥樺
責任編輯／陳盈竹
業務．行銷／陳紫晴．徐慧芬
編輯總監／劉麗真
總 經 理／陳逸瑛
榮譽社長／詹宏志
發 行 人／涂玉雲
出 版 社／獨步文化
城邦文化事業股份有限公司
104台北市中山區民生東路二段141號5樓
電話：(02) 2500-7696　傳眞：(02) 2500-1967
發　　行／英屬蓋曼群島商家庭傳媒股份有限公司
城邦分公司
104 台北市中山區民生東路二段141號2樓
網址／www.cite.com.tw
讀者服務專線／(02) 2500-7718：2500-7719
服務時間／週一至週五：09：30～12：00　13：30～17：00
24小時傳眞服務／(02) 2500-1900：2500-1991
讀者服務信箱E-mail／service@readingclub.com.tw
劃撥帳號／19863813
戶名／書虫股份有限公司
香港發行所／城邦（香港）出版集團有限公司
香港灣仔駱克道193號東超商業中心1樓
電話／(852) 2508-6231　傳眞／(852) 2578-9337
E-mail／hkcite@biznetvigator.com
馬新發行所／城邦（馬新）出版集團
Cite (M) Sdn Bhd
41, Jalan Radin Anum, Bandar Baru Sri Petaling,
57000 Kuala Lumpur, Malaysia.
Tel: (603) 90578822
Fax:(603) 90576622
email:cite@cite.com.my
封面插圖／廖珮蓉
封面設計／高偉哲
排　　版／游淑萍
印　　刷／中原造像股份有限公司
●2022（民111）8月初版
●2022（民111）8月26日初版二刷
售價460元

ISBN 978-626-7073-67-4（平裝）
ISBN 9786267073711（EPUB）

國家圖書館出版品預行編目資料

孤島的來訪者 / 方丈貴惠著；李彥樺譯. –
初版. – 台北市：獨步文化，城邦文化出版：家庭傳媒城邦分公司發行，民111.08
面； 公分. --（E fiction ; 48）
譯自：孤島の来訪者
ISBN 978-626-7073-67-4（平裝）
ISBN 9786267073711（EPUB）

861.57　　　111008969

獨步文化
APEX PRESS

廣　告　回　函
北區郵政管理登記證
台北廣字第000791號
郵資已付，免貼郵票

104台北市民生東路二段 141 號 2 樓

英屬蓋曼群島商家庭傳媒股份有限公司

城邦分公司

請沿虛線對摺，謝謝！

獨步文化
APEX PRESS

書號：1UR048　**書名**：孤島的來訪者　**編碼**：

請於此處用膠水黏貼

獨步文化 APEX PRESS

讀者回函卡

謝謝您購買我們出版的書籍！

請費心填寫此回函卡，我們將不定期寄上城邦集團最新的出版訊息。

姓名：＿＿＿＿＿＿＿＿＿＿ 性別：□男 □女

生日：西元＿＿＿＿年＿＿＿＿月＿＿＿＿日

地址：＿＿＿＿＿＿＿＿＿＿＿＿＿＿＿＿

聯絡電話：＿＿＿＿＿＿＿＿ 傳真：＿＿＿＿＿＿＿＿

E-mail：＿＿＿＿＿＿＿＿＿＿＿＿＿＿＿＿

學歷：□1.小學 □2.國中 □3.高中 □4.大專 □5.研究所以上

職業：□1.學生 □2.軍公教 □3.服務 □4.金融 □5.製造 □6.資訊

□7.傳播 □8.自由業 □9.農漁牧 □10.家管 □11.退休

□12.其他＿＿＿＿＿＿＿＿＿＿

您從何種方式得知本書消息？

□1.書店 □2.網路 □3.報紙 □4.雜誌 □5.廣播 □6.電視

□7.親友推薦 □8.其他＿＿＿＿＿＿＿＿＿＿

您通常以何種方式購書？

□1.書店 □2.網路 □3.傳真訂購 □4.郵局劃撥 □5.其他

您喜歡閱讀哪些類別的書籍？

□1.財經商業 □2.自然科學 □3.歷史 □4.法律 □5.文學

□6.休閒旅遊 □7.小說 □8.人物傳記 □9.生活、勵志 □10.其他

對我們的建議：＿＿＿＿＿＿＿＿＿＿＿＿＿＿＿＿

＿＿＿＿＿＿＿＿＿＿＿＿＿＿＿＿

＿＿＿＿＿＿＿＿＿＿＿＿＿＿＿＿

為提供訂購、行銷、客戶管理或其他合於營業登記項目或章程所定業務需要之目的，家庭傳媒集團（即英屬蓋曼群島商家庭傳媒股份有限公司城邦分公司、城邦文化事業股份有限公司、書虫股份有限公司、墨刻出版股份有限公司、城邦原創股份有限公司），於本集團之營運期間及地區內，將以mail、傳真、電話、簡訊、郵寄或其他公告方式利用您提供之資料（資料類別：C001、C002、C003、C011等）。利用對象除本集團外，亦可能包括相關服務的協力機構。如您有依個資法第三條或其他需服務之處，得洽詢本公司服務信箱cite_apexpress@cite.com.tw請求協助。相關資料不提供亦不影響您的權益。

□我已詳讀權利義務之相關條款，並同意遵守。

請於此處用膠水黏貼